KB124967

공위의 시대

空位 時代

김근수 장편소설

어문학사

매 맞아 죽거나, 굶어 죽지 말기를

끝내

자연사 하기를

일러두기

1. 역사적 사실은 서적과 매체를 참고했다.
2. 임금의 말이나 대신의 상소 일부는 실록 등을 인용하여 고쳐 썼다.
3. 년, 월은 양력이다. 옛 지명 등은 가급적 현대식으로 표기했다.
4. 서양인명은 영어식, 중국인명은 한자(또는 중국식), 일본인명은 일본식 발음으로 표기했다.

차
례

옥호루

1895.10.8.

흑막을 친 하늘에 달빛이 서늘했다. 광화문 현판을 쓸며 바람이 일었고 낙엽이 바람 꼬리에 실렸다. 낙엽의 낙하를 달빛이 따랐다. 빛이 선명해서 개 짖는 소리가 분명했다. 푸른 거미줄에 날것들이 들러붙었고 현판 글자를 가르며 거미가 기어갔다.

남산과 용산에서 밀어닥친 폭도들이 육조거리에서 합류해 광화문에 이르렀을 때, 궁을 경비하던 순검과 병사는 담벼락 아래 몸을 낮추고 도주했다. 어둠에 대여섯 번 섬광이 찍혔다. 궁문을 방어하는 병사들은 혼비백산해서 줄행랑쳤다.

일본군 포병대는 북악산 중턱 갈모봉에 야포를 배치했다. 여차해서 일이 틀어지면 가차 없이 궁을 지워 버려야 해서 포신은 궁을 정조준했다. 일이 순조로워서 일본군 포병대가 해야 할 일은 없었다.

광화문, 추성문, 춘생문, 신무문 방면에서 간헐적으로 총성이 터져 나왔다. 궁문은 별다른 저항 없이 열렸고 함성이 뒤따랐다. 폭도들은 전각 문틈에 총부리를 쑤셔 박고 난사했다.

갈 길을 잡은 폭도들은 분산했고 시위대 사령실과 외국인 숙소를 에워쌌다. 궁에 체류하던 미국인과 구라파인이 억류되었다. 복층 건물 창에 들어찬 달빛이 깨졌다. 제복 차림의 지휘관이 낭인 무리를 이끌고 임금과 중전의 거처로 향했다.

연대장 홍계훈이 폭도들과 대치 중에 일본군 장교의 칼을 피하지 못했다. 칼이 지나가자 총탄이 홍계훈의 몸에 집중되었다. 궁궐 시위대는 비무장 상태여서 난입한 무리에 대응 사격을 하지 못했다. 교전은 싱거웠다.

일본군관이 지휘하는 무리들은 아무 제지 없이 왕과 왕비의 처소에 다다랐다. 뒤이어 조선군 훈련대로 위장한 무리가 임금과 중전의 처소를 포위했다. 몰려든 낭인들이 칼을 빼 들고 전각 구석구석을 노려보았다.

옥호루 입구에서 궁내부대신 이경직의 고함이 들려왔다.

"이 놈들, 여기가 감히 어딘 줄 아느냐! 이런 비적 떼보다 못한 것들이 냉큼 멈추지 못할까!"

"이 조선인의 말버릇이 경우 빠지게 왜 이리 고약하더냐. 치워 버려라!"

일본군관의 말이 떨어지기가 무섭게 좌우에서 칼날이 허공을 그었다. 이경직의 팔이 잘려 나갔다. 낭인 무리가 잘려나간 팔을 걷어차고 행각 문으로 달려들었다.

행각 문을 걸어 잠근 빗장이 부서졌고, 옥호루 뜨락으로 폭도들이 들어찼다. 칼을 든 자들이 사방으로 흩어져서 중전의 거처로 통하는 출입문을 봉쇄했다.

옥호루 돌층계 위에서 궁녀들은 머리채가 잡혀서 바닥으로 내동댕이쳐졌다. 고양이의 눈동자에 달빛이 박혔다. 고양이가 주춧돌 아래로 숨어들었다.

"지금부터, 너희 계집들은 묻는 말에 아주 상냥하게 답하라!"

일본군관의 칼날이 외등 불빛을 튕겨 내었다.

민간인 복장의 일본인이 처소에 난입해서 중전의 머리채를 쥐어 끌고 나왔다. 낭인 하나가 발로 중전의 가슴을 걷어찼다. 중전은 목소리를 잃고 쓰러졌다. 일본군관이 담배에 불을 붙여 불씨를 중전의 목덜미에 가져갔다. 불나방이 몰려들었고 고양이 눈동자가 불빛에 반응했다.

상궁과 나인들이 무릎걸음으로 뒤섞여 머리를 조아리고 몸을 떨었다. 여기저기 비명이 섞이었고 울음이 터져 나왔다. 귀뚜라미가 울었고 궐 담 너머에서 개가 짖어댔다.

칼이 중전의 늑골을 관통했다. 칼끝이 중전의 의관을 헤집어 들추었다. 폭도들이 환호성을 내질렀다. 옥호루 외등 불빛이 은목서 잎사귀마다 반질거렸다. 구름이 달빛을 막아섰다.

1

외국인 거처는 조선인 마을과 격절되어 있었다. 임진년에 현해탄을 건너온 씨앗이 지표에 표착해 뿌리를 내렸다는 삼나무는 긴 세월 개체수를 늘려왔다. 삼나무는 밑둥치가 굵고 키가 높아서 샛바람이 넘어서지 못했다.

바람 장막을 친 삼나무 너머에 구라파 사람, 일본 사람이 모여서 외국인 거주지를 형성했다. 구라파 사람은 세관에서 일했고, 일본 거류민은 영사관 직원들이거나, 선박회사, 저탄장, 상점을 경영하는 사람들이었다.

사람이 운집하는 부산 중심지에 은행이 개설되어 있었고 상점들이 도로를 따라 늘어서 있었다. 상점에는 옥양목, 흰 삼베, 붉은 무명을 팔았고, 총천연색 사탕이나 당고가 빛깔 곱게 진열되어 행인의 발길을 세웠다.

상점에서 항구에 이르는 도로는 확장 정비되었고, 일본에서 오는 제품과 일본으로 나가는 물품들이 그 길을 따라 오갔다. 콩, 건어물, 말린 해삼, 고래 고기는 일본으로 나갔고, 모시, 성냥, 면직물 같은 공산품은 주로 일본에서 들여왔다.

도로 이면에는 배수로, 급수시설, 조명시설이 들어서면서 근대도시의 외형을 조금씩 갖추기 시작했다. 항구에는 동해에서 밀려오는 파도를 막기 위해 해안 방조제가 준설되고 있었다. 방조제 너머에 크고 작은 배들이 바다의 속살을 갈아내며 입출항을 거듭했다.

부산과 블라디보스토크을 잇는 뱃길이 개설되어 기선이 왕래했고, 텐진과 고베를 운항하는 배가 부산항에 기착했다. 상하이와 시모노세키에서 오고 가는 모든 선박이 부산 앞바다에서 쉬었다가 다시 바다로 나아갔다. 그러는 사이 바다에 해가 지고 떴다.

부산 일본 총영사관에서 발급한 이름은 사다코였다. 인솔하는 사내가 영사관원에게 돈을 지불했고, 총영사관은 출항을 승인했다. 출항하는 날 나가사키행 기선에 오르면서 인솔하는 사내는 사다코를 호명했고, 사다코는 사내의 호명에 대답했다.

기선이 내해를 벗어나자 파도가 뱃전에 부딪는 소리는 크고 가까웠다. 치대는 파도 소리가 사다코의 몸속을 가득 메우며 차올랐다. 소리의 파편들이 폐를 찌르고, 목울대에 박혀 들었다. 사다코는 숨이 막혀 왔다.

제멋대로 누운 사람들이 허리를 반으로 접으며 신물을 토해 냈다. 구토는 역병처럼 선실 여기저기 옮겨 다니며 퍼졌다. 역한 냄새를 좇아 파리가 꼬였고 쥐가 꼬리를 끌며 사람과 사람 사이를 오갔다.

사다코는 허벅지를 꼬집어서 메스꺼운 속을 달랬다. 꼬집힌 허벅지에 가래톳이 돋고 피가 맺혔다. 배가 파도를 올라 탈 때, 어지러움이 눈앞을 덮쳤고 구역질이 차올랐다. 사다코는 귓불을 당겨 어지러움을 버티고 구역질을 삼켰다.

바다에서 시간은 빛과 어둠만으로 존재했는데 빛과 어둠은 맥락이 다르지 않아서 푸르거나 검은 파도의 색감만이 뱃전에 무시로 치댈 뿐이었다. 배가 지나온 방향으로 시간이 달려들었고 달려든 시간은 뱃머리에 깨져서 흩어졌다. 바다에서, 지나간 시간과 다가올 시간은 조금도 구별되지 않았다.

사다코는 배가 육지에서 너무 멀리 가지 않기만을 바랐다. 오리나 십 리 정도 뱃길을 가면 사라진 공간을 어찌어찌 극복할 수 있겠지만, 오십 리나 백 리를 가버리면 떠나온 공간을 기억해서 돌아올 방법은 없어 보였다.

배가 육지에 가까워지는지 바다는 한결 순해졌다. 갈매기가 배꽁무니에 붙어 날았고 검푸른 산맥이 줄지어 능선을 이루었다. 해안 단애를 다그치는 파도가 바다를 깎아서 물의 각질이 흩날렸고 섬 뿌리를 지워 냈다.

뱃고동이 울렸다. 사람들이 꺾인 허리를 펴고 각자의 짐을 챙겼다. 인솔하는 사내가 손가락을 까닥거려 사다코를 일으켜 세웠다. 사내는 약지손가락 한 마디가 잘려나가고 없었다. 이제 배를 내리면 이름이 사라져 버릴 것 같아서 사다코는 사다코라는 낯선 제 이름을 속으로 부여잡았다.

부산 발 기선은 하룻밤 하루 낮에 나가사키항에 닿았다.

*

담뱃대를 문 여자가 사다코를 인솔해 온 사내에게 엽전을 던져 주었다. 사내는 여자 앞에 바짝 다가서서 일본말로 몇 마디 했고, 여자는 대꾸 없이 귀찮다는 듯 손을 저어 사내를 내보냈다. 사내는 유곽 문을 나서기 전 사다코에게 말했다.

“여기서 사는 거여. 살다 보면 말이 늘고, 그러다 보면 정도 들 게다. 주인 여자 눈 밖에 나지 말고 시키는 대로 하면서 살아가는 것이여. 조선은 이제 기억에서 싹 지워 버리고 살 거라. 이제부터 네 이름은 사다코다. 잊지 말거라!”

사내가 떠나고 주인 여자가 사다코를 불러 몇 마디를 했다. 사다코는 말을 알아들을 수 없어서 사다코, 라고 한 마디만 했다. 사다코가 된 자신이 이 땅에서 살아 낼 수 있는 유일한 한 마디일 것임을 어린 사다코는 어렴풋이나마 알 수 있었다.

사내가 인솔해온 곳은 게이샤가 모여 사는 유곽이었고 사다코가 숙식해야 될 곳이었다. 사다코는 목욕물을 데우고, 기모노를 씻어 햇볕에 널어 말리는 일을 하면서 유곽에서 밥을 먹고 잠을 잤다.

늦은 밤, 다락방 구석 나무 바닥에 몸을 웅크려 누우면 차가운

바닥에서 먼 파도 소리가 들렸다. 파도 소리가 귓속에서 뒤채일 때, 큰 바다가 몰아오는 파도의 아우성이 사방에서 음습해왔다. 사다코는 허리를 꺾어가며 터지는 울음을 삼켰다.

아침이면, 밤의 공포를 간직한 채 사다코는 잠에서 깨어났다. 어제를 이어 붙인 하루가 버티고 있었고, 두려움과 외로움이 한 덩어리로 뭉쳐서 사다코의 하루와 동행했다. 그런 하루 동안 사다코는 이런저런 할 일을 했다.

사다코는 말을 잊어버릴 것 같아서 일을 하는 동안 엄마, 언니, 고향, 별, 하늘, 바람, 꽃 하며 조선말을 속으로 더듬거렸다. 그렇게 할 일을 하다 보면 밤이 찾아왔고 해조음이 귓속에 들어찼다.

주인 여자는 목에 주름이 잡힌 늙은 게이샤로 게이샤들에게는 대모였다. 그녀는 이마가 좁고, 눈썹 숱이 엷었다. 가는 눈썹 아래 작은 눈으로 사람을 쏘아 보았는데, 세상과 다투며 살아온 여자의 억척이 외모에 굳게 박혀 있었다.

그녀는 구부정한 표정으로 방에 앉아 담뱃대를 물고 돈을 셈했다. 그녀가 경영하는 유곽은 나가사키에서는 제법 이름이 나 있었는데 유곽의 매출이라는 것은 게이샤의 공연수입이 전부였다.

빨래하고 걸레질하고 게이샤의 목욕물을 데워 바치는 세월 속에서 사다코는 유곽 생활에 적응해 나갔고 여자의 모습을 차츰 갖추어 갔다. 성장하면서 사다코는 젖가슴이 알맞게 솟아올랐고 허리가 잘록했다.

사다코의 피부색은 남달리 희었고 입술에는 붉은 기운이 도톰

했다. 희고 긴 손가락과 손톱에는 윤기가 흘렀는데, 말하자면 젊은 여자로서 누가 보더라도 미인이라 할 수 있는 모든 조건을 두루 갖추어 갔다.

미색이 남다르게 피어나는 사다코를 먼발치에서 보면서 주인 여자는 어느 날 사다코를 불러서 게이샤의 몸종으로 붙였다.

사다코가 시중드는 게이샤는 나가사키를 넘어서 규슈에서도 일급 게이샤로 평판이 나 있었다. 사다코는 일급 게이샤 옆에서 시중을 들면서 게이샤 특유의 화장법, 몸가짐, 말투, 차려입는 옷매무새를 자연스럽게 배우게 되었다.

게이샤가 일을 나가고 비운 방에서 사다코는 샤미센[1]을 켜 보기도 했는데, 귀동냥으로 들은 음을 반듯하게 재생하는 솜씨가 비상했다. 손가락이 소리를 기억하는 것인지, 소리들이 모양을 갖추었고 서로 모이고 퍼지면서 제법 곡이 이루어졌다.

사다코의 연주를 우연히 듣게 된 주인 여자는 사다코에게 샤미센 연주법을 가르쳤다. 사다코가 배우며 곧잘 익히자, 주인 여자는 예사롭지 않은 재능을 기뻐하면서 이름난 선생을 따로 불러서 연주의 깊이를 가다듬게 했다. 사다코는 선생의 수업에 충실했다.

사람의 의지와는 무관하게 시간은 흘러가는 것이어서 그렇게 사다코의 시간도 오고 또 갔다. 그러는 와중에도 순탄하지만은 않아서 사다코에게 흑심을 품고 있던 유곽의 집사가 사다코가 잠든 방에 숨어들었다.

마침 유곽 여주인의 아들이 이 장면을 목격하였고 유곽 여주인은 집사를 해고했다. 조선에서 온 아이가 도대체 무엇이건데, 평생을 유곽에 바친 사람에게 이래도 되는 것이냐고 내쫓기면서 집사는 이죽거렸다.

주인 여자가 억울해 하는 집사에게 말했다.

"내 눈이 어두워지긴 했으나 수십 년간 아이들을 보아 와서 사람 보는 눈은 있네. 저 아이가 조선에서 왔을지언정, 장차 이 유곽의 흥망이 저 아이에게 달려 있네. 그러니 자네를 내치는 것이네!"

*

나가사키는 외국인들이 드나드는 항구였다. 그도 그럴 것이 동지나 해상에서 표류하는 부유물들은 나가사키에 자연 기착했는데 기선이나 상선이 항해 동력을 잃으면 해류와 해풍이 몰아서 오는 물목에 나가사키항은 위치하고 있었다.

오래전부터 구라파 사람들은 이런저런 연유로 나가사키항에 불시착해서 살아갈 근거를 만들었다. 축대와 방조제를 쌓아서 부채 모양의 섬[2]을 만들었고 그 안에 모여서 외국인들은 서양식으로 건물을 짓고 그들의 생활방식으로 살아갔다.

막부시절, 외국인들은 그들의 섬에서 교역의 매개 역할을 수행했다. 막부가 외국인의 거처를 한정해서 그들은 섬 밖으로 좀처럼 나갈 수 없었다. 그들은 바람이 물어오는 구라파 소식을 채집했고 정보의 가치를 저울질해서 무게가 나가는 것들은 에도막부에 보고했다.

불란서 소요사태에 이은 나폴레옹의 구라파 정벌과 미국의 독립전쟁을 외국인들은 소상히 보고했다. 에도막부는 먼 이야기들에 흥미를 가지면서도 대체로는 흘려들었는데 영국이 아편을 팔아먹기 위한 흰수작으로 청국을 부수었다는 소식은 주의를 기울여 듣기도 했다.

쇼군은 외국인들이 보내오는 정보를 토대로 세계정세를 파악했다. 쇼군이 듣기에 구라파는 멀고멀어서 희미한 안개에 갇힌 세상이었다. 안개 속에 들어앉은 것은 분명 있는 것일 테지만, 안개 밖에서 그것을 목도할 수는 없어서 쇼군은 듣는 둥 마는 둥 했다.

쇼군은 외국인들의 섬 밖 출입을 삼가 시켰고, 구라파의 동향을 물을 일이 있으면 특별히 섬 밖 출입을 일시 용인하여 에도로 불러들였다. 외국인들이 에도에 불려갈 때, 그들의 눈에 비친 일본국 내지 풍경은 칼 찬 자들의 세상이었다.

사무라이들은 긴 칼과 짧은 칼을 바지춤 왼편에 꽂고 거리를 나다녔다. 번藩의 다이묘가 행차할 때, 행인들은 길옆으로 비키어 행차의 나아감을 거들었다. 술 취한 자가 길 트는 법을 잊고 흐느적거리면 긴 칼이 나아가서 기어이 길은 트였다.

미국의 함선이 곧 큰 바다를 가르고 와서 개항을 요구할 것이라는 첩보가 쇼군에게 입수되었다. 쇼군은 외국인들이 보내온 정보가 심란해서 애써 외면했다. 이듬해 미국은 정말로 왔고 증기로 수레바퀴를 돌려서 물살을 가르는 흑선[3]의 위용에 막부는 식은

땀을 흘렸다.

에도 바다에 흑선이 출몰하자, 백성들은 기겁했다. 사람들은 처음에 함선의 크기에 놀랐고 노를 젓지 않고 수레바퀴를 돌리는 항해 방식에 경악해서 입을 다물지 못했다. 막부는 어찌할 바를 몰랐고, 경황 중에 급기야 교토 황궁에서 소리 없이 기거하고 있던 천황에게 개항 여부를 물었다.

수백 년 동안 교토에 처박혀 기척이 없었던 천황이 정국현안을 결정하는 무대로 소환되는 천지개벽할 사건이었다. 천황은 개항에 미온적이었으나, 큰 배에 겁먹은 막부는 물리칠 방법이 없어 천황의 동의 없이 서둘러 개항을 수용했다.

흑선은 막부와 조약을 체결하고 미국으로 돌아갔다. 떠나면서 제독 매슈 페리는 선심 쓰듯 라이플 총 두 정을 일본에 남겼다. 흑선이 남겨둔 라이플 총 두 자루는 일본이 대미 외교에서 챙긴 유일하고 유의미한 성과였다.

막부의 조약 체결에도 개항을 반대한다는 천황의 일성이 열도에 퍼지자 존황尊皇의 기치가 몇몇 번에서 싹텄다. 사쓰마와 조슈번이 황군[4]을 자처해서 막부군과 전쟁을 치렀고 마침내 쇼군은 국가 통치의 전권을 천황에게 바쳤다.

어린 천황 무쓰히토는 이듬해 황군의 엄호를 받으며 에도로 행차했다. 에도는 도쿄로 개명했고 연호를 메이지로 명명했다. 어린 천황은 에도로 향하는 도중 신검神劍을 참배했다. 막부 정치가 시작되고 천년이 지나 일본은 다시 천황의 국가가 되었다.

막부는 쇠퇴했고 급속히 해체되어 갔다. 각 번의 다이묘들은 영지와 영민領民을 천황에게 반환했다. 군정, 민정, 재정이 다시 천황의 통제 아래에 놓였고 천황의 말은 열도를 호령하는 분명한 국시國是가 되었다.

만세일계의 순수 혈통이 정치의 중심에 복원되자 일본의 국내 사정은 조금씩 안정되었다. 구라파의 문명을 적극 수용해서 국부의 길로 나아가야 한다는 말들이 득세했다. 정파 간에 목적은 다를지언정 지향점은 같아서 열도는 팽창 일로를 주저하지 않았다.

*

바다에서 불어오는 바람 끝에 온기가 실리자, 세상은 기지개를 켜기 시작했다. 희거나 붉은 매화가 바람결에 돋아났고, 이어서 검은 가지에서 산수유 꽃이 꿈결처럼 피어 허공에 노랗게 부유했다.

빈 나뭇가지에 등불이 켜지듯 목련이 꽃피었고, 개나리며 참꽃이 산하를 요란하게 물들였다. 간헐적으로 동장군이 여린 꽃잎을 시샘하기도 했지만 섭리는 거스를 수 없어서 봄기운은 산천에 가득 스미었다.

이윽고 벚꽃이 피었다. 벚꽃은 미리 낙화를 채비하고 피어난 듯 위태로워 보였지만 절정의 며칠을 가득 채우면서 공간을 지배했다. 벚꽃 피면 사람들은 다시 한 해를 살아갈 이유를 발견했고 산다는 일의 고단함을 위로 받았다.

잇따라 이런저런 봄꽃이 터졌다. 봄꽃의 개화는 언제나 사람

마음을 들쑤셔 왔다. 꽃이 피자, 사다코도 어쩔 수 없어서 꽃차례에 이끌려 꽃구경에 나섰다. 마을에서는 한 해 농사의 풍년을 비는 의식이 한창이었다.

사람들이 짚단을 높이 쌓아 올리고 불을 지폈다. 불붙은 짚단에서 연기가 피어나 잿빛으로 회전하면서 하늘로 올랐다. 연기는 불꽃을 엄호했고 불꽃이 솟구치면 연기가 용트림 치면서 불꽃을 따랐다.

용트림치는 연기 사이에 드문드문 불기둥이 솟고 사이사이 불꽃이 혀를 내밀어 삿된 것들을 핥았다. 열기가 광장을 메웠고 사람들이 연기를 쫓아 짚단 주변을 빙글빙글 돌았다. 사다코의 먼 기억에서 불꽃이 날아와 눈동자에 맺혔다.

잊고 있던 시간들이 미립자로 퍼지면서 사다코의 기억을 되살렸다. 기억에서, 불꽃이 사납게 일었고 아수라장이 된 마을에 죽은 사람과 산 사람이 뒤엉켰고, 사람과 짐승이 뒤섞여 불타고 있었다. 말발굽 소리, 방울 소리가 귓속으로 몰려들었다.

불쑥 시꺼먼 물체가 사다코 앞을 막아섰다. 뿔 달린 검은 도깨비 탈을 쓴 사람이었다. 화들짝 놀란 사다코를 보고 도깨비 탈은 해괴한 동작으로 춤을 추면서 무슨 말을 했는데, 말 울림이 심해서 사다코는 알아들을 수 없었다. 사다코는 불기둥을 뒤로하고 유곽으로 되돌아갔다.

해마다 벚꽃이 만개한 봄날에, 게이샤들은 태업했는데 이런 날에는 게이샤의 태업에 누구도 시비 걸지 않았다. 며칠 동안 모든 연회는 철회 되었고 유곽 주인들도 그런 날에는 마냥 수입을 셈하지 않았다.

벚꽃 잎이 떨어져 내리면 백구들도 마냥 좋아서 앞발을 허공에 들고 내리는 꽃잎을 반기며 혀를 내밀고 솟구쳐 올랐다. 밤 벚꽃 아래 삼삼오오 모인 게이샤들이 하얀 젖가슴을 드러내고 떨어져 내리는 벚꽃 잎을 받았다.

이런 날에 사내들은 하나둘 유곽 주위를 서성거렸다. 게이샤들의 젖가슴이 눈부시게 출렁이고 젖꼭지에 꽃잎이 가만히 내려앉을 때, 칼 찬 사내들은 칼을 버리고 담벼락에 붙어서 자위했다.

만져 볼 수 없는 게이샤의 벗은 몸에 벚꽃 잎이 하나둘 떨어지면 사내들의 쾌락은 절정에서 허우적거렸다. 게이샤들은 개의치 않았고 더욱 가슴을 열어서 봄의 절정을 몸으로 깊이 받아 들였다.

벚꽃 잎이 분분히 흩날리는 날에는 게이샤도 백구도 사내들도 이래저래 서로 만족했다.

사다코는 벚꽃 잎에 내려앉은 달빛의 유영을 응시했다. 밤 벚꽃은 이 세상과는 단절된 듯 몽환적이었다. 꽃 뭉치가 여린 빛을 머금어 어둠은 뒷걸음쳤고 조심스러운 바람에도 꽃들은 군무를 펼쳐내었다. 달빛이 꽃받침 속에 오밀조밀 숨어서 꽃잎마다 작은 등불이 피어났다.

꽃차례마다 수줍음이 가득했고 이따금 달빛을 가리는 구름이 꽃잎의 수줍음을 덮쳐 왔다. 앞날에 대한 예감은 불시에 그렇게 찾아드는 것인지, 몽환이 걷혀감과 동시에 사다코는 자신의 운명을 직시했다. 샤미센 현에 한 점 달빛이 빛났다.

사다코는 샤미센을 보면서 운명이라면 그 길을 끝내 살아가야 할 수밖에 별도리가 없을 것이라고 생각했다. 그 밤, 벚꽃은 계속 떨어져 내렸고 사다코는 깊이 잠들었다. 열다섯이 되는 해까지 사다코는 샤미센을 익히며 게이샤가 되기 위한 수업을 받았다.

사다코는 그렇게 게이샤가 되어 갔다.

2

주인이 얼씬하지 않는 땅에서 소작인들의 노동은 이어졌다. 소작인은 소출의 결과를 지주에게 보내야 했고 물납의 시기와 규모를 맞추어야 했다. 소작지에서 땅 주인은 보이지 않았지만 소출의 팔 할은 지주의 몫이었다.

지주는 마름을 소작지에 보내서 그 해 수확 규모를 가늠했다. 마름은 소작 노동의 주변을 기웃거리며 담뱃대를 물고 입을 놀렸다. 마름이 지주에게 작황의 전망을 고했고, 마름의 전망을 토대로 지주는 관아에 보고했다.

고을 수령은 지주의 보고 중 일부를 들어내어 세관에 보냈고, 세리가 다시 만지고 다듬었다. 수령과 세리를 거치면서 수확은 토막 나기 시작했는데 농지에 쏟아지는 햇살은 뜨거웠고 소작인의 어깨는 새까맸다.

세리는 토막 난 실물을 숫자로 바꾸어 상부에 보냈다. 문서화된 모든 수치는 도 관찰사의 직인이 찍혀 서울로 갔다. 조정은 팔도에서 수치로 올라온 수확물을 취합해서 임금의 탑전에 올렸다.

소작지에서 임금에게 이르는 수확의 보고 과정은 아마득해서 보이지 않았는데 임금이 마주하는 수확의 결과는 쭉정이 하나 어긋나지 않고 수치상으로 흠결 없었다. 임금은 어사주를 내어 삼정승과 육판서의 노고를 치하했다.

방억수의 아비는 소작농이었다. 소작 노동에서 돌아오는 아비의 몫은 늘 한 줌 언저리였는데 그 한 줌으로 그나마 입에 풀칠을 할 수 있었기에 아비는 그 한 줌에 자족했다.

자족은 스스로 흡족하는 것일 테지만, 아비의 자족은 아비에게는 생의 허기가 규정해 놓은 맹렬한 신앙이었다. 아비는 그것을 자족이라 여겼다. 방억수도 아비와 다르지 않을 것이기에 소작하는 사람의 소작일은 별도리 없는 일이었다.

소작지에서 아비가 몸을 밀어서 땅을 일굴 때, 흙냄새가 대기에 퍼지면 아비의 몸은 흙의 기운으로 충만했다. 어려서부터 흙에 붙어살았던 아비는 오월 햇살이 스미어 흙이 붉어지면 흙을 물에 풀어서 마셨다.

물에 풀린 흙은 반 시각이 지나면 침전되었고 지장수가 맑게 떠올랐다. 아비는 맑아진 물을 마셨고, 흙에 열무나 푸성귀를 얹어서 먹었다. 엄동설한에 어린 것이 기침이 잦으면 아비는 아궁이 아래를 깊이 파서 누렇게 삭은 매운 흙을 캐내 끓여서 먹였다.

따뜻하고 풀기 있는 흙을 불에 달구어 가루를 빻아서 먹으면 몸의 독 기운이 가라앉았는데 어릴 적 아비가 산골짜기에서 파온 흙을 먹고 방억수는 아픈 배가 나은 기억도 있었다.

어릴 적부터 아비를 따라 나섰던 방억수는 자라면서 흙의 기운을 이해했다. 춘삼월 언 땅을 뚫고 나온 보리 싹을 밟을 때, 발바닥에 닿는 흙의 질감으로 방억수는 한 해 농사의 풍흉을 어림으로 짐작할 수 있었다.

겨우내 얼고 녹았던 땅에 공기의 입자가 조밀하게 박혀 있으면 흙은 거름을 잘 먹었고 병해충의 해코지가 덜해서 그 해에는 소출이 박하지 않았다. 방억수의 이해는 대체로 들어맞았고 그런 아들의 이해에 아비는 웃음 지었다.

흙에 붙어서 비지땀을 흘리며 한 해의 소출을 일구어 나가는 일은 아비나 방억수가 마다하거나, 내팽개칠 수 있는 성질의 것이 아니었다. 그것은 도리 없이 먹고 살아가야 하는 자들에게 부여된 천형이었다.

서릿발 같은 추위가 맹위를 떨치는 날에도 아비와 아들은 한 뼘의 농토를 마련하기 위해 깡마른 돌을 깨고 흙을 일구었다. 산 너머 탄천 변에서 물머리와 물의 몸통이 부딪는 소리가 다가오고 멀어졌다.

농한기에 두 사람은 산자락을 개간했다. 나무뿌리를 걷어내고 바위를 깨서 자갈을 골라냈고 얼어붙은 흙뭉치를 괭이로 부수어 땅을 일구었다. 산자락이 땅의 생김새가 되면 고랑을 내었고 파종기에 씨앗이 누울 자리를 마련했다.

아비는 소나무 삭정이와 마른 억새나 상수리 나뭇잎을 긁어서 불을 싸질렀고, 불에 탄 재를 개간지에 뿌려 흙의 성질을 순하게 바꾸었다. 그 흙에 눈이 내리고 비가 오고 바람이 불어서 소출이 이루어지는 순환의 질서를 아비는 어김없이 믿었다.

농번기에 아비와 방억수의 몸에서는 흙냄새가 났는데, 흙에서 나는 냄새인지 원래 몸 자체가 지닌 냄새인지 알 수 없었다. 부자는 소작지에서 주로 일했고, 어스름이 내리면 개간지를 일구었다. 두 사람의 노동은 낮밤을 구분하지 않았고 소작지와 개간지 사이에서 부지런히 작동했다.

산자락을 개간한 땅은 흙이 곱지 못하고 잔돌이 많아서 작물이 뿌리를 내리지 못했는데, 그런 땅에도 강냉이는 그럭저럭 커 나갈 수 있었다. 방억수는 강냉이를 심을 때, 씨알 세 개씩을 한 구덩이에 묻었다. 아비에게 배운 방법이었다.

*

경인년(1890년) 여름, 방억수의 아비는 송파 탄천 변에서 죽었다. 아비는 구들방에 누워서 죽었다. 죽기 전 방억수는 아비에게 양귀비 달인 물을 숟갈로 떠서 입안에 넣어 주었다. 아비는 정신이 돌아오는 듯 보였으나, 망가져 버린 몸은 극약 처방이 듣지 않았다.

아비는 매를 맞고 이틀 후에 죽었다. 매를 맞기 전까지 아비는 두 발을 땅에 붙이고 살아 있었다. 죽기 전에 아비는 매를 맞았고, 매의 독이 골수에까지 퍼져서 일어나지 못했다.

매를 맞을 때, 관은 매 맞는 이유를 아비에게 말했는데, 아비는 관의 말을 알아들을 수 없었다. 매가 치댈 때, 아비의 이빨이 하나씩 빠져나갔다. 아비는 매 맞는 이유를 듣기만 했고 거기에 토를 달지 못했다. 매질은 아비의 이가 모두 빠지고 뼈가 으스러지고 나서도 이어졌다.

매가 멈추자 그 자리에서 아비의 죄상이 일목요연하게 기록되었다. 관에서 말하는 죄는 도리 없이 죄일 뿐이었는데 아비의 죄는 선왕의 신성함이 미치는 능역의 산자락 한 귀퉁이를 농지로 개간했다는 것이었다.

왕족의 능이 들어선 곳은 사방 오 리를 소거해야 했다. 거기에는 얼씬거리는 자가 없어야 했고, 쇠붙이가 범할 수 없는 지엄한 땅이었다. 능이 들어선 능역에는 다른 무덤이 들어설 수 없었고, 사람 사는 마을은 모두 물러나야 했으며 논밭이 허용되지 않았다.

과거에 급제한 젊은 양반이 출세 길로 접어들기 전에 능역을 관리했는데, 봉분에 풀이 웃자라면 임금에게 보고했다. 임금은 행차하는 길에 들러서 절 했고, 임금이 오지 못하는 날에는 정승이 찾아와서 예를 올렸다.

예를 올리는 삼엄함 속에 소쩍새가 연거푸 울었고 여우, 늑대, 오소리며 하는 산짐승이 무시로 지나갔다. 백성은 능역 부근에 얼씬거리지 못했다.

그해, 조대비가 승하했고 시신을 모시는 빈전이 차려졌다. 대비는 임금에게 임금의 작위를 수여했기에 임금에게 대비는 특별했다. 어명으로 국상에 임할 종친과 외척에게 벼슬이 봉해졌고 임시직으로 총호사가 임명되었다. 부양해야 될 늙은 부모가 없는 젊은 벼슬아치를 수릉관으로 삼았다.

국장도감이 설치되었고 대비의 국상이 있기 전에 왕실의 능역들을 모두 다시 살펴서 삿되고 그릇된 것을 바로 잡으라는 총호사의 말이 경기와 강원에 하달되었다. 도 관찰사는 도내 관리 구역에 산재해 있는 왕실 능에 대한 전수 조사에 착수했다.

방억수의 아비는 선릉과 정릉[5]의 신성함이 미치는 산자락 땅 언저리를 무거운 쇳덩이로 긁어서 국본과 국체를 훼손한 것으로 죄질이 사납고 참담하여 목숨을 부지할 수 없었다.

"해괴한 짓을 사주한 자가 누구냐?"

"선왕 전하의 능은 소인이 개간한 땅에서 한참 먼 곳인데, 그 후미진 산자락이 그런 땅인지 소인이 어찌 알 수 있었겠소. 소인은 다만 한 뼘의 땅에서 곡식을 구하려 한 것입니다."

"기가 차는구나! 땅이 없어서 농사를 못 짓는다더냐? 조선 천지에 땅이 널려 있거늘 하필이면 왜 그곳인지를 묻지 않느냐! 분명 사주한 무리가 있을 터, 너의 배후가 누구더냐?"

관의 말은 능역의 후미진 곳을 개간한 배후를 겨냥하고 있었다. 배후가 있다면 배후와 함께 죽을 것이었고, 배후가 없다면 능역이 미치는 신성한 땅을 개간한 죄로 인해서 아비는 죽을 것이었다.

능역을 개간한 것은 죽을 자리를 판 것이니 모조리 실토하고 죽으라고 관은 매를 내리쳤다. 아비는 관의 말을 해독할 수 없었는데, 범하지 말아야 될 곳에 땅을 일군 것이 아비의 죄여서 아비가 살길은 없었다.

아비가 일군 땅은 복토되어 능역에 다시 복속되었고, 능역에 속하지 않았던 땅은 관에 편입되었다. 현감은 고을 관내 능은 무탈하고 안녕하다고 서둘러 보고서를 작성했다. 관찰사는 능역은 신성해서 백성들이 예를 갖추며 먼 길을 돌아가기를 주저하지 않는다고 총호사에 보고했다.

매 맞아 죽은 아비의 죽음은 자연사였다. 아비는 처음부터 죽기 위해서 태어난 것처럼 살다가 죽었다. 방억수는 아비의 죽음이 차라리 아비의 삶이 아닌 것인지를 생각했다.

방억수는 차가운 아비의 몸을 지게에 실어 탄천 변으로 향했다. 긴 그림자가 자꾸만 따라왔고 마른풀 냄새가 바람에 풀어졌다. 오래 묵은 아비의 모든 몸 냄새가 바람 끝에 실렸다. 죽음은 도처에서 허다했다.

3

달이 차고 기우는 섭리를 좇아 생리혈이 터져 나왔다. 복통이 명치에 오래 머물렀다. 여동女童이 사다코의 아래에 천을 대어 혈을 받았다. 흰 천을 적신 혈흔은 붉었고 비린내가 났다. 여동이 향을 피워 비린내를 몰아내었고 팥죽을 떠먹여 주었다.

생리가 끝나는 날, 사다코는 몸을 씻었다. 욕조에 증기가 피어올랐다. 사다코는 몸을 물속에 깊숙하게 담갔다. 따뜻한 물이 허벅지 안으로 스미었다.

석양이 문틈으로 들어와 사다코의 몸에 물결무늬를 드리웠다. 여동이 정종을 가져와 욕조에 부었다. 정종이 물에 풀리면서 사다코의 몸에 부드럽게 밀착했다. 젊은 사다코의 몸은 밀착해오는 물에 부풀어 올랐다.

여동이 허리를 숙여 사다코의 몸을 천으로 닦아 주었다. 사다코의 볼에 홍조가 피어났고, 목덜미에서 흘러내린 물방울이 하얀 가슴골을 따라 미끄러져 내렸다.

씻기를 마치고 욕통을 나온 사다코의 몸에 석양이 걸렸다. 빛의 테두리가 젊은 몸을 부각시키며 핏빛으로 물들였다. 사다코는 두 팔로 가슴을 가렸다. 여동이 마른 천으로 사다코의 몸에 묻은 물기를 닦고 기모노를 입혔다. 기모노에 석양이 바스락거렸다.

다다미가 깔린 방 안쪽에 화장곽이 놓여있었다. 네모진 붉은 표면에서 전등 빛이 반사되었다. 반질거리는 화장곽에는 주칠을 했고 겉면에 자개가 박혀 있었는데 달과 꽃과 나비 문양 자개에 무지개가 어른거렸다.

여동이 사다코의 머리를 빗겨 올렸다. 머리카락을 당겨 올린 사다코의 얼굴선이 팽팽해졌다. 눈썹이 가파르게 치올려졌고 눈초리가 가늘게 떨렸다. 이마, 귀, 목덜미에서 머리카락을 당겨 모아서 쪽을 찔렀다.

사다코는 화장수를 손가락으로 찍어서 눈썹과 눈언저리를 적시고 문질렀다. 엄지손가락으로 눈두덩을 비벼 피부에 긴장을 일으켰다. 검지로 이마를 눌러 화장수가 스미는 것을 도왔다. 얼마간 붉어진 피부가 차츰 제 색을 찾아갔다.

손바닥으로 콧날과 턱, 목덜미를 훑고, 가슴골을 따라 화장수를 발랐다. 화장수는 사다코의 몸의 충만을 한껏 거들어 주었다.

여동이 마유馬乳에 백색 분을 겨워 내밀었다. 기름 먹은 백분이 사다코의 얼굴을 지워 나갔다. 머리카락과 이마 사이에 백색의 경계가 선명했다. 쇄골에서부터 이마까지 하얗게 변해서 사다코는 이 세상 사람이 아닌 듯 했다.

사다코는 종이에 그리듯 정성 들여 세밀하게 화장했다. 가는 붓으로 검게 눈썹을 그렸고 눈썹 꼬리에 자색을 섬세하게 덧입혀 화사한 모양을 완성했다. 눈초리는 자주색 색소를 진하게 발라 끝을 치켜 올렸다.

둥글게 입술을 모으고 윗입술에 붉은 선을 그어 활모양의 테두리가 선명했다. 선을 그을 때 사다코의 입술 사이가 벌어졌고 한쪽 눈이 게슴츠레 감겼다. 테두리 안쪽에 색을 채우고 윗입술과 아랫입술을 서너 번 맞물자 붉은 색이 입술 주름을 메우고 고르게 얹혔다.

추켜올린 머리 단에 주홍색 명주 천으로 띠를 두르고 은으로 세공한 꽃 모양 장신구를 주변 머리에 꽂았다. 장신구에 달린 꽃술이 파르르 떨렸다. 여동이 옥비녀를 사다코의 쪽진 머리에 꽂았다. 분내가 방 안 가득했다.

의복을 갖춰 입은 사다코는 막대기를 들어 방 안 제단에 놓인 작고 네모난 징을 쳤다. 막대기 끝에 금으로 도금한 물고기 대가리가 징에 부딪히자 경쾌한 금속음이 다다미방을 빠르게 가로질렀다.

"이제 내가 더 가르칠 것은 없느니라. 너의 소리는 사람을 해할 수도 있으니 두려워하는 마음으로 악기를 대하거라. 마음이 소리를 불러내고 소리가 마음을 따르는 이치를 잊지 말거라."

스승이 사다코에게 머리를 조아리고 절했다.

사다코는 기모노를 내렸다. 샤미센을 다루듯 사다코는 스승의 몸을 감쌌다. 스승의 보잘것없는 몸뚱이가 사다코를 조여 왔다. 스승의 몸에 땀이 베였다. 다다미 바닥에 마른 풀 냄새가 고였고 창가에 달빛이 부풀었다.

*

샤미센을 켤 때, 현을 벗어난 음이 소리로 전개해 나가는 과정은 빠르고 경쾌했다. 상아 바치[6]가 지나면 현의 한 점에서 태어난 소리는 짧고 간결하게 공간으로 튀어 나갔고 이어서 다른 소리들이 뒤따르며 퍼져 나갔다.

손가락의 힘에 눌렸다 풀린 소리들이 곡예를 부리면서 터져 나왔다. 무리지어 발현한 소리들은 나아갈 길을 미리 정해둔 것인지 서로의 음역을 침범하지 않았고 공간을 가르며 음에 살을 붙여 가면서 차례차례 소멸 지점으로 나아갔다.

옥구슬을 풀어 놓은 듯 하나하나의 독자적인 소리가 중뿔나지 않게 무리를 이루어 공간을 메웠다. 먼저 나온 소리가 나아가서 저물면 나중에 태어난 소리가 저무는 지점으로 뒤따르면서 개별적으로 소멸해 갔다.

소리에도 방향성이 있는 것인지 소리들은 앞선 소리를 가만히 쫓아가며 완전한 질서를 이루었다. 음이 나아가는 자리에 율이 태어나서 소리는 음률의 몸체를 완성했다. 사다코는 손끝의 세심함으로 소리의 모둠을 끌어당기거나 밀쳐 내면서 조율했다.

샤미센을 켤 때, 사다코의 몸은 소리의 움직임에 가만히 반응했다. 좁은 어깨를 굽히면서 바치를 뜯었고, 가슴을 모으면서 현을 눌렀다. 현을 누르는 순간 손목꺾임이 유연해서 소리가 부드러웠다. 미간에 주름이 잡혔고 현을 떠난 소리의 움직임 사이에 작은 몸이 위태롭게 떨렸다.

사다코의 몸과 악기는 서로 도와가면서 혼연일치 되었는데 사내들은 사다코의 연주에 베이면서 쩔쩔맸다. 악기가 칼과 다르지 않다는 스승의 말은 어쩌면 정확했다.

사다코의 샤미센 소리는 나가사키에 국한되지 않았다. 구슬다발을 한꺼번에 풀어낸 듯 격정적인 음의 향연이 시모노세키 슌판로[7]에 울렸고, 야마구치를 넘어서 혼슈를 종단하며 나아갔다.

일본의 내로라하는 정치가, 재산가들이 동시에 사다코와 사다코의 소리에 빠져들었다. 이쯤 되자 관람객의 명단이 먼저 나가사키 유곽에 전해졌고 명단에 적힌 자들의 명성을 가려서 사다코는 직접 연주했는데 더러 명단에 적인 이름이 하찮으면 연주를 물렸다.

사다코의 소리는 풍문을 타고 일본 구석구석으로 흘러들었다. 자연스럽게 사다코는 초일류 예인으로 대우 받았고 대접이 융숭했다. 도쿄나 교토에서 사다코를 불러서 소리를 청했는데 열여덟이 되던 해 봄, 사다코는 내각 총리 이토 히로부미가 참석한 주연에 불려갔다.

수상 각하의 위엄 앞에서도 사다코의 연주는 위축되지 않았다.

그날, 이토 히로부미가 따로 사다코를 불렀고 사다코는 머리를 풀었다. 푸른 달빛이 다다미에 내려앉았고, 창밖으로 밤 벚꽃이 하나둘 떨어져 내렸다.

이토 수상은 주요 정계 인사 모임이 있을 때마다, 사다코에게 샤미센을 들렸다. 사다코는 간드러지게 연주했고, 혼신의 힘으로 수상 각하의 고독을 달래 주었다. 이토 히로부미와 사다코의 관계는 정재계에 회자 되었다.

권력이 배경에 자리하자, 사다코의 연주는 더욱 강력했다. 나가사키 유곽으로 미관말직의 사내들이 금붙이를 몰아서 왔다. 유곽 여주인은 건물 칸을 넓혀서 흑막을 치고 금고를 들였다. 후원에서 사다코는 날아오르는 메추리를 겨냥해서 쏘았다. 금도금한 총신에 햇살이 번쩍거렸다.

사다코는 권력이 물어다 주는 열매를 알뜰하게 취해 나갔다. 돈은 나아갈 자리 앞에서 물러서거나 주춤거리지 않았다. 사다코는 서두르지 않았고, 나서야 될 곳과 나아가지 말아야 할 곳을 알아서 스스로 가렸다. 이토 수상은 사다코의 처신의 세련됨을 신뢰했다.

4

임금이 어려서 임금의 사무를 관장할 수 없었던 시절, 임금의 아비는 오래 방치되었던 경복궁을 재건했다. 어린 임금을 보위에 앉힌 대비전은 임금의 아비를 불러서 과업을 윤허했고, 임금의 아비는 어린 임금이 지내는 궁 후원에 연못을 파고 정자를 얹었다.

정자의 누각을 지탱하는 육모기둥 모서리마다 아들에 대한 아비의 완전한 호의는 깊고 무섭게 박혀 있었다. 어린 임금의 손을 이끌고 취향교를 걸으며 아비는 임금의 나라를 어린 임금에게 설명했다.

아비가 설계하는 나라를 어린 임금은 알아들을 수가 없었는데, 아직 어린 임금은 아비가 말하는 나라보다는 나목의 헐벗은 그림자들이 연못 수면에 일렁이는 모습과 유영하는 물오리를 들여다보고 싶은 마음에 좀이 쑤셨다.

임금이 자라서 임금의 사무를 감당할 나이가 되었을 때, 임금의 아비는 빗발치는 상소에 밀려 국정에 손댈 수 없었다. 운현궁 사저에서 임금의 아비는 방바닥을 긁으며 대원위분부를 말했으나 수인囚人이 된 노인의 말은 대처로 나아가지 못했다.

임금의 아비가 내어 준 자리는 중궁전이 꿰차서 임금은 이제 중전의 품속에서 시대의 질감을 헤아렸다. 중전의 세계관은 아비의 국가관과 대립했는데, 두 가치관의 차이라는 것은 누가 하는 말인가에 따라 다를 뿐 내막은 얼추 동일했다.

중전은 국본의 지엄과 어명의 삼엄을 치세의 맨 꼭대기에 두고자 했다. 중전은 임금과 아비의 집 사이에 뚫렸던 문을 걸어 잠갔고 수렴의 뒤편에서 욕망의 집어등을 밝혔다. 등불이 하도 밝아서 눈 뜨기가 어려웠다.

중전의 세계관은 치세의 지평이 되어서 임금의 입을 빌려 밖으로 나아갔다. 눈치 빠른 대신들은 임금이 발설한 말의 출처를 정확히 알고 있어서 임금의 말이 모호할 때, 일제히 중궁전으로 몰려갔다.

임금 스스로도 할 말은 있었는데 그 말들에서 세계는 겹쳐져 있었고 조선은 안개에 갇혀 흐릿했다. 몽롱한 안개를 헤치고 시커먼 배들이 조선연안을 자주 기웃거렸다. 큰 배들이 파도를 갈아엎으며 왔고 함포를 종묘와 사직에 겨누기 시작했다.

현해탄을 건너온 일본 배는 한강 하구를 틀어막고 근접전을 펼쳤다. 강화 초지진에 포성이 터졌고 백성의 주거지를 부수었다. 왜노가 내륙에 상륙하여 민가를 점거하였고 여염의 아낙을 강간

하고 총검을 몸에 쑤셔 박았다.

러시아가 부동항을 찾아 극동을 수색하자, 홍콩에 주둔하고 있던 영국이 남지나 바다를 건너왔다. 영국은 호남 입구 섬을 강점하고 자국의 깃발을 섬 중턱에 꽂았다. 동지나 해에서 바람이 불어와서 열십자 깃발이 바다 건너 월출산을 마주보며 펄럭거렸다.

외국의 배들은 수시로 들락거렸다. 그들은 수시로 와서 마치 어로 행위를 하듯 거리낌 없이 해변과 마을을 들쑤셨다. 그들이 보기에 조선의 것들은 대부분 하찮아 보였으나 그나마 쓸 만한 것들은 제 나라로 실어갔고, 쓸 수 없는 것들은 쓸 수 없어서 부수고 갔다.

전리품을 쟁여서 제 나라로 돌아가는 뱃길 물목마다 죽은 백성의 몸뚱이가 이물에 치였고, 바다를 일별하는 마을마다 연기가 검게 피어올랐다. 살아남은 백성들은 마을을 버리고 막연하고 대책 없이 긴 유랑의 길에 올랐다.

상황이 이 지경에 이르자, 개화를 늦출 수 없다는 목소리가 새어 나왔으나 척화의 기운은 팔도 구석구석에 진을 쳤다. 낯선 것들에 대한 두려움은 무섭고 완강해서 위에서는 종묘와 사직의 보전을, 아래로부터는 오래도록 살아온 습성의 변동에 대한 공포가 완연했다.

공포가 가중될수록 저항은 필사적이었으나, 민초의 저항은 풍전등화여서 부딪치는 곳마다 족족 맥없는 죽음으로 이어졌다. 타의든 자의든 더는 버티기가 어려워지자 조정은 외국과 조약을 맺고 살 바를 모색해야 했다.

공맹과 퇴율의 정신을 건실하게 유지하되, 서양의 과학과 문물의 이로움을 끌어안아서 나라의 만년치세를 두텁게 하자는 말들은 마땅히 기승했다. 외국이 미리 지어 온 조약의 문장은 그럴싸했다.

그럴싸한 문장은 해석이 어려웠고 어려운 해석은 해석하는 자에 따라 또 달라졌다. 대신이 임금에게 보고하는 조약의 내용은 대신의 해석이었고 임금은 대신의 해석으로 문장을 이해했다. 그러니까 해석은 하기 나름이었다.

미문美文에 갇힌 말들이 정전正殿을 회람할 때, 종묘와 사직이 보전되어 나라는 안으로 기강이 서고 밖으로 외교가 굳건해서 조선의 만년치세는 명약관화로 여겨졌다. 그러니까 다들 그렇게 되기만을 바랐다.

열강이 주도하는 세계 재편의 구도 속에서 조선의 문은 열리기 시작했고 문틈 너머 여명이 푸르스름하게 태어나고 있었다. 그 빛 너머로 조선의 세계사적 영역은 분명하게 자리하고 있는 것처럼 보이기도 했다.

5

김옥균이 홋카이도 생활을 정리하고 도쿄로 돌아왔다. 이토 히로부미가 마련한 자리에 김옥균이 빈객으로 왔고, 사다코는 춤사위를 펼쳐내었다. 몇 순배 술이 돌자, 불콰해진 사람들이 조선에 대해 이리저리 성토했다.

김옥균은 말을 삼가고 주로 듣는 편이었는데 자세에 흐트러짐이 없었다. 입가에 술을 흘려 가면서 사내들은 천황의 치세와 국제정치를 말했고 일본의 굴기를 치켜세웠다. 조선의 버릇없음을 삿대질했고 조선 왕의 변변치 못함과 왕비의 성질머리를 조롱 섞어 욕설해 댔다.

주연 사이사이 게이샤들이 종종걸음으로 오가며 정종을 날랐다. 어떤 인사는 게이샤의 기모노를 벗겨서 가슴을 쥐어뜯으며 매달렸고, 해괴한 웃음을 짓거나 썩은 생선 냄새나는 입으로 게이샤의 몸을 핥았다.

취기가 거나하게 올라서 시공간이 동시에 흐느적거릴 때, 사다코는 마지막 소리를 뽑아내었다. 샤미센 음률이 질펀해진 술자리에 번져 갔다. 김옥균의 눈빛이 사다코에 닿았다. 옆에 붙어 앉은 게이샤가 김옥균의 소반에 놓인 잔에 술을 채웠다.

우정총국 낙성식에서 김옥균을 필두로 호기로운 청춘들이 정변[8]을 단행했다. 새 정치를 지향한 혁명은 정령을 발표하였고, 근대국가의 기반을 마련하여 조선의 나아갈 바를 선언하였다. 이들은 척신을 제거하고, 개혁적인 인물을 정치의 중심부로 끌어당기고자 했다.

거사는 성공하는 듯 보였으나, 정변을 주도한 세력은 급진적이어서 충분히 주변을 보듬지 못했다. 무엇보다도 일본 측에 크게 의지했는데 일본 공사는 청국군과의 섣부른 대치를 우려해서 애당초 약속과는 다르게 궁의 호위를 기피했다.

위안스카이는 조선이 일본에 기우는 판세를 용인할 수 없었다. 정변 세력을 원조함에 일본 공사는 우물쭈물 거렸는데 일본의 미온적 태도를 위안스카이는 간파했다. 청국은 여전히 강력했고, 김옥균의 예측과는 달리 판세는 단순하지 않았다. 정변 삼일 만에 김옥균의 꿈은 물거품이 되었다.

임금은 개혁의 기치 아래 김옥균에게 경도되었던 자신의 태도를 책망했다. 임금의 책망은 김옥균에 대한 원망으로 나아갔다. 이도 저도 선택이 어려운 임금은 어찌할 바를 몰랐다. 임금은 다만 자신이 살 바를 찾는 것이 급선무였다.

위안스카이는 임금의 의중이 어디에 있는지 중요하지 않았다. 군을 움직였고 정변의 주동자를 처단하기 시작했다. 도주하지 않은 홍영식은 그 자리에서 죽었고, 김옥균과 박영효는 일본 공사관이 뒤를 살펴서 가까스로 도일했다.

밀려난 기득권 세력이 다시 조정을 점령했다. 조정은 정변 가담자의 일가친족을 연좌제로 응징했다. 일가친족은 살 가망이 없어서 제 아이들을 제 손으로 독살하고 자결했다. 더러 살아있는 자들은 조정이 나서서 죽였고 아녀자와 아이들은 변방의 관노비로 삼았다.

임금은 자객을 일본으로 보내 도일한 자들을 찾아내 죽이려 했는데, 자객이 번번이 실패하자 애가 끓어 수라를 물렸다. 조정 신료들이 조석으로 일본 공사를 면담해서 임금의 애끓음을 어찌 좀 해달라고 졸랐다.

일본 정부도 조선왕의 득달을 묵살할 수 없어서 김옥균의 대우에 내내 냉랭했다. 자객의 칼날을 겨우 피했지만 김옥균은 정처없이 일본 땅을 옮겨 다녔다. 규슈 남쪽 작은 섬으로 피해 갔고, 홋카이도에 억류되었다. 매서운 북풍은 김옥균의 뼈마디 마디에 한기를 박아 넣었다.

김옥균은 망가진 몸을 이끌고 도쿄로 돌아왔다. 김옥균의 눈에 비친 도쿄는 몇 년 동안 눈부시게 변모해 가고 있었다. 큰 배들이 해안을 유유히 드나들었고, 선박에서 하역한 물품들이 도시 곳곳으로 파고들어 상업을 일으키고 있었다.

토지에서 상업으로의 대전환이 일어나는 광경을 목도하면서 조선의 무력함을 어찌 해 볼 수 없는 자신의 처지가 김옥균은 한탄스러웠다. 안으로 사대부의 적폐는 층위를 헤아릴 수 없이 두터웠고 밖으로는 제국의 이해가 얽히고설켜 조선은 고립무원이었다.

술 마시며 지껄이는 일본인의 조선에 대한 폄하는 꼴사나웠으나 말의 뼈대를 추려보면 반드시 허튼소리라고도 할 수 없었다. 정한론[9]의 기세가 당장은 수면 아래에 가라앉아 있긴 해도 언젠가는 떠오를 것이었고 기필코 일본은 조선을 겨냥할 것이었다.

조선과 일본의 국부는 나날이 격차를 더해 가고 있는 상황이었고 청국의 위세도 예전 같지는 않았다. 이토 히로부미는 그런 것들을 염두에 두고 있는 듯 보였는데, 어떤 계기를 찾고 있는 것 같기도 했고 이미 찾아낸 것 같기도 했다.

*

사다코는 들리는 말들로 김옥균의 신분과 일본에 머무르고 있는 경위를 파악할 수 있었다. 김옥균이 붓글씨를 팔아서 밥을 먹는 사정을 알게 되어 사다코는 가이군지를 붙여 김옥균의 수발을 들게 했다.

도쿄 방문길에 사다코는 가이군지를 불러내어 돈을 전했고, 가이군지는 고기를 끓여서 김옥균을 먹였다. 김옥균이 고기가 어디서 났느냐고 가이군지에게 물으면, 가이군지는 가만히 서 있을 뿐

말이 없었다. 김옥균도 더는 묻지 않았다.

가이군지는 김옥균의 머리칼을 다듬어 주었고 잠자리를 살펴 주었다. 김옥균은 가이군지의 세심함으로 서서히 건강을 회복했다. 가이군지는 사다코를 만나는 날이면 김옥균의 건강을 말했다. 사다코는 가이군지에게 금붙이를 건넸고 김옥균의 안위를 세심히 살피라고 부탁했다.

김옥균의 거처는 황궁이 건너다보이는 유라쿠초有樂町에 있었다. 홍종우는 불란서에서 유학한 문사로 귀국길에 도쿄에 체류하면서 유라쿠초에 드나들었다. 불란서에서 국제 정치에 깊은 관심을 가진 홍종우는 야망이 큰 인물이었다.

홍종우는 구라파의 선진화된 문명을 목도한 당사자로서 암흑에 갇힌 조국의 정세를 개탄했다. 갑신년의 분함을 통탄하면서 망명객들과 어울렸다. 그는 개화만이 조선의 살 길임을 열렬히 피력했고 자연스럽게 망명객들의 호감을 샀다.

홍종우는 김옥균의 거처에 찾아오는 빈객들에게 불란서 요리를 직접 만들어 대접했다. 도쿄의 명사들이 몰려와서 불란서 요리를 먹었고 사람들은 "오이시이!"라고 말했다. 홍종우가 불란서에서의 생활에 대해서 늘어놓는 말들에 듣는 사람들은 "소 - 데스까?"하며 관심을 드러냈다.

김옥균이 보기에 홍종우는 말의 기교가 현란했고 문장에 힘을 주는 지점이 명쾌했다. 무엇보다 홍종우의 세계 인식은 김옥균의 평소 생각과 부합했다. 홍종우에 대한 김옥균의 신뢰는 두터워져

갔다.

가이군지가 사다코를 급히 찾아왔다.

"나리께서, 상하이에 간다고 말했다. 여행 경비를 마련하고자 여기저기 다니고 있는데, 이일직이라는 자가 여정을 알아보고 있고, 홍종우라는 자가 동행할 것이라고 들었다."

"나리께 전해줘. 나리께서 출국하는 날, 가이군지는 나가사키로 돌아오는 게 좋겠어."

사다코는 돈이 든 가방을 가이군지에게 건네주었다.

상하이에서 홍종우가 김옥균을 쏘았다. 조, 청, 일이 화합하여 서양 세력을 극복하자는 김옥균의 바람은 끝내 발화되지 않았다. 정변이 실패하고 십 년 동안 망명객으로 떠돌던 김옥균의 몸은 시신이 되어 조선으로 압송되었다. 김옥균의 주검을 배에 실어오면서 관 뚜껑에 홍종우는 썼다.

대역부도옥균大逆不道玉均

홍종우가 서울에 입성하자 임금은 버선발로 홍종우를 맞이했다. 양화진에 김옥균의 목이 효수되었고 장대에 까마귀가 매달려 날개를 퍼덕이며 부리를 비볐다. 백사장에 어둠이 내려앉았다. 한 사내가 김옥균의 머리를 수습하고 나무상자에 담아서 백사장을 벗어났다. 모래톱에 달빛이 반질거렸다.

김옥균이 상하이에서 죽자, 일본 땅에서 김옥균의 망령이 움직이기 시작했다. 일본 조야는 김옥균의 죽음에 별안간 의미를 부여하기 시작했다. 김옥균의 죽음의 배후를 밝혀야 한다는 여론이 대륙을 겨냥하며 고개를 들기 시작했다.

때를 맞추어 조선에서 농민이 변란을 일으켰고, 조선 조정은 청국군을 불러 농민군을 제압하기 시작했다. 이토 히로부미는 청국군의 조선 영유를 우려했고, 천황의 재가를 얻어 일본군의 조선 파병을 승인했다.

6

아미산 굴뚝이 막혀서 연기가 고르게 퍼지지 못했다. 궁궐 수비병들이 고래를 팠고 구들장 통로가 연결되는 지점에서 죽은 늑대를 발견했다. 내관이 태워 버리라고 말했다. 내관의 명이 사소해서 늑대는 녹산[10]에 방치되었다. 까마귀 떼가 몰려와 썩은 늑대를 에워싸고 날개를 퍼덕거렸다.

천장에서 뱀이 내려와 임금의 침전에 똬리를 틀었다. 머리가 붉었고 눈동자가 하얗게 멀어서 뱀은 임금을 알아보지 못했다. 뱀은 용상을 휘감고 사납게 갈라진 검은 혀를 날름거렸다. 지밀내관이 놀란 임금을 부축하여 침전을 벗어났다.

어전회의에서 임금은 말했다.

"내가 고금에 없는 역적 옥균을 산채로 잡아다가 나라의 법을 시행치 못하니 여론이 들끓었다. 비록 시원하지 않지만 이제 그 시체라도 끌어와 법을 집행하였으니 오래된 미안함이 풀리게 되었다.

그런데 대역죄인의 혼이 궁을 배회하는 것인지 후원에서 죽은 늑대가 발견되었고 눈먼 뱀이 침전에까지 기어들어오는 지경이 되었다. 내가 사서와 삼경을 대강은 안다마는 궁에 요물이 버젓이 나다닌다는 것을 읽은 적이 없다.

임진년에 화마가 짓이겨 버린 궁을 아버님께서 재건하셨다고는 하나 이제 옮겨와 지내다 보니 터가 사나운 것이 상극이다. 거처를 옮기려 한다. 경들은 의견을 말하라."

"부당하옵니다. 전하! 태조대왕께옵서 나라를 여실 적부터 경복궁은 조선의 정궁이었나이다. 임진년 이래 오래 방치되었다고는 하나 이제 다시 재건을 이루어 보란 듯이 이 나라의 중심으로 우뚝하나이다."

"본래 짐승은 궁과 사가를 구분하지 못 할진데 짐승에게 그것을 기대하시렵니까? 궁에 짐승이 들어온 것은 궁을 지키는 자들의 태만이니 이를 일벌백계하시면 될 뿐, 국왕이 짐승에게 궁을 내어주려 하시다니 이것이야말로 사서와 삼경에 있겠사옵니까?"

"옥균의 일은 귀신과 사람이 다 같이 분격할 일이온데, 그 자의 혼백이 얼씬거린다면 그자의 피붙이를 모조리 다시 처죽이면 되는 일이옵니다. 전하께옵서 성심을 기울이실 일이 아니옵니다."

"신들이 우려하는 것은 전하께옵서 동틀 녘까지 침소에 들지 않으시니 눈에는 헛것이 맺히고 괴담이 귓가에 맴도는 것이옵니다. 부디 전하께옵서는 해가 지고 뜨는 이치에 맞추시어 기침과

침소를 바르게 하소서!"

"경복궁으로 말할 것 같으면, 성한 기운이 북악산 자락을 타고 광화문을 지나 이 나라 팔도로 나아가는 지극한 명당이옵니다. 종묘사직이 궁의 좌우에서 전하를 지키고 있습니다. 이제 문득 궁을 버리신다면 전하께서는 어디로 가시렵니까?"

임금의 물음에 대신들이 일제히 되물었다. 임금이 임금으로서 만백성의 모범이 되지 못하고 있는 것이라고 대신들은 대놓고 임금에게 말했다.

"불가하옵니다!"

친청, 친일, 친러, 친미로 나뉜 대신들이 임금의 전후좌우에 포진하였으나 임금의 말을 거스르거나 가급적 피해가는 것이 보신의 상책임을 대신들은 잘 알고 있었고 대신들의 상책을 임금도 아주 모르지는 않았다. 임금은 고집을 부렸고 대신들은 트집 잡았다.

임금은 밤이 되면 건청궁 옥호루에 머무는 중전의 처소로 숨어들었다. 건청궁은 경복궁 내에 세운 궁궐 속의 궁이었다. 임금이 아비의 섭정을 물리치고 친정을 선포하던 해에 손수 내탕금을 내어 작심하고 세웠고 조선 최초로 전깃불을 가설한 곳이었다.

임금은 건청궁 깊숙이 장안당에 머물렀고 곤녕합에서 중전과 마주했다. 장'안'당과 곤'녕'합에서 임금과 중전은 말 그대로 '안녕'하기를 간신히 바랐다. 임금 내외의 안녕은 북악산을 배후로 확보 되어 있는 것처럼 보이기도 했다.

대신들은 임금이 '전'이 아닌 '당'이나 '합'에 머무른다면 '전하'가 아닌 '당하'나 '합하'의 칭호를 써야 하는 것이냐며 나라 법도에 맞지 않다고 상소를 올렸다. 임금은 '참작 하겠다'고 말했다.

*

외등 빛에 불나방이 몰려들었다. 은목서 잎사귀에 바람이 숨어들었고, 가는 빗줄기가 곰솔 방울에 맺혔다. 녹산이 능선을 어둠에 포갰고 이따금 부엉이가 허공에 소리를 찍어냈다. 두루뭉술하고 허한 소리였다.

중전이 가체를 내리고 머리를 풀었다. 임금이 중전의 저고리 고름을 당겨서 앞섶을 열었다. 속적삼이 흘러내렸다. 그러는 동안 임금의 아래가 뜨거워졌다.

중전의 손끝이 임금의 귓불에 머물렀다. 임금의 입김이 중전의 쇄골에 닿았다. 중전의 입술이 임금의 콧잔등을 지나 입술에 닿았다. 임금은 중전의 젖무덤을 두 손으로 받쳐 올렸다. 중전의 가쁜 호흡이 임금의 가슴을 파고들었다. 임금의 수염이 중전의 목을 스치고 젖무덤을 쓸었다. 엷은 신음이 중전의 벌어진 입술에서 새어 나왔다.

"전하 무슨 일이 있어도 살아남으셔야 합니다. 살아남아서 전하의 나라에서 전하의 정치를 펼치셔야 합니다. 신첩이 그날을 반드시 만들고야 말겠습니다."

중전의 말이 임금의 귓전에 뜨겁게 닿았다. 임금의 손이 중전의 명치 아래로 내려갔다. 손가락이 중전의 허벅지 속에 머물렀다. 중전은 둔부를 들어 올려서 임금의 의중을 거들었다. 임금의 등에 땀이 맺혔고, 중전의 몸이 가녀리게 떨렸다.

관능과 야욕이 번갈아가면서 신음했다. 임금의 몸이 중전의 손끝에 닿을 때, 임금의 관능은 일순간 일어섰고, 중전의 살이 임금에게서 멀어질 때, 야욕이 파고들었다. 두 개의 욕망은 몸과 몸 사이에서 파도처럼 치대었다.

임금의 몸에서 마른 풀 냄새가 났다. 중전의 몸에서는 보리수 냄새가 났다.

외등 불빛이 전각에 드리운 어둠을 쓸었고 옥호루 뜨락에 은목서 잎들이 비와 바람에 쓸리는 소리가 선명했다. 어둠이 비에 젖어서 밤은 뚜렷했고 처마에 낙숫물 듣는 소리가 맞춤했다.

7

손탁은 러시아 공사가 조선에 부임할 때 수행일원으로 서울행에 올랐다. 손탁은 러시아 공사의 처형妻兄으로 공사가 입궁할 때 동행해서 궁을 드나들었고 조선말이 능통해서 이따금 중궁전의 부름을 받았다.

중전이 손탁에게 서양의 사정을 물으면 손탁은 아는 대로 말했는데, 하는 말이 다부지고 조리가 있었다. 손탁이 말하는 서양의 사정이란 서양식기 사용법에서부터 정치, 경제, 사회, 문화, 세계 역사와 이른바 구라파의 동양에 관한 인식까지를 망라했다.

손탁이 말하는 세계 역사는 약육강식에 기인한 합종연횡의 지난한 연속이었다. 인간의 역사는 사냥과 채집의 시대를 건너왔고 생산과 저장의 불균형에 이르러서는 침략의 시대로 접어들었는데 그것은 불가피했다.

힘의 세기에서 밀린 국가나 민족은 변방을 전전긍긍했고, 많은 경우 위축되거나 소멸의 길로 나아갔다. 더러 어떤 계기로 어느 탁월한 인물이 등장하면 그때마다 세계 질서는 재편되었다.

손탁의 말에서 구라파와 동양이 서로를 잘 모르거나 애써 외면했던 불과 얼마 전까지 청국은 세계의 중심임을 자처했고, 조선과 일본 등 극동의 나라들이 청국의 절대적 영향력 아래에 있었다.

"그래서, 그대의 견해로 청국의 형세는 지금 어때 보이시는가?"

중전은 손탁을 바라보았다. 답답한 심정이 드러난 눈길이었다.

"믿는 것과 사실은 같은 것입니까?"

중전의 불편한 표정에 지밀상궁이 나섰다.

"하문하시면 답만 하면 될 것이오. 마마께 묻는 법은 없소!"

손탁은 어리둥절했지만 나라마다 예법이 다르다는 사실을 이미 알고 있었던 터라 예의에 어긋나지 않게 가벼운 미소를 지었다.

"몇 해 전에 저희들 같은 외국인들이 조선 아이들의 눈을 뽑아서 사진기 렌즈에 끼워 쓴다며 조선 백성들의 폭동이 있기도 했습니다. 사진기에 대하여 지식이 전혀 없으니 백성들은 촬영 렌즈를 요물로 믿어버린 것입니다. 터무니없지만 믿음이 사실을 가려버리는 무참한 사례였지요.

지금으로부터 수백 년 전, 천문을 연구하는 한 사람이 놀라운 말을 했습니다. 우리가 사는 이 땅은 스스로 회전한다는 말이었습니다. 지금에서는 당연한 사실로 받아들이지만 당시에 그 주장은 이해할 수도 받아들일 수도 없었습니다. 사실이 믿음을 이기기는 힘든 법이니까요.

그러나, 이 땅은 스스로 돌고 둥글고 보이지 않는 만유인력이 있다는 바로 그 사실이, 믿음이라는 허상을 이기기 시작하면서부터 구라파는 바다로 나아갈 수 있었습니다. 그리고 수많은 구라파 선박들이 동양으로 왔습니다.

구라파는 항로를 개척했고 그 항로를 따라 청국 본토에까지 이르렀습니다. 예로부터 청국은 구미가 당기는 땅이었지요. 결국 아편으로 인한 전쟁으로, 청국 땅의 일부분은 영국이 점령하였습니다.

그 배들이 이제 조선의 연안에 몰려들고 있습니다. 믿기 싫은 사실이지요. 이것을 부정할 수는 없습니다."

손탁은 부정할 수는 없습니다, 라고 평서문으로 말했지만 중전이 듣기에 그 말은 여전히 묻는 말로 들렸다.

'부정할 수 있겠습니까?'

제물포 연안에 정박해 있는 멀거나 가까운 나라들의 검은 연기를 뿜어내는 배와 햇살에 번득이는 함포가 중전의 뇌리를 스쳤다.

"대원군은 개항 이후 아편전쟁으로 침탈당하는 청나라를 목도하고, 쇄국을 조선의 대외정책으로 채택했네. 대국이 한 순간에 무너져 버리는데, 개항하게 되면 조선처럼 작은 나라는 부지불식간에 서양의 먹잇감이 된다는 정세판단이었네.

나는 거기에 동의하지는 않지만, 그렇다고 그 말이 아주 그르다고도 생각할 수 없는 것이 지금의 모습이네. 몇몇 항구를 개항했지만, 개항 이후 백성들의 삶이 나아지기는커녕 오히려 더욱 살기 힘들어지는 실정이네. 그대는 이것을 어찌 보는가?"

'중전께서는 그것을 정녕 몰라서, 제게 물으십니까?'

나오려는 말을 손탁은 안으로 밀어 넣었다.

*

군란이 있던 해(1882년), 중전은 광주를 거쳐 충주에 몸을 숨기고 전전긍긍하고 있었다. 다시 임금을 차지한 대원군이 이미 중전의 죽음을 선언해 버렸는지라 자객이 중전을 찾아내어 죽여도 원래 죽어 있던 사람이었으므로 중전의 죽음은 없는 일일 터였다.

형세는 불 꺼진 방 안과 닮아 있었다. 어느 날 한 무녀가 중전이 머무는 집으로 찾아왔다. 무녀는 신령님의 계시를 받아 중전이 환궁하는 날짜를 일러주었는데, 정확히 그 날짜에 중전은 궁으로 복귀했다.

중전의 환궁 대열에는 무녀가 포함되어 있었고, 중전은 무녀에게 작위를 내려 진령군이라 칭했다. 일개 무녀가 왕족이나 공신에 버금가는 군의 반열에 오르는 기가 찬 일이 버젓이 일어났으나 누구 하나 내놓고 비난하지 못했다.

진령군은 성균관 뒷산에 관우장군을 모시는 당을 만들고, 조석으로 기도했다. 기도 중에 무녀는 이따금 신령의 계시를 받아 눈알이 뒤집어지고 목소리가 갈라졌는데, 이때 사람들은 엎드려 빌면서 신내림의 예언을 들었다.

중전이 무녀를 편애하자, 관리들이 무녀의 처소에 몰려들어 이

자리 저 자리 인사 청탁은 봇물을 이루었다. 무녀가 관직을 점지하면, 다음날 그 자는 봉직되었다. 청탁의 대가는 황홀해서 홍분한 무녀의 치마 속이 홍건했다.

태어날 때부터 병약한 세자의 병색이 호전 되지 않자, 중전은 팔도 명산에 굿판을 벌였고, 금강산 일만 이천 개 봉오리마다 제를 올렸다. 국가 재정은 굿판 앞에 속수무책이었다.

손탁은 이런 기막힌 말들을 처음 들었을 때, 가관도 이런 가관이 있나 싶었지만 조선에서 오래 지내다 보니 무속의 힘은 과학적 사고가 도대체 자리 잡을 수 없이 가열찼다. 조선에서 믿음은 사실과 동의어였다.

아마도 대원군이 불란서 신부를 죽이고, 천주교도들을 새남터에 효수하여 백성들에게 이교異敎의 해악을 단속했던 배후에는 믿음을 사실과 구별하지 못하는 조선인의 무분별한 맹신을 미연에 방지하기 위한 그 나름의 처방일 수도 있었다.

이런 말들을 다 할 수도 없었고, 어떤 말은 침묵으로 대체 할 필요가 있었다. 그것을 잘 알고 있었기에 손탁은 해야 될 말만을 이어갔다.

"구라파 서적에 푸줏간 주인의 이기심이 사람들에게 고기를 먹인다는 말이 있습니다. 푸줏간 주인이 사람들에 대한 온정이나 특별한 자비로 소를 잡는 것이 아닙니다. 그는 다만 개인적 부를 성취하기 위해 고기를 파는 것이고 사람들은 저마다의 개인적 욕구로 인해 고기를 구매한다는 것입니다.

사람들 간에 보이지 않는 자기 욕망 추구의 결과로 인해 세상은 질서를 부여받고, 그 질서 속에 세상살이가 가지런해집니다. 개항장을 통해 들어오고 나가는 물품들은 서로의 필요에 의해서 거래가 일어납니다.

거기에서 더 큰 이윤이 발생하게 되는 시장의 원리를 조선 백성들도 추후에는 알게 될 것이고, 백성의 궁핍은 차차 개선될 것입니다.

조선 개항의 역사는 매우 짧습니다. 국부의 길로 나아가는 출발 선상에 이제 막 서게 된 것이지요. 아마도 보이지 않는 힘이 작용하는데 시간이 걸릴 것입니다. 답답하겠지만 조정도 백성도 인내심이 필요합니다.

청국에 관해서라면 그들은 스스로 천자의 나라로 일컬었습니다. 자원과 물산이 풍부하고 백성이 많으니 그럴 만했습니다. 하오나, 시대가 변했습니다. 서양의 기술 발전은 생산을 배가시켰고, 백성의 노동을 지원하고 있습니다."

나인이 찻잔을 들였다. 상궁이 더운물을 붇고 꽃차를 띄웠다. 마른 꽃잎이 물에 닿아 풀어졌다. 찻잔 속에서 꽃이 피어났고 숨죽이고 있던 향이 새로 태어나서 내전에 은은하게 번졌다.

은 접시 위에 찹쌀 약과가 네모반듯한 모양으로 가지런히 놓여 있었다. 기름을 머금은 약과는 윤기가 반지르르했다. 대추를 채 썰어 중앙에 차분히 얹혔고, 잣 두 알이 양 쪽에 박혀서 고명을 이루었다. 중전이 약과를 권했고 손탁이 맛보았다.

약과 맛은 차졌다. 부서진 조각이 혀 여기저기에서 서로 비벼지며 놀았는데 기름진 윤기가 포만감을 더해서 입안을 가득 채웠다. 채 썬 대추는 식감이 거칠었으나 끝이 달았고 잣은 기분 좋을 만큼 비렸다. 손탁은 이어서 말했다.

"넘쳐나는 생산품은 쓰일 곳을 찾기 마련입니다. 청국도, 일본도, 조선에서도 그것들을 사용해야 하고, 이미 그렇게 생산된 물품이 시장에서 거래되고 있습니다. 서양 각국이 조선과 조약을 서두른 이유입니다."

중전이 조용히 찻잔을 들며, 한 손으로 잔 아래를 받쳤다.

"그대의 말은 넓고 밝으나 그대의 말대로라면, 그대의 황제도 조선 땅에서 자국의 이익을 우선시할 것이 자명하다는 것인데, 아니 그런가?"

중전은 찻잔을 입에 가져가며 손탁의 표정을 주의 깊게 응시했다.

"러시아는 사정이 좀 다르옵니다."

"어째서인가?"

"동양 각국은 러시아의 군사력을 두려워하고 있습니다. 러시아가 조선에서 이익을 취하고자 했다면, 아뢰옵기 송구하오나 먼저 군대를 보내는 것이 보다 쉬운 방도였을 것이옵니다.

마마께서도 아시겠지만, 러시아는 구라파에서부터 극동에 이르는 철도를 건설 중입니다. 시간이 지나면 철도가 조선 부산포에까지 이를 수도 있을 것입니다. 우리 황제는 그 날을 믿고 있으며 조선과 동맹에 그 뜻이 있습니다."

"세간에, 러시아를 경계하라는 말들이 있네. 그 연유도 아주 그럴듯하네."

작은 숨을 내어 꽃잎을 밀어낸 중전은 찻잔에 입술을 적셨다. 한 모금 물기에 닿은 중전의 입술은 붉었다.

"말씀하신 부분은 조선책략이라는 서책에 언급되어 있는 것으로 아옵니다. 청국을 사대하고, 일본, 미국과 우호해서 러시아를 견제해야 한다는 참으로 괴상한 주장으로 알고 있습니다.

러시아의 침략에 대비하자는 것인데, 이것이야말로 어불성설에 지나지 않습니다. 역사적으로 조선을 노린 나라는 청국과 일본입니다. 가당찮은 망설인 것이지요. 미국과 우호 하라는 말 정도가 그나마 들어줄 만한 내용일 뿐입니다."

*

수행원으로 보이는 여자에게 손탁이 손짓했다. 여자가 상궁에게 비단으로 싼 물건을 건넸다. 상궁이 물건을 건네받아 비단 싸개를 풀어 중전의 탑전에 올렸다. 인화된 사진이었다.

"제물포에 다녀올 일이 있었습니다. 그날 촬영한 풍광이옵니다."

사진 속에 러시아 함정 한 척이 박혀 있었다. 중전은 의아한 표정으로 손탁을 건너다보았다. 손탁이 말을 이어갔다.

"러시아 함정 너머 흐리게 보이는 것이 일본 함정입니다. 모퉁이에 뱃머리만 보이는 것이 하역 작업선입니다. 일본 함정은 여섯 척이었습니다. 군수물자와 군인을 하역하였습니다. 그리고 그들은 모두 서울로 향했습니다.

청국과 일본의 전쟁은 변방의 힘겨루기에 지나지 않습니다. 역사에도 이와 유사한 일은 있었다고 들었습니다. 양국 간 전쟁의 피해는 오직 조선에 귀결될 수밖에 없으니 러시아는 이 점이 안타까울 뿐입니다."

중전은 고개를 돌려 문밖 외등불을 건너다보았다. 눈으로 확인할 수 없는 어떤 힘이 불빛으로 이글거리고 있었다.

조선이 기대야 될 곳은 러시아임을 손탁은 어렵지 않게 말했다. 손탁의 국제 정세 파악과 세계 인식의 외피는 그럴듯했다. 중전은 궁정 외국인접대계에 손탁을 촉탁했고 내탕금을 내려 내명부를 서구식으로 장식하도록 허락했다.

일본 함정이 제물포에 입항하고 반나절이 지나자, 소식은 궁에 닿았다. 임금이 대신들을 정전에 소집했다. 임금이 저들이 왜 느닷없이 군대를 보냈느냐고 구부정히 선 대신들에게 물었다. 대신들은 저마다 무슨 말을 했는데 말들이 범벅되어 알 수 있는 말이 드물었다.

분이 누그러들고 마침 농번기라서 농민들은 농토로 돌아갔으니 청국군과 일본군에게 이제 저들 나라로 복귀하라고 했는데, 왜 안 돌아가고 도리어 군대를 증파해서 우리나라를 위협하려 하는 것인지 무슨 알아들을 만한 말을 해 보라고 임금은 꺾어지는 목소리로 물었다.

알 수 없는 것들을 묻고 말하는 자리라서 공허한 말들은 전각에 메아리칠 뿐이었다. 청국과 일본의 행태에 울분 섞인 고성이 임금과 신하 사이에서 맹렬했으나, 말들은 속이 비어있는 말의 껍데기일 뿐이었다. 그러니까 아무 말도 아니었다.

일본이 군을 증파한 저의를 임금과 대신들이 해독해 내지 못하자, 중전은 지극히 총애하던 진령군을 불러 대책을 물었다. 진령군은 임오년 충주에서 중전과 연을 맺은 이래로 궁에 기거하면서 비선秘線으로 중전을 보필하고 있었다.

진령군은 세자의 건강을 위한답시고 궁에서 버젓이 굿판을 벌였고, 쌀 한 섬과 돈 천 냥, 무명 한 필씩을 얹어서 금강산 봉오리에 가져다 바쳤다. 쥐가 드나들며 올린 젯밥을 먹고 살이 올랐다. 그녀의 신기神氣가 신통방통해서 임금과 중전의 애정이 끝 간 데 없었다.

진령군은 제물포의 일본 군대를 몰아내기 위해 굿을 벌였다. 굿판에서 진령군의 칼춤은 동작이 크고 유난히 현란했다. 굿판 끝에 진령군은 위험이 스스로 뒤집혀서 세상이 바로 설 것이라며 아미산에 가마솥을 뒤집어 걸었다. 임금과 중전은 진령군의 처방에 안심했다.

8

강냉이는 씨앗이 땅에 박히자마자 곧장 자랐다. 해가 지고 뜨는 사이에 강냉이는 자랐고, 해거름이 밀려드는 시간에 긴 잎사귀를 치렁거리며 바람을 끌어왔다. 바람은 강냉이 잎 사이를 무시로 건너다녔고 다음날이면 강냉이 잎은 몰골이 어수선했다.

강냉이가 버팀 뿌리를 내린 사이사이에 완두콩이 덩굴손을 내었고 콩꼬투리가 무성하게 달렸다. 콩깍지마다 햇살이 스미어 콩알은 꼬투리 속에서 짙은 초록으로 영글어 갔다. 입을 꼭 다문 콩꼬투리에서 연두 빛 냄새가 났다.

강냉이가 아이 팔뚝만큼 자라면, 수련은 줄기 사이에 불쑥 솟아난 강냉이를 뜯었고 완두콩 깍지를 땄다. 함지박 가득 머리에 이고 온 강냉이를 청 마루에 쏟아 놓고 껍질을 벗기고 수염을 뜯어내었다. 여름 초입에 따낸 강냉이는 물기가 많았고 여린 것의 풋 냄새가 비릿했다.

강냉이 껍질은 겹을 이루어 속을 싸고 있었는데, 하나씩 껍질을 벗겨 내었다. 맨 안쪽 껍질은 수련이 보기에 마치 여인네 속치마 같아 보였다. 그 안쪽으로 연노란 속살을 내비치며 강냉이 알갱이가 도톰하게 자리하고 있었다.

수련은 속껍질로 야무지게 강냉이를 여미어 솥단지에 차곡차곡 담아 물을 붓고 소금을 한 줌 둘렀다. 강냉이 사이사이 완두콩을 찔러 넣고 솥뚜껑을 닫았다. 아궁이에 마른 솔잎을 깔고 불씨를 만들어 지폈다.

부지깽이로 장작을 밀쳐서 불이 나아갈 활로를 터주면 주황색 불티를 튕기면서 불은 곧장 일어섰다. 수련은 허리를 펴고 이마에 맺힌 땀을 훔쳤다. 하루가 지나는 노을에 어둠이 매달리고 있었다.

골을 낸 뒷마당으로 연기가 올랐고 뒷담 너머 미루나무에서 매미가 울었다. 참매미가 우는 소리는 끊이지 않고 이어졌는데, 짝을 찾는 고달픈 우짖음이 들끓으며 허공을 긁어 댔다.

풀매미가 찌르륵대는 소리는 간헐적으로 거친 쇳소리를 털어내었다. 부근에서 말매미도 울었다. 말매미 소리는 먼 곳에서 다가오듯이 태어났는데 울음의 큰 테두리 안에 잔 울음이 촘촘히 들어앉아 있는 것 같았다.

문득 인기척이 느껴지더니 마당이 소란했다. 발자국 소리가 다가오는가 싶더니, 정지문이 거칠게 밀렸다. 아직 가시지 않은 빛이 문을 열어젖힌 공간으로 가득 쏟아져 들어왔다. 수련의 흔들리는 눈동자에 사람의 그림자가 걸렸다.

정지 안은 매미 울음소리로 가득 찼다. 세상의 모든 매미 울음이 맹렬히 집결하고 있었다. 부지깽이 끝에 올라붙은 불씨에서 가느다란 연기가 올랐고, 탄내가 정지간을 채웠다.

*

사내가 정지 문턱 입구를 막아섰다. 노을빛을 차폐한 사내의 그림자가 수련의 얼굴을 덮었다. 사내의 발걸음이 정지 안으로 향했다. 수련은 부지깽이를 움켜잡고 손아귀에 잔뜩 힘을 그러모았다. 매미 울음이 잦아들었다.

사내는 손사래를 치면서 수련을 지나쳐 부뚜막으로 걸어갔다. 사내는 물 항아리 뚜껑을 열고 표주박으로 물을 떠서 급히 들이켜고 옷소매로 입을 닦았다. 목을 축인 사내가 강냉이 삶는 가마솥 뚜껑을 열었다. 젖은 김이 구름처럼 올랐다.

사내는 보부상 행색이었다. 강냉이를 연거푸 씹으며 사내는 자신의 처지를 말했다. 소상히 설명할 수는 없지만 쫓기는 신세로 서울로 향하는 길이었는데 충청도를 지날 때, 총성이 땅을 치는 소리를 들었다고 했다.

가렴주구에 시달린 백성의 말이 임금의 귀에 가닿지 않는 현실을 바꾸고자 농민의 농성이 급기야 관군과 대치했고 사내는 농민의 편에서 전라도 전역에 사발통문을 수발했다. 전주성을 점령한 농민군이 외세의 개입을 우려해서 마지못해 물러나자 사내는 관군에 쫓기는 신세였다.

의병의 전의는 서울에 집중되어 있었고, 전주에서 흩어진 농민군 일단이 의병 본진에 합류 중이라고 했다. 사내는 외세를 등에 업은 높으신 양반들이 임금의 성총을 흐려서 임금이 백성의 실상을 알 방법이 없는 사정을 개탄했다.

의병의 목적은 외세에 갇힌 임금의 위태로운 목숨을 구명하는 것이었고, 비로소 임금이 백성의 목소리를 직접 살펴 들어 나라가 반석 위에 공고해지는 것이 의병의 소망인데, 그것은 구국을 위해 시급하고 막중한 일이라고 했다.

의병이니 구국이니 하는 말을 수련은 알아듣지 못했다. 알 수 없는 말이었으나 사내의 다급한 어투에서 뜻을 대강 짐작할 수는 있었다. 그것은 그러니까, 임금과 나라 사정이 예사롭지 않다는 말이었다. 잘은 몰라도, 수련은 그렇게 이해했다.

사내의 말에 의하면 의병은 도성을 내려다보는 남한산성에 집결하고 있었다. 경상, 전라, 충청, 강원, 함경, 평안, 황해도에서 심지어 제주에서까지 사람들이 몰려와서 무기를 수리하고 죽창을 가다듬고 있었다. 아낙과 아이들은 돌멩이를 성루 주변에 쌓아서 싸움에 대비했다.

본래 돌은 무기였다. 서낭당 앞에 쌓인 돌은 오래전부터 전투에 사용되었다. 청동이나 쇠로 만든 창검 이전에 돌은 적의 몸을 부수거나 깨는 최적화된 무기로 맞춤했다. 마을마다 어귀에는 싸움에서 마을을 지킬 돌멩이가 쌓여갔다.

맹렬한 적의를 품은 서낭당 돌탑은 신목과 더불어 높아져 갔다. 매 맞아 죽은 자, 간음 당해 죽은 자, 굶어 죽은 자가 생기면 돌탑은 하나씩 늘어났다. 천하대장군과 지하여장군이 돌탑의 쓰임을 고민하며 사나운 표정으로 내려다봤다.

왜란 때, 행주산성에서 아낙이 날아다 주는 돌은 성을 기어오르는 왜구의 머리통을 찍었다. 호란 때, 남한산성에서도 돌은 동일하게 작동했다. 근접전에서 돌은 도끼와 다름없이 요긴하고 치명적이었다.

시간이 지나면서, 마을 초입에 쌓인 돌의 쓰임은 신앙에 접근하는 매개에 가까워졌고 피의 흔적은 희미해져갔다. 돌탑은 서낭당의 장식물로 부속되었다. 서낭당을 지나갈 때, 사람들은 돌멩이를 쌓고 두 손을 모아 비비며 무언가를 빌고 빌었다.

돌이 싸움에서 밀려나자 죽음의 양상은 속전속결이었다. 돌이 무기체계의 끝단으로 밀리자, 싸움에 동원되었던 돌은 이제 사람의 놀이에서 명맥을 이어 나갔다. 정월대보름이나, 단오에 개천이나 논밭을 사이에 두고 마을 장정들은 돌의 먼 쓰임을 살려내 싸움 놀이로 대체했다.

동쪽 마을과 서쪽 마을은 논밭을 사이에 두고 대치했다. 어린 아이들이 주먹만 한 돌을 날라 왔고, 아낙들은 어른 머리통만 한 돌을 날라 왔다. 청년이 쇠망치로 두드려 돌을 깨서 던지기 편한 조각으로 부수었다. 돌싸움은 해가 천지를 환히 밝히는 한 낮에 개전했다.

북과 꽹과리가 시작을 알리면 논밭을 사이에 두고 돌들이 양 방향에서 날아들었다. 돌들은 공중에서 부딪쳐 밭두렁에 떨어지기도 했고, 날아온 돌이 날아갈 돌을 든 사내의 가슴팍을 치기도 했다.

줄팔매에 끼운 돌은 원심력이 극대화되는 순간 서로의 진으로 날아들었다. 허공을 긁으며 사나운 소리가 먼저 건너다녔고, 이윽고 나타난 돌에 아이들의 이마가 터지기도 했다.

이마에 피가 터진 아이가 울어도 피 안 터진 아이는 연신 돌을 가져다 날랐다. 돌싸움은 날이 저물면 끝났는데 승패와는 무관했다. 사내들은 각자의 진영으로 돌아가 곡주를 마시며 풋고추에 된장을 발라서 먹었다. 어미들은 피 터진 아이의 이마에 된장을 찍어 발랐다.

설화 속 돌이 남한산성에 집결하고 있었다. 남한산성에서 아낙과 아이들이 쌓고 있다는 돌멩이가 무기로 작용할 수 있을지는 모르겠으나 아마도 전의를 불태우는 상징으로는 소용 될 것이었다. 총포의 조준 앞에서 돌멩이의 쓰임을 마련하는 일은 어처구니없었지만 달리 도리 없었다.

사내의 이름은 박치근이었다. 이름을 말할 때, 박치근의 눈이 가늘어졌고 발음은 부정확했다. 수련은 박치근의 생김새가 이름과 어울린다고 생각했다. 박치근은 동학하는 사람이고 동학은 사람이 곧 하늘이라는 이치를 따르는 우리나라의 정신이라고 말했다.

치근齒勤은 부지런히 이빨을 놀리라는 뜻이니 박치근은 이름에 맞게 한시도 입을 쉬지 않았다. 박치근은 동학 교조의 억울한 죽음을 말했고 남도에서부터 시작된 농민의 봉기가 동학 정신과 궤를 같이 한다고 그럴싸하게 말했다. 수련이 알아들을 수 있는 말은 별로 없었다. 수련이 듣기에 사람이 곧 하늘이라는 말은 참 좋았고 박치근이라는 사람이 왜 그런지는 몰라도 호감이 갔다.

*

박치근으로서는 수련을 대면하는 순간 이목구비에 흠칫 놀랐는데 이내 흡족했다. 첫눈에 보기에 수련은 미인의 조건을 두루 갖추고 있었다. 석양에 비치는 피부색이 맑았고, 큰 눈에 어울리게 속눈썹이 길었다. 입술이 붉었고 인중과 입술 사이의 간격이 알맞았다.

촌구석에 말만 한 젊은 처자가 홀로 살아가는 현실은 비현실적이었다. 분명 조실부모하였을 것이고, 부모가 죽음에 이르는 과정에 세상의 핍박이 작용했을 것은 틀림없었다. 세상이 그랬고, 시대가 그래서 박치근은 그렇게 단정할 수 있었다.

세상 듣기 좋은 박치근의 말들이 적중해서 수련은 경계를 풀고 박치근을 대했다. 박치근은 수련에게 서울에 함께 갈 것을 제안했다. 난데없는 말에 수련은 당혹스러웠으나 어쩌면 방억수를 만날 수 있다는 기대감이 들었다.

급하게 물을 들이켜고 강냉이를 뜯어 먹던 모습과는 달리 안정을 찾은 듯 박치근의 음성은 흔들리지 않았다. 어둠이 새어 들어 외모로 나이를 가늠해 볼 수는 없었고 음색이나 설핏 드러나는 주름의 윤곽을 살펴 수련은 박치근이 사십 줄 정도라고 생각했다.

곧 전쟁이 발발할 것이고 청국군이나 일본군은 서울로 향할 것이다. 그들이 서울로 진격해 갈 때, 나아가는 길목은 모조리 개죽음의 자리였다. 항상 죽음은 예고 없이 도처에서 빈발했다. 조선군은 어디에도 없었다.

살육의 광경은 수련의 기억 속에 선명했다. 오래전 기억에서, 수련은 집성촌 뒷산에서 칡뿌리를 더듬고 있었다. 문득 뒤숭숭한 기운이 끼쳐와 수련은 마을 쪽을 내려다보았다. 갑자기 불화살이 초가에 옮겨붙어 마을은 화마에 사로 잡혔다. 군관의 화살이 선을 그으며 허둥대는 사람들을 꿰뚫고 다녔다.

어미가 화살에 뚫려 죽었고 일가친척은 사정도 모른 채 죽어 나갔다. 마을 사람들은 종적을 알 수 없었다. 개, 소, 닭이 불탔고 인육이 섞여 타는 냄새가 마을을 뒤덮었다. 수련은 길바닥에 코를 박고 토했다.

"전쟁이 난다면, 서울은 어찌 되는 것인지요?"

"장담할 수야 없네만, 이곳보다는 서울이 안전한 곳이지. 아직 서울은 저들이 함부로 부수고 다닐 수는 없지. 거기에는 주상 전하가 계시고, 기율이 한참 기울었다지만 그래도 관군이 버티고 있으니 방어막은 될 테고. 처자의 사정을 보아하니 푸성귀를 뜯어서 겨우 사는 모양인데, 서울에 의지할 친지는 있는가? 없다면 밥을 먹고 누울 자리를 내가 주선해 주겠네. 이미 처자 또래 되는 여럿의 거처를 내 마련해 주었네. 거기라면 안전할 것이네."

박치근은 보부상 행색으로 팔도를 돌아다니는 자였다. 팔도 각처에 점으로 산개해있는 동학도를 남한산성 본진과 이어주고 군자금을 모으는 일이 자신의 역할인데, 관군에 붙잡히면 그 즉시 죽을 수도 있는 위험천만한 일이라고 박치근은 말했다.

새벽에 수련은 옷가지와 강냉이를 보자기에 싸서 박치근을 따라 나섰다. 밤 동안 부풀어서 불어난 물이 물길을 돌리며 흐르는 소리가 억셌다. 바람이 풀숲을 훑자 풀벌레가 몸을 떨었다.

식어버린 공기를 덮으며 하늘이 가깝게 내려와 있었다. 구름이 빠르게 흩어졌고, 흐르는 구름 사이로 가까워진 별이 눈앞에서 물컹 빛났다. 박치근의 보폭이 커서 수련은 걸음을 재촉했다.

9

장꾼들이 한강을 거슬러 서울로 몰려들었다. 장꾼들은 대개 인천 방면에서부터 이산포와 행주나루를 지나서 왔고 더러는 노량에서 도강하여 마포로 진입했다. 마포나루는 장꾼들의 집결지였다.

거룻배 수십 척이 새까맣게 진을 치고 마포나루에 정박했다. 먼발치에서 보면 정박한 배들은 폐사한 물고기들이 널브러져 있는 듯 앙상하고 무질서했다. 그악한 무질서를 배경으로 삼남 각지의 장꾼들은 분주하게 쌀, 소금, 젓갈, 땔감을 져 날랐다.

마포나루 주막 봉놋방마다 사내들은 들어찼다. 긴 여정의 끝에서 짐을 푼 장꾼들은 삼삼오오 모여서 고기를 굽고 술을 들이켰다. 팔도에서 몰려든 장꾼을 수용하기 위해 민가가 손님을 받았고, 강변에 임시 막사가 세워졌다.

장날에는 도성에 기거하는 기생들이 사대문을 빠져나와 나루터에 모여들었다. 목청 좋은 괄괄한 왈패들이 장꾼을 손짓해서 색주가는 야단법석이었다. 왈패들은 손가락을 펴서 흥정했다. 엄지와 검지를 동시에 펼치면 술과 색시 값을 합해서 백 냥이었다.

젊은 기생들은 버선발로 주막마다 방을 옮겨 다녔고 나이 든 기생들은 주막과 민가를 번갈아 가며 일했다. 나이가 더 들어서 몸에 윤기가 빠져버린 들병은 구석진 임시 막사에서 사내를 받았는데 가랑이가 느슨하다고 회대를 떼이는 일이 부지기수였다. 늙은 기생은 사내를 걷어차고 가래침을 내뱉었다.

산등성 가장자리에 빛이 스미었다. 도성을 에워싼 어둠이 북악산 골짜기로 숨어들었다. 별들이 총기를 잃어갔고 하늘이 높이 올라갔다. 한강 물이 불어서 마포나루를 깊이 파고들었다.

이슬이 내려앉은 새벽에 장꾼들은 주막을 나서 남대문 앞 칠패장터로 걸음을 옮겼다. 남대문으로 향하는 길은 거칠고, 구부지고, 끈적끈적했다. 좁은 길가에는 복조리를 팔거나 말린 어포를 내건 초라한 노점들이 줄지어 있었다.

산더미만 한 나뭇단을 끄는 황소가 길에 멈춰 서서 푸짐한 똥을 갈겼고 곰방대를 든 사내가 길가에서 일없이 빈둥거렸다. 언덕배기에서 치달려 온 맹렬한 바람이 장사치의 맨얼굴을 할퀴고 갔다.

패랭이 쓴 사내가 장바닥에 가죽신을 펼쳤는데 갓 쓴 옹기장수가 가죽신 장수가 펼쳐놓은 신을 뒤엎었다. 패랭이 쓴 가죽신 장수는 갓 쓴 옹기장수에게 대들지 못했다.

가죽신 장수는 서너 칸씩 밀리더니 장바닥 끝 모퉁이 버들고리짝이 펼쳐진 자리 옆에서야 겨우 한 귀퉁이를 마련했다. 가죽신 장수는 짚 돗자리를 펼치고 신에 묻은 흙을 소매로 닦고 진열했다.

장바닥에 펼치는 물건들은 성질과 용도에 따라 분류되어 각각의 자리를 차지하고 있었다. 서대와 조기를 파는 어물전과 꼬막이나 바지락과 같은 해산물이 마포나루에서 가장 가까운 곳에 배치 되었다.

어물전을 기점으로 동쪽으로 야채와 과일류가 펼쳐졌고, 서쪽으로 난 장바닥에는 밴댕이젓부터 어리굴젓에 이르기까지 다양한 젓갈류가 자리 잡고 있었는데 원료가 삭아가는 냄새가 노상에 번졌다.

어물전에서 북쪽으로 완만하게 경사진 길을 따라가며 한쪽으로는 농기구와 옹기가 도열했고, 반대편 소금가게를 기점으로 공산품이 진열되었다. 가죽신은 생필품을 파는 구역에서 맨 끝자리였다. 길을 지나는 사람들이 가죽신을 만져 보기는 했는데 사지는 않았다.

마포나루에서 간밤에 화대를 떼인 늙은 기생이 무쇠솥을 걸고 개뼈다귀를 고았다. 곰 냄새가 이른 새벽의 허기를 끌어당겼다. 엿 파는 아이가 장꾼들 사이에서 가위를 쳤고 나무 묶음을 지게에 진 짐꾼들이 지나 다녔다.

수련과 박치근이 마포나루 주막에 도착했을 때는 파장 시각이

어서 장터는 한산했다. 박치근은 원래 팔도를 돌아다니는 사람이라서 걷기에는 이골이 나 있는 듯 피곤한 기색이 덜했다.

온종일을 쉼 없이 걸은 탓에 수련의 발 버선에 피가 배어 있었다. 주막 널평상에 걸터앉자 종아리에서 허벅지까지 뭉친 근육이 경련을 일으켰다. 수련은 치마를 걷어 올리고 종아리를 주물렀다.

손으로 발바닥을 주무르자 뭉친 혈이 풀리는지 가려움이 바글거렸다. 박치근이 수련의 종아리를 힐끗 쳐다보았다. 박치근의 시선을 의식한 수련은 치맛단 끝을 당겨 종아리를 가렸고 장터 쪽으로 시선을 두었다.

장이 끝물이어서 장꾼들은 남은 물건을 떨어 버릴 참으로 지나는 사람을 잡고 흥정했다. 곰방대를 문 사내들이 헛기침했고, 아낙들이 짐 꾸러미를 머리 가득 이고 갈 길을 갔다. 바닥에 흙먼지가 일었고 주모가 물을 뿌려 먼지를 잡았다.

주모가 보리밥과 돼지머리 국을 차려내었다. 찬은 고춧가루에 버무린 갓김치와 종지에 담긴 소금이 전부였다. 찐 강냉이로 끼니를 때우며 걷고 또 걸었는지라 허기가 득달같이 달려들었다. 두 사람은 말없이 밥과 국에 집중했다.

*

밥이 삶이고 삶이 밥이라는 단순한 사실을 사람들은 밥을 먹으면서 알게 된다. 밥을 먹어야 사람은 살 수 있는 것이고, 한 끼 밥을 채워서 밥을 지워 나가는 것이 결국 사람의 삶이라는 것을.

사소하지만 이것은 분명한 이치인데 이것을 긍정해야 삶은 지속되어지는 것이다. 삶을 밥이라고 해 버린다면 비루하겠지만 다르게 말하는 것은 사치이다. 사람들은 밥을 먹으면서 밥의 무서움을 치 떨리게 알아야 하는데, 이것을 부정할 때 삶은 결딴나기 마련이다.

뛰고 걷기를 반복하며 서울까지 오면서 박치근은 간헐적으로 동학의 교리와 동학 남접이 앞장선 전주성 전투의 쾌거를 수련에게 말했다. 박치근은 농민군의 집결과 싸움에서의 승리에 자신의 사발통문이 기여한 부분에서는 우쭐대기도 했다.

박치근이 말한 동학이나, 농민의 봉기도 결국 밥의 문제였다. 어떠한 경우라도 밥은 언제나 백성 전체를 향해야 한다. 조정은 밥을 거두고 관리하는 일에 있어서 백성 전체의 입 속에 밥을 넣어 주어야 한다.

그래야 백성이 살아남아서 또 밥을 만들어 나라가 나라꼴이 되는 것이다. 삶을 밥이라고 말하는 것을 비루하다 할 수 있을 것인가. 밥이 와야 삶이 이어지고 백성에게 골고루 밥을 보낼 수 있는 나라라야 존속 되어지는 것이다.

그런데 백성이 좀처럼 밥을 먹기 어렵게 될 것이라는 전망은 참담하다. 밥에 대한 불확실한 전망은 절망이 되고, 절망의 연속은 기어이 나라의 근심이 될 수밖에 없다. 절망을 희망으로 대체하는 정밀한 대책은 조정 대신의 제일의 책무여야 한다.

그럼에도 분명한 그 사실을 모르거나 알려하지 않을 때, 나라는 필연적으로 사단이 났다. 역사가 이것을 말해주었고, 지금 남쪽의 농민도 밥이 나아가야 될 곳을 알려하지 않는 조정을 향해서 봉기했는데, 보리쌀 한 톨 구할 수 없는 봄은 마침 때 맞았다.

밥이 들어가자 곯은 속이 진정되었다. 들이켜듯 먹은 밥이 어느 정도 포만감으로 밀려들었다. 수련은 밥알이 주는 안락함과 돼지머리 고기의 물컹함, 갓김치의 풋내를 혀끝으로 느끼면서 부지런히 숟갈을 놀렸다.

박치근의 뚝배기는 빠르게 바닥을 드러냈고 수련의 밥 먹기도 끝이 났다. 수련이 마지막 국물을 입안으로 떠 넣자, 박치근은 다리를 풀고 일어 설 자세를 취했다. 밥과 국으로 데워진 두 사람의 몸은 다시 활력을 찾았다.

도성 안으로 진입하면 거기 어디 수련이 기거할 거처가 있었다. 박치근이 서울로 오는 내내 말했었고, 수련도 오가는 행인에게 도성이 머지않았음을 들어서 알 수 있었다. 마포에서 도성은 지척이었다.

정박한 거룻배들이 삿대를 밀어 나루에서 멀어졌다. 물이 불어서 배들의 퇴로는 여유로워 보였다. 삿대에 밀린 배가 나루를 벗어났고 강기슭으로 다가서는 잔물결을 지우며 거친 물길이 났다. 사공이 삿대를 거두고 쪽돛을 펼쳤다.

강의 복판으로 나아간 배들은 각각 노량진, 강화, 양평 방면으로 방향을 잡고 뱃머리를 돌렸다. 노량으로 나아가는 배들은 밤섬을 돌아 강을 건너갔고, 강화 방면으로 향하는 배들은 강의 순류에 실려서 떠갔다.

양평행 뱃길은 역류였다. 두물머리에서 합수한 강물은 산언저리를 치받으며 억세져서 물살이 급했다. 양평행 배는 오는 물을 들이받으며 거슬러 가야 했다. 바람이 배를 밀어줄 수 없어서 양평행 배는 사공의 노고로 한 뼘씩 전진했다.

박치근은 가는 듯 마는 듯한 거룻배의 나아감을 보면서 일본의 바다를 떠올렸다. 박치근이 직접 본 일본은 신천지였다. 항구에는 셀 수 없이 많은 배들이 있었고 높이 솟은 연돌마다 시커먼 연기를 내뿜어서 바다가 불 타고 있는 듯 보였다.

큰 배들은 양 옆구리에 수레바퀴를 달고 있었는데, 석탄이라는 검은 돌덩이를 태워서 바퀴가 돌아가는 작동방식이며 부르기를 화륜선이라 했다. 바퀴로 물을 돌려서 앞으로 나아가니 사람이 노를 저어야 하는 작동 원리에 비견될 바 아니었다.

조선에 돌아와서 동학교도와 접선 할 때, 박치근은 일본에서 목도한 놀라운 광경을 자주 말했다. 대부분 사람들은 믿지 않았고 더러 믿는 사람들도 일본이 결국은 송두리째 서양에 나라를 가져다 바치는 꼴이라고 말했다.

원래 왜인은 승냥이와 같은 족속이어서 쥐새끼 앞에서는 한없이 이빨을 드러내다가도 맹수의 큰 울음 한 번에 앞뒤 다리를 모두 들고 드러눕는 근성을 가진 자들이라고 했다.

화륜선의 출몰은 가시적인 적의 출현이며 일단 외세를 허용했으니 이제 일본은 작살난 것이나 다름없다고 그들은 말했고, 그

지경에 이른 일본의 사정에 혀를 찼다. 조선을 서양 세력으로부터 지켜야 하는 교훈으로 삼아야 할 것이라고 입을 모았다.

양평으로 가는 배들이 기신거리며 멀어져가는 것을 보면서 박치근과 수련은 남대문 방면으로 걸음을 옮겼다. 서북쪽 하늘 위에 먹구름이 가파르게 밀려들었다. 인왕산 바윗돌이 구름에 젖어서 청회색으로 물들었다.

남대문을 지나자 비가 쏟아졌다. 길가는 사람들이 흩어지며 좁은 길로 숨어들었다. 박치근이 소피가 마렵다며, 골목으로 들어갔다. 빗줄기가 굵어졌다. 빗줄기 속에서 수련은 박치근이 돌아오기를 기다렸다.

소가 끄는 수레가 수련의 옆을 스쳐 지났다. 진흙이 튀어서 수련은 길 가장자리로 밀려났다. 수레가 멈추었다. 도롱이를 두른 사내 둘이 수련의 곁으로 다가왔다. 별안간 포대 자루가 수련을 덮어 쌌다. 비에 젖은 포대가 수련의 몸을 옭아맸다. 소 울음이 빗소리에 갇혀 멀리 가지 못했다.

10

러시아 공사관은 정동 언덕 위에서 서울을 조망했다. 설국의 빛과 풍경을 그대로 옮겨 채색한 공사관은 햇살을 덧입어 눈부시게 도드라졌다. 흰 외벽의 복층 건물과 우뚝 솟은 전망 탑은 도성 안의 어떤 건축물보다 위용이 압도적이었다.

조선에 오기 전 손탁의 머릿속에 그려본 서울은 상트페테르부르크, 파리, 런던, 베이징, 도쿄와 다르지 않았다. 명색이 서울은 조선의 수도였으므로 의당 그럴 것이라 여겼다. 막상 와서 본 서울의 모습에 손탁은 좀 당황스러웠다. 서울은 모든 대도시의 쇠락한 영역만을 추려서 모아 놓은 듯한 도시였다.

손탁으로서는 그나마 정동 지역이 살수 있을 만한 땅이어서 위안이 되었다. 손탁이 서울에 왔을 때, 정동 일대는 공사관 구역으로 변모해 가고 있었다. 앞서 미국이 한옥을 개조하여 국기를 게양했고, 담 하나를 건너 영국이 깃발을 내걸었다. 러시아는 이들

공사관이 내려다보이는 정동 언덕에 초석을 놓았다.

정동이라는 명칭은 태조의 계비 신덕왕후 능침인 정릉에 유래를 두고 있었다. 고금에 능묘는 모두 도성 밖에 위치해야 했는데, 태조는 한사코 궁이 보이는 지근에 아내의 봉분을 세우고 사찰을 건립해 봉헌했다.

정조의 뒤를 이어 정안군 이방원이 보위에 오르고 태조가 승하하자, 대신들이 상소를 올려 정릉의 이장을 주청했다. 대신들은 생전 신덕왕후와 이방원의 피비린내 나는 반목을 알고 있었고 이제 그들의 임금은 이방원이었다.

정릉은 도성 밖으로 이장되었다. 내친김에 이방원은 능호를 떼어내 묘로 강등하였고 왕후를 후궁으로 격하시켰다. 능을 감싸고 있던 병풍석 석물은 흩어져 방치되었고 일부는 청계천 교각으로 쓰였다.

세월이 한참 지나, 정동은 국가 위기 앞에 재등장했다. 1590년, 일본에 통신사로 다녀온 황윤길이 일본의 조선 침략 가능성을 언급했다. 부사로 동행한 김성일은 도요토미 히데요시는 사람이 협소해서 그럴만한 인물이 못 된다고 반박했다.

선조 시대 정치적 분열은 삼사의 관원 천거권이 있는 이조전랑직을 두고 심의겸과 김효원의 대립으로 격발되었다. 심의겸의 거처가 궁의 서쪽인 정동에 있어서 서인으로, 궁궐 동쪽에 자택을 둔 이들을 동인이라 불렀다.

황윤길은 정동파인 서인에 속했고 김성일은 동인이었는데, 선조는 일본에 대한 김성일의 동향보고가 듣기에 편했다. 칠년 전 율곡의 십만 군사양병 주장에도 귀를 닫았던 선조였다. 김성일의 말과는 달리 이 년 후 도요토미 히데요시는 병력 십육 만을 조선에 출병시켰다.

"당시 정동파의 말에 따라 왜침에 대한 대비책을 준비했다면, 일본은 오지 않았다는 말씀이신가요?"

손탁이 커피 잔을 들며 말했다. 흰색 바탕에 백금으로 도금된 기하학적 무늬가 잔에 박혀 있었고 전등 불빛이 잔 테두리에 어렸다.

"가정할 수 없는 것이 역사이긴 하지만, 아마도 일본과 전쟁 가능성에 대하여 어느 정도 방비책은 마련했을 테지요."

이범진이 곰방대에 불을 붙였다. 하얀 연기가 공간에 풀어졌다.

"도성에 일본 군대가 들어왔는데 그렇다면, 지금은 어떻습니까?"

손탁이 두 손을 받쳐 커피 잔을 탁자에 놓으며 말했다. 커피 액이 씁쓰름하고 아늑한 느낌으로 목울대 안쪽으로 타넘어 갔다.

"메이지 정권 초기에 일본은 막부파와 왕정복고파 간에 치열한 권력 전쟁으로 내홍을 겪었습니다. 결국 왕을 옹립한 자들이 승리했고, 쇼군은 정권을 왕에게 바쳤습니다. 쇼군, 다이묘, 고케닌으로 이어지는 사무라이 봉건 질서가 한 순간에 무너져 버린 것이지요.

물론 사무라이의 간헐적인 봉기는 있었으나 대세를 바꿀 수는 없었습니다. 봉기는 진압되었으나 와중에 사무라이에 관한 처우 문제가 현안이 되었지요. 이때부터 일본은 나라 밖으로 눈을 돌렸고, 대안으로 조선 정벌이 정가의 쟁점으로 부각되었습니다."

손탁이 연초를 꺼내었다. 이범진이 불을 당겨서 내밀었다. 손탁은 담배 연기를 천천히 허공에 밀어내며 말했다.

"칼 쓰는 자들을 무마하기 위해 칼 쓸 자리를 만들 필요가 있었다는 말이군요"

"내막을 좀 들여다보면, 메이지유신이 있은 후 일본은 국교 재개를 위해 조선에 문서를 보냈는데, 문서에 '황'과 '칙'이라는 글자를 사용했습니다. 청국 황제가 사용하는 글자와 동일하게 말입니다. 당연하게도 조선은 문서를 접수하지 않았습니다.

이에 분개하던 차에 유신 삼걸 중 하나인 사이고 다카모리가 계략을 제시했습니다. 조선에 사절단을 보내면 반드시 변이 일어날 것이고, 그것을 빌미로 군사를 보내 조선을 정벌한다는 것이었습니다. 일본 황제의 윤허도 받았다고 알고 있습니다.

당시 이토 히로부미는 이와쿠라 사절단[11] 일행으로 구미 대륙을 순방 중이었습니다. 조선 문제는 이들 사절단이 귀국하면 결정하도록 되어 있었지요. 그런데 구미 순방 중에 사절단은 미국과 구라파의 발전상을 두 눈으로 목도했고 동시에 일본의 후진성을 목격하였지요."

"우물 안 개구리가 따로 없었던 것을 알게 되었겠군요."

손탁은 다소 의기양양하며 이범진의 말을 거들었다.

"사절단이 귀국한 후 내정개혁이 급선무라는 의견이 대세가 되었습니다. 이토 히로부미는 정한론을 누그러뜨리는 결정적인 역할을 하였습니다. 물론 정한론에 동조하는 이들도 여전했고 그 결과 조선의 개항을 유도하는 쪽으로 합의가 이루어진 것이지요."

이범진의 말에서 조선과 일본이 체결한 조약은 일본이 조선 침략을 포기하면서 쟁취한 일본으로서는 많이 누그러뜨린 조치였다. 손탁은 이범진이 놓치고 있는 어쩌면 알면서 하지 않는 말을 해 줄 필요를 느꼈다.

"일본 국내 사정도 그랬겠지만, 제 생각엔 그것보다는 러시아를 두려워했다고 봅니다. 러시아로서는 턱밑에 일본이 진을 구축하는 것을 좌시할 수는 없을 테니 그들은 이 사실을 무엇보다 잘 알고 있었겠지요."

이범진이 커피를 들이켰다. 목울대가 오르내렸다.

"다른 사정으로는 아마도 금金의 국외 유출을 염려했을 것입니다."

"금이라면?"

"전쟁이 나면 우선 노동 가능 인력이 전장에 대거 투입되지요. 그러면 일본 국내에는 노인과 여성들만이 생산을 전담하게 되고 당연하게도 생산력이 감소될 수밖에 없으니 국력 저하로 이어지겠지요.

전쟁을 수행하려면 부득이 함정과 병기를 구입하기 위해 막대한 돈이 들게 되는데, 그야말로 이중고입니다. 돈이라는 것은 결국 금이죠. 국제사회에서 유일한 교환가치가 금이니까요.

그런데 그때가 이십 년 전이었고 지금 일본은 내정개혁으로 어느 정도 부를 축적했습니다. 그리고 제국주의는 더욱 기승을 부리고 있지요. 일본으로서는 더 늦지 않게 국익선을 다시 그어야 될 절박한 필요성을 인식하고 있습니다."

손탁은 국제정치판에 대한 현재 상황뿐 아니라 미래를 예단하고 있었다. 예단은 예리했다. 대화를 이어가면서 이범진은 손탁의 비범함에 놀랐고, 극동의 국제 정세에서 러시아의 위치를 거듭 확인했다.

내친김에 손탁은 마저 말했다.

"아마도 일본이 설정한 이익선은 랴오둥 반도일 것입니다. 최소한 러시아에 밀리지 않으려는 나름의 판단이지요. 그래 봐야 저들의 희망일 뿐이겠지만. 어찌 되었건 그런 판단이 섰을 테니 청국과 일본의 전쟁은 불가피한 것이죠."

11

기선은 검은 연기를 토해 내며 바다를 열어젖혔다. 꿈인 듯 항구는 희미하게 멀어져 갔다. 저공비행하며 기선의 꽁무니를 따르는 갈매기가 뒤집어진 물길에 부리를 가져다 댔다. 사다코는 바람을 맞고 섰다. 여동이 양산을 치켜들어 햇살을 가려 주었다.

기선이 내해를 벗어나기 시작했을 때, 세 척의 함정이 물목을 돌아 나왔다. 갈매기가 날개를 펼친 듯 대열을 이룬 함정은 히노마루를 높이 매달고 물살을 치받으며 기선을 비켜서 나아갔다. 수군 악대가 북을 치고 군가 소리가 드높았다. 제복의 사내들이 사다코 쪽으로 거수경례를 올려붙였다.

바다에서 시간은 여전히 구별되지 않았다. 어린 사다코가 허벅지를 꼬집으며 건너간 바다는 그때나 지금이나 파도만 치댈 뿐이었다. 바다에서 시간의 흔적은 없었는데, 다 자란 사다코가 서양식 모자를 쓰고 그 바다를 내려다보고 있었다.

사다코는 여동을 선실로 내려보냈다. 여동이 양산을 접고 선실로 내려갔다. 허리춤에 칼을 찌르고 가이군지는 가만히 서 있었다. 사다코는 한 손에 모자를 벗어 들었다. 맑은 이마에 햇살이 부시게 내려앉았다.

"아이는 영문도 모른 채 바다를 건너갔었어. 하루 낮 하루 밤을 꼬박 지새우며. 멀미를 참느라, 허벅지에 피가 맺혔어. 얼마나 꼬집었으면…… 배에서 내린 아이가 도착한 곳은 니가사키 유곽이었어. 아주 나중에야 아이는 팔려온 것을 알았지."

수평선에 사다코의 속눈썹이 나란했다.

가이군지는 움직임 없이 바다를 응시했다. 사다코가 가이군지에게 다가섰다. 가이군지의 머리칼이 바람에 끌려 사다코의 얼굴에 나부꼈다. 사다코는 가이군지의 얼굴을 두 손으로 매만졌다. 가이군지는 미동하지 않았다.

가이군지의 눈동자에 사다코의 하얀 얼굴이 맺혔다. 사다코가 흩날리는 가이군지의 머리카락을 쓰다듬었다. 가이군지의 푸른 눈동자에 물기가 맺혔다. 가이군지는 아무 말이 없었다.

"다락방에 누우면 파도 소리가 들렸어. 사납고 무서운 파도가 바다 위를 내달리며 귓속을 파고들었어. 귀를 막아도 자꾸만 밀려오는 거야. 아이는 무서워서 울었어. 어미를 부르며……"

*

채마밭 귀퉁이 대추나무 가지에 매달린 과실에 햇살이 가득 매달렸다. 볕이 좋아서 배추 속이 가득 찼고, 고추가 붉게 익어갔다. 아낙과 어린 딸은 배추를 캐고 고추를 땄다. 배추 속을 열면 햇살이 수줍게 숨어 있었다.

딸아이는 광주리 가득 따온 고추를 씻어서 항아리에 담았다. 아낙이 장독에서 간장을 퍼서 가마솥에 끓여 항아리에 부었다. 초가에 간장 다린 내음이 스미었다. 아낙은 무를 토막 썰어 항아리에 넣고 뚜껑을 닫았다.

처마 밑 제비집이 소란스러웠다. 어미 제비가 나방을 물어왔고 제비집에 들어 있는 새끼 두 마리가 입을 벌리고 먹이를 반겼다. 벌어진 새끼의 입 속이 샛노랬다. 어미 제비가 샛노란 새끼의 입 속으로 물어온 먹이를 밀어 넣어 주었다.

초가 뒤란에는 구절초 꽃이 피어 있었다. 꽃은 서늘한 햇살에 무더기로 피었는데 작고 긴 타원형 꽃잎이 빙 두르며 꽃받침을 만들었고 꽃술이 중심을 가득 메워 둥근 꽃 모양을 이루고 있었다.

막 기름을 발라놓은 듯 윤기 반들거리는 꽃잎은 햇살에서 맑은 색만을 머금고 바람결에 하늘거리고 있었다. 먼저 피었던 꽃잎이 떨어져 나간 자리에는 도토리 모양 씨앗자루가 바람에 흔들렸는데 자루 속은 좁쌀보다 작은 하얀 알갱이가 가득 담겨 있었다.

곧게 뻗은 줄기 표피에 짐짓 사나운 듯 보이는 가시 돌기가 줄기를 엄호하고 있었지만 다가서는 것들을 위협하거나 해칠 의도 없이 순하고 보드라웠다. 아직 피지 않은 꽃봉오리는 다가올 개화를 기다리고 있었다.

꽃이 피기 전부터 꽃봉오리는 이미 꽃의 기운을 가득 품고 있었다. 구절초 꽃은 외양의 단아함과 더불어 향기마저 심심했는데 코를 가져다 대면 꽃에서 풀 냄새가 났다. 꽃 사위 속에 나비들이 보조를 맞추며 노닐었고 꿀벌이 바쁜 날개를 치댔다.

뒤란 굴뚝 옆에 참나무 단을 차곡하게 쌓아 둔 곳에는 표고버섯이 불쑥 돋아나 있었다. 전날에는 보이지 않았던 것인데 하루 새벽에 다 자라 버리는 것인지 다음 날이면 아이 손바닥만 하게 커 있었다.

딸아이가 표고를 따서 광주리에 담았고 어미는 표고를 찢어서 딸아이의 입에 넣어 주었다. 응달진 저쪽에 독버섯이 갓을 펼치고 있었다. 맹렬한 색깔로 치장한 독버섯은 치명적인 살기를 숨긴 채 자극적으로 솟아 있었다.

*

마른 강냉이대가 거센 바람에 일제히 쓸리었다. 불화살이 연이어 날아와 초가 지붕 위에 꽂혔다. 불길은 기다렸다는 듯이 별안간 마을 전체로 빠르게 번졌다. 마을은 온통 불길에 휩싸였다. 삽시간이었다.

짚단에 올라붙은 불이 초가를 삼켰다. 불꽃의 이글거림은 거침이 없었고, 흙벽에 박힌 나무 기둥을 파고들며 불기둥을 세웠다. 제비집이 불에 갇혔고, 새끼 제비가 노란 입을 벌려 어미가 가져다 줄 먹이를 기다렸다.

딸아이는 불꽃이 제비 새끼를 집어삼키는 장면을 보면서 울었다. 아낙이 우는 딸아이를 들쳐 안고 뛰었다. 불꽃 너머 대추알이 붉었다. 닭이 탱자나무 가시에 꽂혀서 파닥거렸다. 개가 줄행랑 쳤고, 사람들이 개를 따라 내달렸다.

불길을 피해 뛰쳐나온 사람들이 길목에서 뒤엉켰다. 영문 모를 일에 사람들은 혼비백산 했는데 이윽고 화살이 날아들었다. 병졸이 일렬횡대를 갖추어 사람들을 하나씩 조준해서 심장과 눈알을 뚫었다.

아낙이 딸아이를 안고 장독대 옆을 내달릴 때, 화살촉이 아낙을 겨냥했다. 아낙은 딸아이를 감싸 안으며 화살을 받았다. 아낙의 옆구리를 관통한 화살촉이 딸아이의 목을 스치고 멈췄다.

어미의 몸에서 터져 나온 피가 딸아이의 얼굴에 튀었다. 쓰러진 아낙은 딸아이에게 멀리 가라고 힘겹게 손을 내뻗었다. 어미의 고통이 아이의 무서움에 밀착되어 아이는 멀리가지 못하고 어미 옆에서 쓰러지며 울었다.

말발굽이 땅을 치는 소리와 방울 소리가 마을 골목을 내달렸다. 말 탄 군인은 창칼로 목숨이 붙은 사람들의 목을 걷어내며 달렸다. 도망가는 사람들이 죽은 사람에게 걸려 넘어졌고, 넘어진 사람의 등에 화살이 박혔다.

불붙은 초가가 기울어졌고 무지막지한 살육에 기겁한 딸아이 옆으로 불씨 조각이 사방으로 튀었다. 불티가 딸아이의 목덜미에 옮겨붙었다. 먼 발치에서 아낙은 꺼져가는 애타는 눈길로 딸아이를 응시했다.

말발굽과 방울 소리가 딸아이의 귀를 치며 지났다. 쓰러진 아낙이 마지막 안간힘으로 돌멩이를 집어 던졌다. 장독이 깨졌고 항아리에 담아둔 간장이 흘러 딸아이의 몸을 적셨다. 독버섯 포자가 말발굽에 날렸다.

마을은 두 시각도 채 지나지 않아 초토화되었다. 초가에 살던 사람들의 몸은 화살에 뚫렸고, 휘두른 칼날에 목이 떨어져 나갔다. 소, 돼지, 닭이 탔고 개들은 산으로 달아났다. 병졸들이 타다 남은 것들을 마저 태웠다. 살타는 냄새가 비릿했다.

딸아이 어미의 시신은 불을 지른 자들이 밧줄에 묶어 끌어갔다. 어미의 몸에 박힌 화살이 돌부리에 이리저리 걸려 어미의 몸에서 창자가 비어져 나왔다. 병졸이 칼을 내리쳐서 창자를 끊어 내었다. 죽은 몸에서 떨어져 나간 창자가 살아서 꿈틀거렸다.

"악몽에서 깨어나면 해가 뜨고 있었어…… 어느 날, 아이는 더 이상 눈물을 흘리지 않겠다고 다짐을 했어. 운다고 달라질 것은 없었으니까. 그 아이가 이제 조선으로 가고 있어. 아이의 어미를 죽인, 아이를 팔아넘긴 조선으로 말이야."

사다코가 난간에 기대며 허리를 굽혔다. 자칫 바다에 떨어질 것 같아서 가이군지는 사다코의 곁에 한 발짝 다가섰다. 배가 가른 물살이 급하게 튀어 올라 뱃전을 때렸다. 기선은 빠르게 물살을 갈랐고 파도가 무섭게 치댔다.

갈매기 한 마리가 배가 갈라놓은 물살 사이에서 꽁치 한 마리를 물고 비상했다. 뒤따르는 갈매기가 날아오르는 갈매기의 부리를 공격했다. 갈매기의 공중전을 사이에 두고 꽁치의 청 비늘이 반짝거렸다.

다른 갈매기가 또 달려들어 꽁치 살점이 뜯겨져 나갔고 누더기가 되어 바다로 떨어져 내렸다. 아래에서 비상하던 갈매기가 떨어지는 꽁치를 부리로 받아서 날아올랐다. 허옇게 생기는 바닷길 위에 갈매기의 군무가 이어졌다.

"아이의 어미는 왜 죽어야 했을까?"

나가사키 항구는 시야에 들어오지 않았다. 기선이 나아가는 외해는 청록의 바다였다. 바다색과 하늘색이 맞닿은 지점에 바다와 하늘의 권리를 나누며 수평선이 그어져 있었다. 수평선 너머에 조선은 있을 것이다.

기선이 대마도를 지나자 조선 땅이 어슴푸레 윤곽을 보이기 시작했다. 갈매기는 따라 오지 않았다.

12

임진년(1592년)에 동래, 통영, 여수 방면에서 피어오른 불이 산맥을 타고 서울로 내달렸다. 서울 남산 제1봉수대부터 제5봉수대에 다급한 전운이 불꽃으로 피어오를 때, 임금은 의주로 몽진했다. 임금이 가는 길에 흙먼지가 일었고 백성은 엎어져 울었다.

병자년(1636년)에 압록강, 의주에서부터 남하한 불이 다시 남산에서 다섯 개의 불꽃으로 살아날 때, 임금은 남한산성으로 겨우 피신했다. 임금이 산성으로 옮겨오자 산성 안에 살던 백성은 눈앞이 새까맸다. 청국군은 편안히 한강을 건너왔고 홍이포를 남한산성에 들이댔다.

두 임금은 부자지간이었는데, 두 임금이 한 세대의 격차를 두고 내어 준 궁에 양국 군은 아무런 거리낌 없이 번갈아 다녀갔다. 그들이 다녀간 서울은 피가 여울을 이루어 개천에 흘러들었고, 초가의 흙벽마다 날카로운 비명이 박혔다. 아녀자가 불려가거나 끌려갔고, 우는 아이들의 귀와 코가 소금에 절여졌다.

세월이 많이 흘러 그때와는 사정이 다른 것인지 총검으로 무장한 일본군과 청국군이 육조거리를 아무 거리낌 없이 쏘다니는데도 남산 봉수대에 불길은 오르지 않았다.

조정에서 병사 명부를 제출하라고 각 도에 하달하면 도 관찰사가 나라의 명령을 군현에 전했다. 병사 명부를 작성할 때면, 고을마다 느닷없이 전염병이나 기근이 돌았다. 전염병은 장정의 머릿수를 지웠고 기근은 버젓이 산 사람을 죽은 자로 바꾸어 명부에 기록했다.

미관말직들이 장정의 머릿수마다 가격을 매겼고 받은 돈만큼의 죽음을 만들어서 명부에서 삭제했다. 명부에서 삭제된 자들은 원래 없는 자들이어서 군역도 없었다. 원래 없는 자들의 자리에는 오래전에 죽고 없는 사람들의 이름을 대신 채웠다.

팔도에서 서울로 올라온 병사 명부에서 군율이 적용되어 군사용도로 쓸 수 있는 장정은 하급관리에게 땡전 한 잎 잡혀 줄 수 없는 자들이었다. 이들 중 팔 할이 도성으로 와서 궁궐 수비에 배치되었는데 다행히 남산 봉수대에 불길은 다급하지 않았다.

방억수가 소속된 군영의 임무는 서십자각 방면에서 궁의 안위를 책임지는 일이었다. 방억수는 도성에 병역을 보강하던 시기에 자진 입영했다. 방억수는 근거리 전투에서 몸동작이 민완해서, 허점을 보이지 않았다.

방억수는 궁궐의 지근에 배치되었고 무기를 받아서 총과 검을 익혔다. 군역이 없는 날에 방억수는 강 건너를 바라보며 술을 붓고 절 올렸다. 방억수가 절할 때, 잡목이 강바람에 쓸렸다.

방억수는 내리쬐는 햇살을 피해 성곽의 그늘진 곳에서 남산 봉수대를 응시했다. 바람을 탄 조롱이가 날갯짓 없이 하늘에 떠 있었고, 열구름이 지났다. 화승총을 어깨에 멘 병사들이 성벽을 순찰하며 도성의 안위를 살폈다.

일본군과 청국군은 제 나라의 깃발을 앞세우고 저자를 행진했다. 두 나라 병사들이 뱉어 내는 말들을 방억수가 알아들을 수는 없었지만 언뜻언뜻 듣기에 말의 질감이 사나웠다.

외국 군인의 거친 발자국이 온 저잣거리에 박혔지만 남산 봉수대 불길은 다급하지 않았다. 봉수대 불길이 치솟지 않는 한 조선에 군사적 위협은 없는 것이어서 병사들의 군역은 할 만했다.

병사들의 군역은 가끔 군영 지휘관이 궁으로 행차할 때 오히려 작동했다. 병사들은 행차의 대오에 동원되었는데, 그제야 병사들의 대오는 반듯하게 질서를 갖추었고 기강이 섰다.

방억수는 지휘관이 궁으로 행차할 때, 행군의 대오에서 군역을 이행했다. 방억수의 군역은 역할이 매번 달랐지만 대체로 담뱃대나 담배상자, 놋쇠 요강을 들고 행렬의 후미를 따라 걷는 것이었다.

지휘관을 태운 늙은 조랑말이 구부정이 나아갈 때 놋쇠 요강을 들고 행차의 뒤를 따르면서 무장한 세 나라의 군인이 대치한 상황에서 군역이란 것이 이래도 되는 것인지를 방억수는 생각했다.

*

1894년 7월 23일, 총성은 궁의 동쪽에서 들려왔다. 불침번 서던 병졸이 허겁지겁 달려와 돌발 상황을 군영에 전했다. 군영은 전투태세를 갖추었고 화약고지기가 빗장을 풀어 탄약을 배포했다. 방억수가 속한 군영의 병사들은 탄약을 건네받고 동쪽으로 진격했다.

근정전을 지날 때, 서쪽 영추문 방면에서 타격 소리가 났다. 방억수는 길을 멈춰 섰다. 광화문에서도 함성이 사납게 터졌다. 총성은 전방위에서 밤을 찢어냈고 섬광이 어둠을 관통했다. 탄연이 전각 사이에 자욱했다.

매캐한 연기 속에서 방억수는 대열을 이탈해서 함화당 쪽으로 나아갔다. 전에 궁 문지기에게 들은 바로는 임금은 야심에 건청궁에 머물렀다. 경회루를 지나면서 방억수는 임금에게 가까이 다가서고 있음을 느꼈다.

아비를 매 쳤던 관의 나장과 현감이 죽었다. 나장은 뒷간에 빠져 죽었다. 방억수는 처박힌 나장의 몸을 막대기로 눌러서 똥물 아래로 깊이 담가 줬다. 빨려 들어가는 몸 위로 똥 거품이 일었다.

국상 중에, 현감은 고기를 구워 먹다 죽었다. 방억수는 고기 먹는 현감의 목을 끌어안고 화로에 현감의 얼굴을 지졌다. 현감은 사지를 비틀고 허우적댔다. 현감의 이마에서 연기가 피었고 고기

타는 냄새가 자욱했다.

현감의 입에 고기를 넣어 주던 젊은 여자가 기겁하며 오줌을 지렸다. 여자가 원했기도 했고 여자를 혼자 남겨 두기도 뭣해서 방억수는 여자와 함께 방을 나섰다.

현감이 타살되자, 수사력이 총동원되었다. 범인은 원한을 품은 자일 것이므로 용의자를 한정하는 일은 어렵지 않았다. 용의선상은 최근 매 맞은 자의 일가친지와 친분이 있는 자들로 쉽사리 좁혀졌다.

범인은 한 명이었는데 용의선상에 오른 자는 기백 명이 족했다. 용의 선상 맨 꼭대기에 방억수가 있었다. 방억수는 여자를 송파에 남겨두고 한강을 건너갔다. 수사력은 한강을 넘어서지 않았다. 서울에서 방억수는 군영에 몸을 의탁했다.

임금을 만나게 되는 날, 방억수는 임금에게 죽을 것이었다. 임금에게 죽어서 아비의 원통함을 달랠 수 있을지 알 수 없었지만, 관에서 말한 아비의 죄가 죽어야 되는 죄인지 임금에게 물은 후 죽어도 죽어야 했다.

임금이 죽을 죄라고 말하면 임금을 죽이고 죽을 것이었고, 그렇지 않다 하더라도 임금에게 물은 죄로 방억수는 죽을 것이었다. 이래도 저래도 방억수의 죽음은 기정사실이었다. 어쩌면 그날이 오늘 일 것이라고 방억수는 생각했다.

경회루 연못에 물결이 소름처럼 일어서고 있었다. 방억수는 심장이 두방망이질 해대는 소리를 들으며, 경회루를 벗어나 북쪽으로 나아갔다. 근정전 너머 들리는 총성이 심장박동에 포개졌고 터지는 섬광에 교태전이 드러났다.

휘저어 진 어둠 속에 탄연이 부풀었다. 여름밤을 관통하는 낯선 서늘함이 땀에 젖은 팔뚝에 닿았다. 총칼의 행진이 전각을 빠르게 가로질러 함화당 쪽으로 나아가고 있었다.

일본군이었다. 후방은 여전히 교전 중이었고, 일본군 본진은 교전을 내버려두고 임금의 거처로 향하고 있었다. 방억수는 탄환을 장전하고 나무 둥치 뒤에 몸을 숨겼다. 나뭇잎이 달빛을 가렸다.

육조거리에서 터져 나오는 총성과, 총탄이 사람 몸을 뚫는 소리, 몸이 뚫린 자들의 신음, 칼과 칼이 부딪히는 소리, 칼이 살을 지나는 소리, 칼 든 자의 함성과 칼 맞은 자의 고통이 전각을 쓸면서 밀려들었다.

연못에서 개구리가 쉼 없이 울어댔고 개 짖는 소리, 산 자가 죽어가는 소리, 궁녀들의 고성과 궐내를 허둥대는 발자국 소리들이 방억수의 고막에 들끓었다.

*

일본군 지휘관이 행각 앞에서 군대의 거총을 저지했다. 일본군 지휘관은 칼을 빼든 채로 행각문 앞으로 다가섰다. 임금과 중전이 행각문을 열고 모습을 보였다. 용포가 바람에 하늘거렸다.

'저것이 임금이다.'

방억수는 터져 나오려는 목소리를 가까스로 안으로 밀어 넣었다. 용포를 걸친 임금의 얼굴에 전등 빛이 닿았다.

'저것이 임금인가?'

방억수는 눈을 가늘게 떠서 임금의 얼굴을 끌어당겼다.

"전하! 조선군에게 사격 중지의 명을 내리십시오. 본관 휘하 부대가 이미 궁을 점거하였습니다. 더 이상의 저항은 참사를 부를 것입니다."

일본군 지휘관이 임금 앞으로 뚜벅뚜벅 걸어 나갔다. 방억수는 총구를 들어 올렸다.

"멈춰라! 대조선의 군주이시다. 예를 갖추지 못하겠느냐!"

개구리 울음이 들끓었다.

"귀관은 소속을 밝혀라!"

임금 곁에 서 있던 중전의 목소리였다.

방억수는 가늠자에 눈길을 실었다. 임금의 얼굴이 가늠자에 들어왔다. 임금은 분노와 수치 사이에 겨우 버티고 서 있었다. 방억수는 총구의 방향을 미세하게 움직였다. 중전의 분한 얼굴과 일본군 지휘관의 뒤통수가 가늠자에 얹혔다.

"21연대 대대장 소좌, 모리입니다. 전하께서는 사격 중지를 명해 주십시오."

일본군 지휘관이 신분을 밝히며 임금을 겁박했다.

임금이 말했다.

"시위대는 사격을 중지하라."

내관이 임금의 명을 복창하며 전각을 뛰어다녔다. 가까운 곳에서부터 총성이 잦아들었다.

일본군의 총검 앞에서 임금의 위엄은 한 줌이 되지 못했다. 일국의 왕이 일본군 소좌의 말에 맥없이 굴복되었고, 왜소한 임금의 음성은 치욕으로 나아가면서 갈라지고 부서졌다.

방억수의 가늠자에 걸린 임금이 현기증을 일으켰다. 내관이 임금을 부축했다. 일본군 지휘관이 빼어든 칼을 칼집에 거두어 들였다. 방아쇠에 걸린 방억수의 손가락이 떨렸다.

방억수는 임금을 겨냥하고 있던 가늠자를 돌려 함화당 입구를 지키고 있는 일본군을 조준했다. 일본군이 쓰러졌다. 총탄이 방억수 쪽으로 날아왔다. 방억수는 전각을 밝히고 있는 전등을 조준했다. 전등이 터지고 짙은 어둠이 사위를 엄호했다.

어둠의 비호를 받으며 방억수는 북문 방향으로 내달렸다. 총성이 방억수의 뒤를 다그쳤다. 향원지에 설치된 발전기에 탄환이 꽂히고 불꽃이 일었다. 개구리 울음이 사라졌다.

뒤쫓아 오는 일본군은 발전기 뒤에 몸을 숨기고 사격했다. 방억수는 발전기를 조준했다. 탄환이 발전기에 명중했다. 전선에 불꽃이 튀었고 일본군 서넛이 동시에 쓰러졌다.

방억수는 궁 밖으로 가지를 뻗은 나무를 타고 올라 담장을 건너 뛰었다. 담장에 총탄이 빗발쳤고 기왓장이 총탄에 깨져 내렸다. 방억수는 담장 밖으로 뛰어내려 궁에서 멀어져 갔다.

바람이 강냉이 잎에 부딪히자 파도 소리가 일어났다. 생전에 아비는 강냉이 씨앗을 심으면서 날짐승과 들짐승 몫이 따로 있다고 이마를 닦으며 말했다. 어린 방억수는 아비의 말을 이해하지 못했는데 성장하면서 그 말을 알 것도 같았다.

방억수의 의식에 아비의 모습이 별빛을 머금고 물컹거렸다. 일본군 소좌 앞에서 기어들어 가는 임금의 음성이 방억수의 귓가에 맴돌았다.

'임금일지라도 저리 허망합디다. 아버지!'

어둠의 장막에 아비의 얼굴과 임금의 목소리가 겹쳐졌다.

풍도

1894.7.25.

날마다, 섬에는 동백꽃이 떨어져 내렸다. 동백꽃의 낙화는 아무런 머뭇거림이 없었고 정적의 중심에서 조용한 죽음을 완성했다. 별안간 떨어져 내리는 꽃의 날들에 섬은 푸른 핏빛으로 바다와 독대했다. 바람은 불어왔고 바람이 머문 자리에서 꽃은 다시 피었다.

조선이 서기 전부터 섬에는 동백이 군락을 이루며 자생했다. 동백은 바람에 쓸리며 죽어 갔고 죽음이 지난 자리에서 군락을 이루며 오히려 번성했다. 늙은 동백이 스러진 자리에 다시 싹이 돋아서 동백은 생사의 슬하에서 군집을 이루었다.

원양에서 불어오는 바람은 섬의 사면을 후려치며 비상했다. 바람에 쓸린 동백군락은 가지가 웃자라지 못하고 뭉툭했는데, 뭉툭해진 거기에서 새순이 돋았다. 무서워서 바다 쪽으로 가지를 뻗지 못한 군락의 방향성은 어쩔 수 없이 산봉우리 쪽이었다. 불가역적인 동백군락의 방향성을 내려다보며 산봉우리는 짐짓 솟아 있었다.

격렬비열도는 서해상에 돌출한 세 개의 섬이었다. 바다에 뿌리 내린 세 개의 섬은 원양에서 닥쳐오는 파도 앞에서 속수무책이었다. 위태로운 섬 뿌리 위에 모진 생명은 번성했고 숲은 녹음을 이루어 섬 것들의 생을 꾸려가고 있었다.

녹음 아래는 가파른 절벽이었다. 절벽 여기저기 돌출된 바위에 새똥이 쌓여서 하얗게 말라갔다. 가마우지나 괭이 갈매기가 주상절리를 이룬 절벽 틈바구니에 알을 슬고 새끼를 먹였다. 장마가 지나면 부쩍 커버린 새끼는 바위틈을 벗어나기 시작했다.

새끼는 날갯짓이 서툴러 절벽 아래로 떨어졌는데 공중에 떠 있던 큰 수리가 미끄러지듯 하강하더니 떨어져 내리는 새끼를 낚아챘다. 어미 갈매기가 수리가 지나간 허공을 배회하며 우짖었고 똥을 지렸다. 허연 배설물이 바람에 날렸다.

격렬비열도 해상에 동이 트면, 빛의 편린이 바다를 가득 메웠다. 파도에 실린 빛은 섬의 뿌리로 밀어닥쳤다. 파도는 해안 단애를 깊숙이 파고들었고 부서지는 비말에 햇살이 붉게 부유했다. 쉼 없이 치대는 빛의 파도에 밑둥치가 먹혀서 섬은 뿌리부터 헐거워 보였다.

격렬비열도를 스치며 군함 세 척이 지났다. 함수에 매단 히노마루에 거센 바람이 펄럭거렸다. 배가 가른 물살이 파도의 대오를 만들어 연거푸 섬을 밀어내었다. 뱃전에 설치된 함포가 일출을 받아서 검붉었다. 연돌에서 검은 연기가 치솟았고 흘수선이 깊었다.

갈매기 우짖는 소리가 함대의 고물에 따라 붙었다. 함상에서 조총수가 갈매기를 조준 사격했다. 총성이 허공을 때리자 갈매기는 흩어졌다가 이내 다시 고물에 붙었다. 갈매기는 날갯짓 한 번으로 바람결에 올라타 함대를 따랐다. 격렬비열도 해상에서 조선은 보이지 않았다.

격렬비열도를 벗어난 함대의 항로는 충청 아산만 방면이었다. 육지로 다가서는 함대의 전방에 섬과 섬이 포개졌다. 먼 섬과 가까운 섬들이 중첩되어 섬의 능선과 봉우리는 굽이치는 연봉을 이루었는데 윤곽에 햇살이 번져서 섬과 육지는 식별이 어려웠다.

함대가 나아가는 곳으로 육지의 서늘함과 바다의 온기가 비벼져 해무가 번지고 있었다. 해무를 사이에 두고 섬들이 검푸른 적막을 드러내고 있었는데 뱃전에 연신 부딪는 파도는 기세가 사나웠다.

선두에 선 순양함이 속력을 낮추어 해무를 헤치며 풍도해역으로 진입했다. 섬과 섬 사이에서 함대는 피아간에 무방비였다. 함수에 선 정탐병이 망원경을 들어서 섬의 끄트머리를 당겼고 도사린 전운을 살폈다. 섬 너머는 아산만이 지척이었고, 청국군은 거기에 진을 구축하고 있을 터였다.

서해 바다의 물살은 조변석개했다. 기복 심한 바다는 밀물 때,

내륙 깊숙한 곳까지 파고들었고 물이 바다로 복귀하면 개펄이 드러났고 연안의 섬들이 내륙과 연결되었다. 밀물 때 물살에 올라탄 고깃배가 더러 썰물을 놓치면 배는 이물을 갯벌에 처박고 다음 물때를 기다려야만 했다. 어쩔 도리 없었다.

갯벌에 박힌 뱃머리에 부리 긴 새가 앉아서 갯것들의 부산한 움직임을 가만히 주시했다. 아낙이 물이 빠져나간 개펄을 뒤집어 동죽을 캤고 머리가 새까만 아이들이 펄을 쑤셔대며 칠게를 잡거나 쏙을 뽑았다.

그러는 사이 시간은 방향을 바꾸었고 부풀은 물들이 밀려왔다. 쓸려나간 물이 밀려오는 경이로운 순환에 맞추어 아낙이 아이들을 몰아서 뭍으로 걸음을 돌렸다. 아낙과 아이가 철수한 곳에서 미만한 해조음이 웅성거렸고 다시 섬과 육지는 격절되었다.

물이 육지로 밀려올 때, 파도는 머리를 꼿꼿이 세우고 서로 부딪치면서 왔다. 제 가끔의 소리를 들어 올리면서 밀려오는 파도는 거대한 음률을 이루면서 거침없이 왔는데 향연의 바다를 마주한 내륙은 압도당한 채 숨 죽였다.

*

선두를 이끄는 함에서 나팔이 울렸다. 후미를 따르는 함대가 속력을 낮추었다. 히노마루에 펄럭이던 바람이 방향을 바꾸었다. 고요한 물살이 파도의 대가리를 치켜세웠다. 물살이 내륙 쪽으로 일어서자 섬들은 바다의 다그침에 숨을 죽였다. 섬의 날 뿌리를 돌아 나오는 두 척의 함이 일본 수병의 망원경에 들어왔다.

뱃머리에 푸른 용과 붉은 여의주가 그려진 깃발이 매달린 청국 함이었다. 연돌에서 시커먼 연기가 피어올랐다. 일본과 청국 함은 한 마장 거리를 두고 서로를 견제했다. 양국 함은 잔뜩 웅크리고 서서히 사격권을 좁히며 다가섰다. 물살은 외해에서 연안 쪽으로 맹렬히 밀어닥치고 있었다.

양국 함대는 밀려드는 물살을 역류하며 전투태세를 갖추었다. 양국의 함대 사이에 뿌연 해무가 긴 띠를 형성했다. 뱃전을 치대는 파도의 포말이 흘수선을 어지럽히며 튀어 올랐고, 갑판을 쓸고 갔다. 평행수가 가파르게 흘렀고, 사나운 파도를 피해가는 급 변침에 함수의 갈피가 어지러웠다. 나팔이 울렸다. 짧고 다급한 소리였다.

교전의 포성이 해무를 뚫었다. 함대의 꽁무니를 따르던 갈매기 떼가 흩어졌다. 포연이 해무에 겹쳐졌다. 서너 번의 포성이 터졌고 청국 함 한 척이 휘청거렸다. 이내 화염이 솟더니 갑판으로 불길이 번졌다. 전투복에 불이 붙은 포병이 외마디 비명을 이끌고 바다로 뛰어내렸다. 파도에 화염이 검붉게 일렁거렸다.

전투 개시와 동시에 일격을 당한 청국 함 두 척은 풍도 동쪽과 서쪽 방면으로 나뉘어 도주했다. 일본 함대가 대오를 해체하고 달아나는 청국 함을 각각 추격했다. 동쪽 방면에서의 추격은 싱거웠다. 폭격에 배의 방향타가 파손된 청국 함은 두어 마장을 버티지 못하고 연돌이 꺾어졌고, 선체는 연돌이 꺾인 반대 방향으로 기울어졌다.

침몰하는 선상으로 포탄이 날아들었고 함은 전파되어 물속으로 내려앉았다. 파도가 달려들어 검푸른 색을 덧칠했고 선체의 형상을 지워 나갔다. 정찰선에 옮겨 탄 청국 병사들이 백기를 흔들었다. 포탄이 백기 사이에 떨어졌다. 정찰선은 흔적이 없어졌고 해무가 붉게 흘렀다. 빈 바다 위에 파도가 일어서는 소리가 매서웠다.

풍도 서쪽을 벗어나 원양으로 도주하던 청국 함은 뒤따르는 포탄을 허용하지 않고 내달렸다. 청국 함은 방향타를 놀려 갈지자로 파도를 가르며 나아갔다. 뒤쫓는 일본 함은 청국함의 급소에 좀처럼 조준점을 맞추지 못했다.

밀물을 거스르는 양국의 함은 쫓는 자와 쫓기는 자의 집중으로 밀려드는 물살에 파문을 그으며 나아갔다. 일본 함에서 날아오른 포탄은 빈 바다를 두드리며 도주하는 청국 함의 후미를 다그쳤다.

풍도를 벗어나자 울도 방면에서 밀려오는 물살이 함의 선수에 다급하게 덤벼들었고, 섬과 섬 사이에 잔뜩 부풀어 오른 물이 시퍼렇게 멍들고 있었다. 달아나는 청국 함이 울도를 지날 때 한 척의 상선이 밀물에 올라타 다가오고 있었다. 청국 함대는 상선을 스치며 먼 바다로 줄행랑쳤다.

일본 수병의 망원경에 다가서는 상선의 깃발이 들어왔다. 영국 깃발이었다. 선박명은 '고승'이었다. 일본 함은 달아나는 청국 함의 추격을 중지하고 고승호에 정선을 지시했다. 고승호 갑판 위에는 청국에서 보낸 지원병들이 납작 엎드려 있었다. 고승호는 정선에 응하지 않았고 영국 깃발의 위용을 앞세우며 항해를 지속했다.

일본 함은 공포를 발포하여 포격을 경고했다. 고승호는 임검에 응하지 않고 속도를 높이며 달아났다. 함장의 포격 명령이 있었고 고승호 흘수선 아래에 어뢰가 박혔다. 연이어 갑판에 포탄이 집중되었고 선체는 불길에 휩싸였다.

청국 병사들은 사지가 떨어져 나갔고, 오장육부가 흘러내렸다. 몸 성한 자들은 무작정 바다로 뛰어내렸다. 본국에서 추가 파병되어 아산으로 향하는 청국군이었다. 일본 함은 고승호에 바짝 다가갔다. 겁먹은 청국 병사들이 무기를 물속에 내던지고 항복했다.

폭격에 부서진 파편들이 빠른 물살에 실려 갔고, 바다에 뛰어든 청국 병사들이 난파된 부유물에 몸을 의탁해서 겨우 호흡했다. 일본 함의 갑판에서 조총수들이 물에 떠내려가는 청국 병사들의 머리통을 차분히 겨냥하고 발포했다.

반파된 고승호의 선수가 하늘로 들리더니 맥없이 물속으로 내려갔다. 침몰은 순식간이었다. 갈매기가 우짖었고 배가 침몰한 곳에서 파도가 나선형으로 소용돌이쳤다. 하늘 한가운데에서부터 폭양이 쏟아져 내렸다. 서해 풍도 해상이었다.

13

전라도 땅에서 탐학을 견디지 못한 농민이 무리지어 관아를 부수었다. 조정은 농민을 제압하기 위해 총칼을 앞세웠으나 성난 군중을 감당할 수 없었다. 농민군은 정읍, 고창, 나주를 거치면서 세를 규합하여 전주성을 함락했다. 내친김에 서울을 도모하자는 목소리는 크고 기세등등했다.

전주성은 개국 임금 이성계의 어진을 모신 곳이었다. 일천한 것들에게 왕조의 상징이 무참히 짓밟히자 조정은 아연실색했다. 급기야 조정은 청국에 파병을 요청했다. 허탈한 농민들은 국토를 전장으로 만들 수 없었기에 싸우기를 멈추고 농토로 복귀했다.

농민이 농토로 복귀했으나 청국군은 물러가지 않았다. 청국군은 충청도 아산에 진을 치고 소일했다. 일본은 청국의 군사파병을 빌미로 조선에 군사를 보냈다. 사태가 진정되자 조선은 양국의 철병을 공식 요청했다. 양국은 조선의 요구에 반응하지 않았다.

일본군은 제물포로 입항해서 서울로 진군했고 궁궐 지근에 얼쩡거리면서 광화문 입구에서 허공에 총질을 해댔다. 일본 공사는 임금이 거하는 궁궐 앞 총포 시위를 뒷배로 조선의 내정개혁을 요구했다. 임금은 말이 없었다.

대륙진출에 오래 목마른 일본 여론은 청국과의 일대 전면전을 옹호했다. 일본 공사는 조선국의 자주가 청국에 의해 탄압 당하고 있으므로 일본이 나서서 청국군을 조선 땅에서 몰아내는 것이 조선의 자주를 위해 대국으로서 일본에 부여된 역할이라고 수상 이토 히로부미에게 보고했다.

- 조선왕이 몸소 청국군 구축驅逐을 대일본에 의뢰하도록 함이 타당하지만, 조선왕의 입장이 무엇인지는 지금에서야 중하지 않습니다. 조선에서 왕은 문자로서 기능할 뿐입니다. 각하께서 결단을 내리시면 되는 일이 옵니다. 방편은 부지기수입니다. -

조선은 호구고, 조선 임금은 있으나 마나한 존재라는 말을 일본 공사는 대놓고 하고자 했으나, 말에 격이라는 것이 있어서 차마 그러지 못했다. 조선과 임금의 사정을 본국에 전할 때, 일본 공사는 말을 골라서 해야 하는 수고로움이 언짢았다.

이토 히로부미는 장차 청국과의 전쟁에 대비해 베이징, 상하이, 톈진에서부터 멀리 티벳에 이르기까지 변복한 사무라이를 밀정으로 보냈다. 취합한 밀정의 보고서에서 청국의 국내 사정은 벌집처럼 구멍이 뚫려 있었다.

보고서는 청국의 전쟁투입 인원, 전투력, 총포의 종류, 전쟁무기의 규모, 함정, 함포에 대하여 쓰여 있었다. 정부의 무능과, 공직의 부정부패, 백성의 애국심은 한심했다. 보고서를 분석한 결과 일본의 승전은 기정사실처럼 다가왔다.

청과의 개전이 불가피하다는 것을 정서적으로 받아들이고 있었지만, 국제사회에서 불어올 파장을 고심하면서 열강의 움직임을 오래 살피던 수상 이토 히로부미는 일본 공사에게 회신했다.

- 조선에서의 일은 사정이 있을 시 국익에 부합하는 방향에서 스스로 결단하여 행하라 -

일본에서 조선을 다시 정벌해야 한다는 주장이 대두되었을 무렵부터, 운양호가 조선의 해안을 제멋대로 측량하기 시작했을 때부터, 일본은 조선 땅 깊숙한 곳을 염두에 두고 뿌리를 내렸다.

에도 막부 도쿠가와 정권이 꺼져가는 권력을 가까스로 유지하고 있었을 때, 미국이 흑선 함포를 앞세워 에도만에서 일본에 자행한 외교를 일본은 충실하고 모범적으로 조선에 응용했다.

일본 공사는 정한론 주창자인 사이고 다카모리를 숭배했다. 조선 정벌은 시기의 문제이지 선택의 문제가 아니었다. 일본은 청과의 개전 구실을 물색했고 기어이 찾아내었다.

남산 관저에서, 일본 공사는 왼손으로 소맷자락을 받치고 오른 손을 들어 벼루에 붓을 가져갔다. 빈 종이에 꽃대가 솟았고 꽃봉오리가 돋아났다. 붓 끝에 힘이 실려서 봉오리가 선명했다. 봉오리에서 묵향이 번졌다.

종이에 난대를 치고 꽃대를 밀어 올리면서, 일본 공사는 백지의 여백을 생각했다. 비워두기에 여백은 아득했다. 아득한 그 공간을 매우고 싶은 충동이 일본 공사의 마음에서 들끓었다. 조선은 비워둘 수 없는 여백이었다. 난에 꽃이 피었다. 일본 공사는 여백에 썼다.

'결행'

일본 공사가 난대에 매단 꽃은 도요토미 히데요시의 죽음으로 마지못해 조선 땅에서 물러선 이래 삼백 년 야망을 오롯이 품고 피어났다. 해묵은 야심이 꽃의 형상으로 구체화되었다. '결행'이라는 두 글자는 개전의 서막을 열었다.

*

'결행'의 명은 지체 없이 실행되었다. 아무런 경고가 없었고, 아무도 경계하려 들지 않았다. 일본군은 새벽에 경복궁에 난입했다. 궁을 에워싼 일본군은 궁의 동쪽으로 돌격했다. 섬광이 탄연에 번득였고 총탄이 건춘문에 집중했다.

일본 보병대에 맞선 왕궁시위대는 최정예 병사로 미군 예비역 출신 다이 장군이 훈련시킨 부대였다. 시위대는 일본보병을 상대로 필사적으로 대치하였다.

건춘문에 이어 서쪽 영추문과 남쪽 광화문에서 교전이 동시다발적으로 벌어졌다. 혼란을 틈타 일본군 일부는 임금이 머물고 있는 건청궁으로 곧장 진격했다. 궁녀와 내관들이 전각을 바쁘게 뛰어다녔다. 진격의 선두에서 발포된 탄환이 임금의 처소에까지 날아들었다.

"전하! 조선군에게 사격 중지의 명을 내리십시오. 본관 휘하 부대가 이미 경복궁을 점거하였습니다. 더 이상의 저항은 참사를 부를 것입니다."

군도를 든 일본군관이 임금과 중전 앞으로 뚜벅뚜벅 걸어 나왔다. 예의를 상실한 걸음이었다.

"멈춰라! 대조선국 군주이시다. 예를 갖추지 못하겠느냐!"

중전의 날선 호통이 군관의 걸음을 세웠다.

"귀관은 소속을 밝혀라!"

중전의 서릿발 같은 음성이었다.

"21연대 대대장 소좌, 모리입니다."

중전의 흐트러짐 없는 눈빛에 군관의 목소리는 다소 정중해졌다.

"전하께서는 사격 중지를 명해 주십시오."

임금은 중전을 바라보았다. 중전이 머리를 주억였다.

"사격을 중지하라 일러라."

임금은 말했다.

임금이 인질로 잡혔다는 소식에 조선군은 분통을 터뜨리며 총검을 거두었다. 일부는 퇴각 중에 마주치는 일본군을 닥치는 대로 사살했다. 통위영과 총위영에서 간헐적인 저항이 있었으나 전력은 역부족이었다. 임금의 명으로 서울을 방위하는 조선군은 하루 만에 무장해제 되었고 무기고는 일본군의 수중에 넘어갔다.

궁을 점령한 일본군의 방자함이 극에 달했다. 궁궐에 값나가는 것들은 모조리 약탈했는데 비적에 가까운 만행이었다. 임금은 일본 공사관에 대신을 보내 항의했으나, 일본 공사는 일본군이 그럴 일이 없다고 말했다.

일본 공사관에 줄을 댄 각료들의 헛기침은 요란했다. 대신들은 어전에서 일본의 국력에 혀를 내두르며, 조선의 대일 외교 노선과 조선의 살 바를 다투어 말했다.

"전하! 조선은 일본을 지원해야 합니다. 일본에게 조선은 교두보일 뿐, 저들의 의중은 청국에 있사옵니다. 속히 일본국에 청국군을 축출하는데 협조를 요청하는 문서를 시행토록 윤허하소서!"

"제물포항에 입항한 일본 혼성여단을 비롯한 사단은 조선을 도모하기 위한 것이 아님이 자명해지고 있습니다. 들리는 소식에 의하면 일본은 전쟁수행을 위해 영국에서 차관을 도입했다고 하옵니다. 돈을 빌려서까지 전쟁을 수행한다면 이는 분명 청국과의 일전을 준비하는 것이 틀림없습니다."

"전하! 일본은 이미 히로시마에 대본영을 갖추었고 청년 동원령이 내려졌습니다. 듣건 데 일왕은 야망이 큰 인물이옵니다."

임금은 내각의 읍소에 한숨을 내쉬었다. 임금의 한숨은 깊고 침울했으나 임금이 할 수 있는 일은 없었다. 궁을 점령한 일본 공사는 국정개혁안을 권고했다. 권고는 그러니까 협박의 다른 말이었다.

*

"놀라신 뒤인데 문안차 입궐했습니다."

일본 공사가 임금을 배알하고 아뢰었다.

"다친 곳은 없소?"

임금이 일본 공사에게 물었다.

일본 공사는 임금이 묻는 말의 목적지가 임금 스스로를 향하는 것인지, 자신에게 묻는 것인지 알 수 없었다. 답하기가 모호해서 그는 준비한 말을 이어 나갔다.

"일전에 아뢴 다섯 조목[12]을 마땅히 유의하여 시행하는 것이 좋을 것입니다. 옛 법과 새 법을 고르게 펼치어 통치의 근본으로 삼는다면 억만년토록 나라의 기반이 공고하게 될 것입니다."

"일반적인 규례에 구애받지 말고 기탄없이 직언을 구하고자 하니, 귀 공사 또한 이를 헤아려 의견을 주기를 청하오."

"그리하겠습니다. 전하!"

일본 공사가 어전을 물러났다. 임금은 현기증이 밀려왔다.

일본 공사는 대신들을 만나는 자리에서 선진화된 나라의 사무를 말했고, 일본이 유신 이래로 국력이 신장한 계기는 무엇보다 정치 개혁이 우선이었음을 강조했다. 덧붙여 일본은 조선의 내정에 관여하지 않는다고도 말했다.

시국현안에 대한 최고 회의체로 군국기무처가 설립되었다. 군국기무처의 최초 행보는 중앙기구를 의정부와 궁내부로 나누었다. 의정부가 권력의 노른자위가 되었고 궁내부는 임금의 의전을 담당했다. 조선 내정에 간섭하지 않겠다는 일본 공사의 말과는 달리 그의 의중은 고스란히 반영되었다.

중앙 권력기구 재조직, 청국에 대한 독립 천명, 과거제도 폐지, 양반과 상인의 계급 타파, 연좌제 폐지, 조혼금지, 노비해방 등 국가의 중요 사안들이 일사천리로 심의되었고, 임금의 재가를 거쳐서 팔도에 하달되었다. 일본 공사는 흡족해했다.

임금은 군국기무처에서 결의한 사안에 대하여 의견을 내지 않고 다만 윤허했다. 임금이 재가할 때, 대신들은 어전에 머리를 조아려 임금의 은혜가 커서 나라를 바로잡는 일이 순하다고 말을 올렸다. 임금이 말했다.

"경들의 애국하는 마음을 내 모르지 않는다."

임금과 신하 사이에 오가는 말들이 그랬다.

*

풍도 해상에서 고승호가 일본 함에 폭침 당한 사건을 두고 영국이 격분하자 일본은 동분서주했다. 일본 공사는 제물포에 입항한 순양함에 서기관을 보내서 사건의 진상을 물었다. 일본 순양함 함장은 서기관에게 말했다.

"고승호는 비록 영국 상선이나, 청국의 추가 지원병과 다량의 탄약을 적재하고 아산만에 처박혀 있는 청국군의 은둔지로 향하고 있었다. 조선 서쪽 바다는 본관의 함과 청국 함이 대치 중인 일촉즉발의 전시 상황이었다. 본관은 청국 함을 조선에서 밀어내고자 추격 중에 고승호와 실로 별안간 대면했다.

본관은 전시 중 민간 선박에 대한 임검 원칙에 따라 정선을 명하였으나 고승호는 이에 응하지 않았고 오히려 가당치 않은 적의를 내비쳤다. 고승호에 승선한 청군은 전투병으로서 이들이 도발할 경우 본관의 함에 위해를 가하여 일이 커질 수 있었다. 본관은 이런 사정을 간과할 수 없었다.

해서, 본관은 우려스러운 부분을 종식시켜야 할 분명한 필요성을 제때에 객관적으로 인지한 것이다. 전시에 판단은 전적으로 본관의 권한이다. 하여, 좌현포로 살의를 다스리고 바다의 평온함을 회복해야만 했다. 거기는 바다이고 그래야 하는 곳이다.

두말 할 필요가 있겠는가? 본관은 작전 지휘권을 천황폐하로부터 부여받았다. 무지한 자들의 말들이 꼬이고 섞이어 어지럽다고 듣고 있으나 이것은 바다의 일이다.

내 말하기에도 가소로우나 어리석은 힐문들에 답하자면, 정당방어 행위로 본관의 판단은 국제법에 어긋남이 없다. 본관의 말을 옮겨서 전하라."

일본 순양함 함장의 말은 말로써 정연했다. 전시 상황은 지휘관의 판단의 기민함으로 전투의 승패가 판가름 나는 것이고 오갈

데가 한정된 배를 탄자의 선택은 물러날 곳 많은 육지와는 다르다는 것이었다.

일본 순양함 함장의 말인즉, 우선은 깨부수고 볼 일이며 그것은 주관을 배제하고 객관적 판단이었다는 말이었다. 본래 말이란 찌꺼기를 청소하는 역할이라고 적어도 일본 함장은 그렇게 여기는 듯 했다. 말은 언제나 입장에 따라 달라서 하고 보면 맞는 말이었는데 듣고 보면 아무것도 말하고 있지 않았다.

영국은 일본 함장이 뱉어낸 말들에 대한 법리적 해석에 착수했다. 법률가들은 눈치를 살피며 일본 함장의 말에서 국제법상 모순이 없다는 의견을 제시했다. 일본은 안도의 한숨을 내쉬었다.

일본이 조선의 정치개혁에 박차를 가하고 있는 와중에 청일 양국은 조선에서 입장을 내었다. 청국은 조선의 정국이 수습되었으니 일본이 군대를 철수해야한다고 말했다.

일본은 조선의 자주를 청국이 막아서고 있으니 청국이 철수해야 한다고 말했다. 양국의 말들이 반도를 달구는 폭양 속에서 무르익어 갔으나, 임금과 조정이 끼어들 자리는 없었다.

일본은 청국에 선전포고했다.

조선은 독립국임에도 청국이 내정간섭을 자행했다. 대군을 조선에 보내 일본의 권익을 손상시키며 동양의 평화를 위태롭게 했다. 청국의 야망을 좌시할 수 없다. 전쟁을 선언한다.

청국이 포고문을 내었다.

왜인은 이유 없이 군대를 서울에 파견했다. 조선인을 위협하고 국왕을 협박해 정부를 뒤집으려 하고 있다. 왜인이 하고 있는 일은 순리로 논할 수 없다. 전쟁을 선언한다.

양국은 조선 땅에서 각자의 말로써 전쟁을 선포했다. 임금과 조정은 엎드려 갈팡질팡 했다. 임금과 조정이 엎드린 조선은 누구의 땅도 아니었다. 조선은 비어있는 땅이었고, 양국의 총탄이 빈 땅 위에서 빗발쳤다. 양국 본토는 다 같이 조선에서 멀리 있었다.

세계정세의 구도 속에서 양국의 충돌은 필연이었다. 국지전이든 전면전이든 조선 땅에서 발생되는 폭력의 참상은 조선에게 귀결될 것이기에 조선에게는 오롯이 세계대전이었다.

14

대여섯 개의 바위섬을 돌아들자 부산이 눈앞에 펼쳐졌다. 내해를 막아선 섬 뿌리에 햇살과 파도가 섞여 일렁거렸다. 저탄장이 검은 형해를 드러내었고, 십자가를 치켜세운 병원 건물이 잿빛을 머금고 있었다.

내륙의 윤곽이 보일 때부터, 선실을 벗어난 사람들이 기선의 회랑에 서서 하선을 기다리며 기지개를 펴거나 하역할 물건을 살폈다. 하선을 기다리는 상인들은 하도 자주 현해탄을 건너 다녔는지라, 나가사키를 떠날 때부터 바다의 시간을 알고 있는 것처럼 보였다.

바위섬을 돌아들면서부터 기선은 속도를 줄이며 내해로 진입했다. 선실을 비집고 나온 상인들의 몸에 걸친 것이라곤 작은 아마포 천뿐이었다. 나체에 가까운 상인들이 기선의 회랑을 가득 메웠고, 뒤늦게 나온 사람들이 먼저 나온 사람들의 대열에 슬며시 끼어들었다.

갈비뼈를 드러낸 상인들은 각자의 짐을 챙겨 어깨에 들쳐 메었다. 사람과 사람 사이에 짐이 구겨져 박혔고, 짐과 짐 사이에 사람이 찡겨서 통로는 터져 나갈 듯 부풀어 올랐다. 짐과 짐이 부딪쳐 바다에 떨어지는 일도 있었다.

기선이 육지에 접근하자, 히노마루를 매단 삼판선 여러 척이 기선에 가깝게 섭신했다. 기선의 경적 소리는 짧고 날카로웠다. 경적 소리에 쫓긴 상인들은 소란스러웠고 물건을 챙기느라 디욱 부산했다.

가이군지가 상인들의 틈을 벌려 길을 열었고, 여동이 양산을 펼쳐서 폭양을 막았다. 사다코 일행과 서양식 복장을 한 사람들은 일등 항해사가 따로 인솔해서 선수에 마련된 별도 통로를 통해 삼판선으로 옮겨 탔다.

사다코를 마중 나온 사람은 부산 총영사였다. 총영사는 빳빳하게 풀 먹인 신사모를 벗어들고 사다코에게 목례했다. 사다코는 차양모를 내리고 가벼운 웃음을 지어 보였다. 웃을 때, 사다코의 보조개가 눈부셔서 총영사는 사다코를 똑바로 쳐다보지 못했다.

총영사가 몸소 사다코를 마중하자 사다코의 입국 절차는 생략되었다. 세관 밖에는 일행을 인도할 인력거가 대기하고 있었다. 총영사가 사다코와 동승했고 영사관 직원이 여동과 함께 인력거에 올랐다. 칼 찬 가이군지는 군마에 올라탔다.

영사관저로 향하는 길 위에서 인력거는 심하게 덜커덩거렸다.

사다코의 몸은 도로의 굴곡에 맞추어 튀어 오르거나 옆으로 튕겨져 나갈 듯이 위태로웠다. 가는 길이 험난해 사다코의 미간에 주름이 잡혔다.

"불편을 드려서 너무나도 죄송합니다. 조선에서는 인력거를 취급하기가 어렵습니다. 우리 상인이 인력거를 조선에서 운영할 수 없는 것이 도로 사정이 이 모양이어서 도무지 바퀴가 버텨내지를 못합니다.

이 인력거는 특별히 본국 손님을 위해서 구비해 두고 있는 물자입니다. 조선에서 그나마 탈 것이라고 가마가 있는데 그마저도 비좁은 상자 같아서 타고 내리는 일이 여간 번거로운 것이 미덥지 못합니다. 저기 저 무사가 탄 말도 사실 귀한 종입니다."

영사가 손가락으로 가이군지를 태운 말을 가리켰다.

"조선의 말은 죄다 조랑말이지요. 아주 볼품없는 작은 당나귀만 한 종자입니다. 그 놈을 타고 가자면 가듯 말듯 아주 속이 터집니다. 길도, 말도 형편이 없으니 조선에 기병대라는 것이 있을 수가 없습니다."

가는 내내 일본 공사는 본국에서 온 손님의 불편함에 안절부절못했고, 도로와 말을 들어 조선의 궁색을 어렵지 않게 설명했다. 사다코는 길이 어서 끝나기를 바랐고 무엇보다 불편해서 영사의 말들을 다 알아듣지 못했다.

부산 총영사의 관저는 구라파 양식의 복층 건물이었다. 먼발치에서 바라보는 관저는 나가사키에서 본 서양 건물과 닮아 있었다. 관저와 몇몇 건물이 자리한 곳은 외곽에 형성되어 있는 꺼질 듯 납작한 진흙집들과 확연히 구분되어 이물감을 더했다.

시선을 조금 들어서 바라보면 마을을 에워싸고 있는 산줄기가 황량하게 진을 치고 있었다. 드문드문 소나무가 능선에 박혀 있었고 산 밑바닥이 여지없이 드러나 있었다. 초목이 불타버린 민둥산이 능선을 이루어 마을 외곽을 빙 둘러 쳤다.

인력거는 들판을 옆에 두고 목적지로 다가갔다. 들판 여기지기 보릿단이 타고 있었다. 매운 연기가 자욱한 길을 지나 사다코 일행은 영사관저에 도착했다. 햇살이 잘 드는 양지에 입지한 관저는 남향으로 낸 유리로 된 창에 삼나무의 녹음과 푸른 바다가 그림처럼 박혀 있었다.

*

사다코가 나가사키에서 가져온 소나무 분재를 총영사에게 선물했다. 섬세한 도자기 분에 식재된 소나무는 가지가 불그스름했고 나선형으로 앙증맞게 굽이쳤다. 세심하게 정돈된 침엽이 가지마다 빈틈없이 매달렸고, 잔솔방울이 드문드문 달려서 관상용으로 그만이었다.

나가사키에 거주하는 청국 정원사가 공들여 분재를 만지는데, 그의 손을 거친 분재는 베이징이나 상하이의 고관대작과 신분 높은 서양 사람들이 무척 애정 한다고 사다코는 총영사에게 말했다. 총영사는 정원사의 솜씨를 극찬했다.

식견 없는 자신이 보기에도 그럴 수밖에 없겠다며 총영사는 감탄했고 사다코의 호의에 격렬히 호응했다. 관저가 누추하나 일행이 거처하는 동안 불편함이 없도록 각별히 정성을 다하겠다고 총영사는 말했다. 사다코가 가벼운 웃음으로 화답했다.

사다코를 응접하면서 총영사는 부산 발전의 개략을 말했다. 부산에 거주하는 일본인이 오천 명을 넘어 섰고, 병원, 우편, 은행, 전신 등의 근대 제도가 들어서서, 말이 조선 땅이지 일본의 조차지와 다름없다고 총영사는 부산의 모든 변화가 자신의 업적이라도 되는 양 말을 했다.

총영사는 수상 이토 히로부미와 사다코의 관계를 잘 알고 있었기에 자신의 치적으로 본국에 보낸 공물과 부산의 급속한 일본화를 말하였다. 부산 총영사는 영사직 외에 판사, 경찰서장직을 겸하고 있어서 그가 치적이라고 하는 말들이 아주 틀린 말은 아니기도 했다. 조바심치는 총영사관의 간절한 말들을 사다코는 눈 반짝이며 들어 주었다.

사다코는 총영사관저에서 아침을 먹었다. 찬으로 삼치구이, 숙주나물무침, 표고버섯을 썰어 넣은 맑은 된장국이 차려졌다. 밥공기에서 갓 뜸 들인 밥 냄새가 설핏했다. 밥알에 기름기가 흘렀고 군데군데 완두콩이 박혀 있었다.

사다코는 왼손에 젓가락을 잡고 오른손에 숟가락을 들고 조용히 밥을 먹었다. 왼손 젓가락으로 밥알과 완두콩을 하나씩 집어서 먹었고 오른손 숟가락으로 된장국을 알맞게 떠서 입으로 가져

갔다. 사다코는 밥을 먹을 때 머리를 숙이거나 허리를 굽히지 않았다.

된장국을 한 모금 삼키고 숙주나물을 한 가닥 집어 든 사다코는 건너편에서 삼치 살을 발라내고 있는 총영사에게 말을 건넸다.

"어린 아이들을 납치해서 일본으로 보내는 조직책이 있다고 하던데, 영사께서는 들은 바가 있으신지요?"

사다코는 숙주나물 한 가닥을 입안으로 가져갔다. 총영사는 삼치 살을 가르다 말고 젓가락질을 멈추었다. 젓가락 끝에 기름기가 반질거렸다. 총영사가 삼치 잔가시를 접시의 바깥쪽으로 밀어내고 젓가락을 접시에 내려놓았다.

"그것을 조직책이라고 해야 될 지는 애매하기도 합니다. 아이들을 포함해서 일본으로 건너가는 조선 여성들이 많은 것은 사실입니다. 그러나 그 사람들을 우리가 납치하거나 회유해서 데려가는 것은 아닙니다."

"그러면, 어찌 그자들이 시모노세키나, 나가사키로 갈 수 있지요? 밀항이라도 한다는 말씀이십니까?"

사다코의 젓가락에 완두콩 한 알이 집혔다.

"그게...... 조선인이 팔아넘기고 본국에서 소비하는 방식입니다. 아비들이 전도금을 받고 제 딸아이를 넘기는 게 가장 흔한 경우로 몸종으로 팔려가는 일이 부지기수입니다. 간혹 미색이 뛰어나면 유곽으로 가는데 그곳에서 게이샤로 소모된다고 하더군요.

최근에는 이런 인신매매에 동학 무리도 깊숙하게 개입되어 있다는 소문이 자자합니다. 천우협이라는 일본 조직이 동학난당에게 무기나 자금을 지원하는데 그 대가로 젊은 여성들이 본국에 넘겨진다는 신용할 만한 소문이 파다합니다. 나라 사정이 비참하니 돈 되는 일은 뭐든 해야 하지 않겠습니까."

총영사는 젓가락을 집어 들고 삼치 살을 바르는 일을 이어 갔다. 사다코는 된장국에서 표고버섯을 젓가락으로 건져 입안에 넣었다. 표고버섯의 심심한 식감이 입 속을 메웠다. 어린 사다코를 나가사키로 끌고 갔던, 생면부지 사내의 얼굴이 기억날 듯 말 듯했다.

사다코는 오래전부터 가슴에 새겨둔 말을 했다. 사다코가 서울로 직행하지 않고 부산에 기착한 이유였다.

"영사께서, 알아봐 주셔야 될 일이 있습니다. 오래전 일이긴 한데……"

*

삼나무 숲은 그대로였다. 지난 십여 년 세월에 살이 붙어 삼나무 밑둥치는 더 굵어지고 가지와 잎은 울창해져 있었다. 이것은 분명한 사실처럼 보였는데 사다코가 지금 다시 보기에 나가사키로 떠나기 직전에 보았던 것만큼 압도적이지는 않았다.

삼나무 장막 안으로 외국인 거류지는 건물이 훌쩍 늘어있었고 구획을 따라 곧게 난 길은 일정한 지역까지 반듯했다. 반듯한 구간이 끝이 나는 곳에서 길은 좁아졌고 땅의 굴곡을 따라 기신거리며 뻗어 갔는데 거기서부터가 조선인이 사는 구역이었다.

일본풍 가옥과 새로 지은 구라파식 가옥은 바다를 조망하고 있었다. 영사관저에서 바라본 외국인 거류지의 외형은 나가사키와 비슷했다. 칠 흙을 바탕에 두고 어느 한 지점을 화려하게 채색해 놓은 그림처럼 건물의 색감이 풍부했고, 공간의 구획이 반듯하고 가지런했다.

오래전부터 일본인들은 규슈나 대마도에서 건너왔는데 살다보니 부산은 낯설지 않아서 그들은 터를 잡고 정착했다. 부산은 철저하게 일본풍으로 물들고 있었다. 조선 조정의 지침이나 명령은 일본인 거주지로 나아가지 않았고 나아갈 수도 없었다.

사다코가 나가사키를 떠날 때 동반 출항한 함정은 풍도에서 청국함정과 일전을 치루고 제물포로 갔다. 서울은 이미 일본군의 수중에 들어왔고, 아산 일대에서 승리한 군이 청의 패잔병을 쫓아 북으로 진군 중이었는데 전장에서 한참 먼 부산의 거류지도 전방의 승전보에 들떠 있었다.

공터 곳곳에는 병사들의 총검 훈련이 한창이었다. 전투가 없는 후방에서의 훈련은 전방의 군사들을 힘껏 응원했는데, 군기가 뿜어내는 열기가 폭양에 데워져 부산은 전시체제에 돌입하고 있었다. 조선 백성은 훈련하는 일본군을 피해 멀리 돌아서 길을 나다녔다.

일본군 훈련을 바라보는 조선 백성들의 일반적인 표정은 무관심해 보였지만 그 이면의 감정은 치안 공백이 가져오는 극악무도에 대한 두려움이 깊이 깔려 있었다. 가끔은 두려움 사이에 떨고 있는 자신들의 비열함에 격앙했지만 그것은 마음의 일일 뿐이었다.

백주에 일본군은 조선인의 초가에 불쑥 들어와서 조선 사내의 입안에 총부리를 쑤셔 박고, 사내가 보는 앞에서 아내를 겁탈했다. 사내는 눈알에 핏발이 섰으나, 방아쇠를 걸머진 일본군의 손가락이 제발 가만히 있어 주기만을 바랐다.

일본군이 아내를 무참히 짓밟고 떠난 밤에 사내들은 아내의 가슴을 핥았다. 사내들은 아내와 딸자식을 유곽에 넘기고 돈을 건네받았고 받은 돈으로 노름판에 기어들어 술을 마셨다.

아내와 딸아이를 유곽에 넘길 때, 사내는 가래를 돋우며 말했다.

"그래도 목숨을 부지하는 것만도 천만다행으로 알거라. 이 더러운 화냥년아!"

패륜과 패악은 도처에 허다했다.

어둠이 내려앉은 시각이면 일본인이 운영하는 주점에 훈련을 파한 일본군 포병, 기병, 보병이 모여들었다. 병사들의 눈에는 살기가 도사렸는데 기모노 입은 조그마한 여성들이 전의에 불타는 병사들을 웃음으로 달래 주었다.

*

영사관저를 나서면 곧고 너른 길이 언덕을 건너서 중심지로 뻗어 나갔다. 길을 사이에 두고 일본식 목조 가옥들이 정갈하게 늘어섰고, 정원에는 무성한 잎을 바람에 맡긴 조경수가 알맞은 간격으로 정돈되어 있었다.

사다코가 앞서 걷는 길을 양산을 높이 든 여동이 총총거리며 따랐다. 거주지를 벗어나자 메마른 들판이 펼쳐졌고, 생기 없는 고목이 타들어가는 민둥산에 가시처럼 박혀 있었다.

갓길에는 개양귀비, 금계국, 모란, 작약이 번갈아 가며 피거나 지고 있었다. 사다코가 아주 어릴 적부터 새긴 풍경이 기억 속, 바람으로 불어왔다. 요란한 색채를 펼친 꽃잎이 바람에 실려 하늘거렸다.

길이 끝나는 곳에 바다를 막아선 간척지가 펼쳐졌다. 간척지 넘어 절영도의 녹음이 짙었고, 섬과 육지 사이에 나룻배가 떠 있었다. 먼 곳으로 가는 기선이 절영도를 돌아서 나아갔고, 먼 곳에서 오는 배들도 항로는 동일했다.

어시장은 지독한 악취 속에서 활기찼다. 건장한 사내들이 큰 생선을 육지로 끌어왔다. 칼질하는 사람이 붙어서 꼬리, 지느러미, 대가리를 차례로 끊어 냈다. 내장과 핏물이 바닥에 고여 흘렀다.

일본인들이 생선을 실어서 갔고, 어시장 바닥에 흩어진 대가리나 내장은 아낙들이 몰려와 광주리에 담아가거나 아이들이 떼로 몰려와 주워 갔다. 미처 남은 찌꺼기는 갈매기가 물고 날아갔다. 나룻배가 실어 오는 생선은 가득했지만, 살점을 먹는 사람과 내장을 먹는 것들은 따로 있었다.

여동은 악취에 코를 막으며 종종걸음 치며 사다코를 따라왔다.

비린내를 역겨워 하는 여동이 하도 졸라서 사다코는 어시장을 벗어났다. 몸에 붙어서 따라오던 비린내가 희미해질 즈음, 한 무리의 여자들이 해안가 바윗돌에 걸터앉아 있었다.

여자들은 사다코와 동년배로 보였는데 어깨가 넓었고 볕에 그을린 얼굴이 새까맸다. 여자들은 호미같이 생긴 도구를 저마다 손에 들고 있었다. 사다코가 여자들 곁으로 다가가자 그녀들은 놀란 동물처럼 바닷속으로 뛰어들었다.

문득 사다코는 어릴 적 나가사키의 밤에 꾸었던 꿈이 떠올랐다.

고된 하루가 어깨와 종아리에 가득 들어차 무겁게 내려앉은 다락방에서 눈이 감기면 어린 사다코의 몸은 바닷속으로 떨어져 내렸다. 공기 방울이 코와 입에서 뿜어져 나왔고 푸른 물이 점점 거무죽죽해 지면서 몸은 아래로 한없이 추락해갔다.

무섭게 살아 움직이는 물이 머리채를 이리저리 끄잡고 다녀서 사다코는 아무 저항을 할 수 없었다. 눈을 감으면 이대로 죽겠구나 싶어서 사다코는 두 눈을 부릅떴다. 눈 뜬 물속 공간은 숨을 쉴 수가 없었다.

한 모금의 숨도 남지 않아서 죽음이 분명해질 때, 사람을 닮은 큰 물고기가 사다코의 몸을 받쳐 수면 위로 밀어 올렸다. 바늘 끝 같은 한 점 빛이 어둠을 꿰뚫어 사다코의 눈을 찔러 왔다. 그때마다 사다코는 심장이 가쁘게 뛰었고 꿈에서 깨어났다.

입수한 여자들은 좀처럼 수면 위로 올라오지 않았다. 사다코는 여자들이 어릴 적 꿈속에서 자신을 수면 위로 데려다 주던 인면어와 닮았다고 생각했다. 꿈의 잔해가 파도 위에 일렁거릴 때, 다행히 여자들은 하나둘 물위로 떠올랐다.

수면 위에 떠오른 여자들은 허공에 긴 호흡을 뿜아냈는데 그 소리는 마치 날짐승 울음처럼 들렸다. 여자들은 손가락 사이에 바닷속에 사는 것들을 잔뜩 꽂아서 올라왔다. 해초가 허벅지에 감겨져 있었고 발가락 사이에는 고동이 끼워져 있었다.

뿔 소라, 해삼, 미역 등 나가사키에서 본 적이 있는 그런 종류의 갯것들이 광주리에 가득 찼다. 다시 여자들은 잠수했다. 잠수 끝에 날짐승 소리가 났고, 해삼이나 전복과 비슷하거나 생김새가 조금은 다른 것들이 여자들의 손가락 사이에 끼워져 있었다.

여자들의 바닷일은 쉼이 없었는데, 잠수해 들어간 자리에 바다가 잔파도를 내어서 여자들이 빠진 흔적을 가만히 덮어 주었다. 한동안 이 모습을 지켜보다가 사다코는 영사관저로 발걸음을 돌렸다. 돌아서 걷는 사다코의 어깨너머로 파도가 치대었다. 여자들이 두 발을 허공에 치며 물속으로 사라졌다.

15

웃자란 갈대 잎들을 훑으며 한바탕 바람이 내달렸다. 바람은 강의 하구에서부터 강을 거스르며 불어 왔는데, 물줄기는 바람머리에 깎이면서도 순류를 이루어 바람이 불어오는 중심으로 신음하며 흘러갔다. 바람 센 날, 도성에서도 강의 신음을 들을 수 있었다.

방억수는 거룻배를 기다렸다. 강 너머에서 거룻배는 강의 북쪽으로 이동 중이었다. 무성하게 자란 풀들의 녹음이 강변을 장악하고 있었고 이제 갓 대를 낸 갈대가 치대는 바람에 쓸렸다.

갈대숲이 강으로 나아가기를 주저하는 곳에서 오리가 줄지어 유영했다. 오리는 반쯤 드문드문 물에 잠긴 갈대 사이로 앞서거니 뒤서거니 떠다녔다. 앞서 가는 놈이 잠수했고, 뒤따르는 놈이 물속으로 대가리를 처박았다.

오리는 곤두박질치듯이 물속으로 사라졌다. 오리가 사라진 곳에 물의 동심원이 생겼고, 뒤따라 잠수한 놈이 만들어 낸 동심원에 포개지면서 원은 둥근 형태를 잃어갔다. 오리가 잠수한 곳에 빛의 파동이 일렁였다. 갈대숲에 몸을 감춘 오소리 한 마리가 오리의 잠수를 주시하고 있었다.

오소리는 짤막한 다리를 뻗고서 마치 죽어 있는 것처럼 미동이 없었다. 아마도 해가 걷히고 어둠이 내리면 오리의 삶과 오소리의 굶주림은 교환될 것이었다. 방억수는 이런 것들을 생각하면서 건너오는 거룻배를 기다렸다.

검단산 꼭대기에 걸린 터질 듯한 구름이 북서쪽으로 흘렀다. 구름의 그림자가 산을 덮어서 녹음의 색채를 흐렸다. 검단산 산자락의 밑둥치를 굽이치며 탄천이 밀려왔는데 용인에서 발원한 물줄기가 말죽거리를 지나 지천의 생을 한강에 내다 바치기 직전이었다.

탄천 물줄기를 따라 난 길로 사람들은 서울과 지방을 오갔다. 물길을 따라 온 길은 송파나루에서 끊어졌다가 강 건너 아차산 자락을 끼고 북서진해서 동대문을 통해 도성 안으로 이어졌다.

반도의 끝에서부터 내달려 송파에 다다른 길의 마지막 배후에는 검단산 자락이 마중했는데 왜란 이후에 승려들이 축성했다는 남한산성이 녹음 사이에 간간히 성곽의 총안을 드러내고 있었다.

옛날에, 청나라 대군이 대동강을 건너 밀려오자 임금이 도성을 버리고 산성 안에 행궁을 차렸다. 임금은 산성 안에 처박혀 오가는 말들속에서 살 방도를 구했다. 쏟아지는 말들 속에서 삶과 죽음은 이러지도 저러지도 못했다.

임금의 어가가 성안으로 들어올 때 성안 백성들은 임금이 타는 가마를 처음 보았다. 한 달 보름이 지나 임금이 산성을 걸어서 성문을 나설 때 백성은 임금의 용안을 처음 보았다.

이복형인 선왕[13]이 오랑캐와 교류하여 명나라에 대한 사대에 집중하지 않은 죄를 물어 폐위되었고 공신들은 말 잘 듣는 임금을 보위에 앉혔다. 임금이 옥좌에 앉자, 대신들은 명나라에 대한 의리를 저버리지 않는 것이 조선의 도리라고 조석으로 임금에게 말했다.

누르하치에 쫓겨 양자강 이남으로 밀려난 명나라를 조선만은 결코 배신할 수 없다는 사대의 지조는 아름답고 눈물겨웠다. 명에 대한 사대의 목소리가 전가의 보도로 조정을 비호할 때, 누르하치는 중원을 차지하고 국호를 청이라 선포했다.

누르하치를 이어 황제의 위에 오른 홍타이지는 장군 용골대를 조선에 보내 군신의 관계를 요구했는데 몇 번의 요구에도 조선이 부동하자 홍타이지는 직접 조선으로 왔다. 십만의 군대가 먼저 길을 텄는데 트인 길을 따라 홍타이지는 소풍 오듯 느긋하게 왔다.

임금이 하얀 말에서 내려 성문을 나설 때, 두 발로 땅을 밟고 성을 나서는 임금의 발치에서 백성들은 무릎을 꿇고 엎드렸다. 무릎 꿇은 백성들은 '주상 전하가 우리를 살리시는구나' 발설하지 못하는 말을 속으로 삼키며 안도했다.

주린 성에서 더 이상 버틸 수 없어서 마침내 임금이 남한산성에서 나올 때, 한강은 얼어 있었고 식은 해가 강심에 박혀 있었다. 시린 빛이 칼날로 반사되어 임금의 눈을 찔러서 임금의 걸음이 비틀거렸다.

임금이 홍타이지에게 절했다. 절 한 번에 이마를 세 번 바닥에 찧었는데 세 차례를 거듭했다. 홍타이지가 앉은 단상 아래에서 장군 용골대는 황제에게 신하의 예를 다하는 것이니 조선왕은 수줍어 말라고 말했다. 홍타이지는 수염을 쓸면서 흐뭇해했다.

청나라 군이 제 나라로 돌아갈 때, 세자와 대군들이 볼모로 끌려갔고 쓸 만한 사내들과 아녀자들이 무더기로 엮여서 끌려갔다. 청 황제의 은혜가 높으니 비석을 세워서 황제의 공덕을 두고두고 기리라고 떠나면서 용골대는 타이르듯 말했다. 임금은 대제학을 불러 비문을 짓고 석비[14]를 세웠다.

강 건너 송파나루에서 지척인 삼전도에 돌 거북이 석비를 등에 업고 청 황제의 위엄과 은혜를 칭송하는 문장을 새기고 있었다. 인적 드문 곳에 옛 임금의 치욕이 마르지 않아 땅은 늘 음습했다.

삶의 영속성 앞에서 치욕은 견딜 만한 것인지 일개 일본군 소좌의 칼날을 응시하던 임금의 치욕을, 형틀에 묶여 나장이 내리치는 매를 받으며 아비가 죽음으로 감당했을 원통을 방억수는 생각했으나, 생각은 어디에도 미치지 않았다.

거룻배가 나루에 닿았다. 강을 건너온 닭이 갈대숲으로 달아났다. 오소리가 닭을 물고 달아났다. 오리 떼가 날아올랐다. 아낙이 오소리가 사라진 길에 돌을 던지며 울었다. 닭을 잃은 아낙은 망연자실했고 사람들은 서둘러 제 갈 길을 갔다. 방억수는 거룻배에 올랐다.

*

방억수는 철물장수가 펼쳐놓은 물건을 내려다보았다. 낫, 도끼, 쇠스랑이 엷어지는 어둠 속에서 쇠 빛을 뿜어내었다. 겨울이 지나고 날이 풀려서 흙이 부풀면 땅이 열렸는데 그 땅을 일구어 생을 지탱해내는 쇳덩이들이었다.

세상이 멀쩡한 날에 그것들의 용도는 그래야만 했다. 강토의 구석구석에 오만 썩은 냄새가 올라왔고 백성의 생업이 눈 뜨면 무너지자 쇳덩이들은 온순할 수 없었다. 그것들이 용도를 달리하자 천지간에 피 냄새가 자욱했다.

쇳덩이들은 생과 사의 공간에서 쓰임이 달랐다. 땅을 갈아서 먹이는 일의 근본에 투철했고, 두개골과 사지를 으깨는 일의 패려에 이바지했다. 쇳덩이들은 조락의 극단에서 스스로의 불화를 감당하며 작동했다.

철물장수가 입에 물을 머금고 뿜어서 도끼날을 숫돌에 밀었다. 쇠의 날에 긴장이 서렸고, 등 푸른 생선을 닮은 무늬가 어른거렸다. 버려진 쇠 날에서 비린내가 올라왔다. 갈기를 마친 철물장수는 손도끼를 방억수 쪽으로 내밀었다. 철물장수의 입가에 살기 어린 웃음이 비쳤다.

"표적의 정면을 도모할 때, 점으로 찍어서 선으로 확장하면 개먹지 않을 것이오. 측면을 칠 때는 선으로 전체를 가르시오. 가볍게 움직이는 것들은 타격 지점이 따로 없으니 움직이는 공간의 한 지점을 찍으시오. 바싹 붙어야 일을 그르치지 않소."

방억수는 도끼날에 손가락을 가져다 대보았다. 서늘한 두 개의 끝점을 잇는 한 개의 선은 극명하고 위태로워 보였다. 대상이 점과 선을 지날 때, 섬은 소실점이 되어야 하며 선은 명멸해야 할 것이었다.

방억수는 맞닥뜨릴 상대의 전투력을 가늠할 수 없었다. 총을 쓰는 자들일 수도, 칼을 쓰는 자들일 수도 있었다. 상대가 총 칼을 쓸 수 없는 곳에서 방억수의 도끼는 지체 없이 상대의 목숨 줄에 집중해야만 했다.

철물장수가 펼쳐 둔 쇳덩이들은 용도가 분명한 것도 있었지만, 대장장이의 망치질이 더 필요해 보이는 덜 분명한 모양도 더러 있었다. 좌판 모퉁이에 놓인 한쪽 끝이 뾰족하고 다른 쪽 끝은 뭉툭한 쇠붙이는 방억수에게 낯선 물건은 아니었다.

관에서 능을 조사하고 아비의 죄를 심문할 때, 능 봉분에 쇠말뚝이 박혀 있었다. 능역의 후미진 곳을 개간한 아비의 죄는 태형 스무 대에 그칠 것이었는데 봉분 능선을 따라 뾰족한 쇠말뚝이 무더기로 나오자 아비는 도리 없이 죽어야만 했다.

쇠말뚝은 묘혈을 찔러서 죽은 선왕의 혼이 종묘에 드나 들 수 없도록 박혀 있었다. 쇠말뚝에는 왕조의 근간을 부정하는 무서운 역모가 도사렸다. 현감은 아비를 추궁할 때 쇠말뚝을 박은 소행을 이실직고 하라고 다그쳤으나 아비가 대답할 수 있는 영역이 아니었다. 현감도 아비에게 무슨 대답을 기대할 수는 없었다.

관할 구역 선왕의 능에 박힌 쇠말뚝은 현감의 목숨을 정조준 하는 것이었다. 현감은 쇠말뚝의 역모를 세상에 드러낼 수는 없어서 아비만의 무지한 죄로 한껏 키워서 매를 쳤다. 봉분에 박힌 쇠말뚝은 아비의 죄에 추가되었으나 아비의 죽음과 함께 소멸했다.

조선 도처에서 쇠말뚝이 박히고 있다는 말들이 암암리에 나돌았다. 역모로 죽은 자들의 피붙이가 선대 임금의 봉분에 쇠꼬챙이를 욱여넣고 있다는 소문도 있고, 관직에서 쫓겨난 자들이 제 분을 못 이겨 쇠말뚝 박기를 사주한다고도 했다.

갑신년에 조정에서 쫓겨난 김옥균 일파가 도일 후 일본 사람을 잠입시켜 건원릉[15]부터 도성 밖에 흩어져 있는 능에 모조리 쇠말뚝을 박아 넣어 나라가 기를 쓰지 못하고 나자빠지고 있다는 말들은 그럴듯하게 들리기도 했다.

조선에 외국인들의 왕래가 잦기 시작하고 나서 유독 능을 파헤치는 사건이 빈번해졌다. 외국인들 중에는 왕릉을 도굴해서 금붙이나 도자기 같은 값이 될 만한 것들을 빼돌렸는데 능을 파헤치는 자들은 은밀하게 모집되었다.

방억수는 송파 장꾼들 사이에 오가는 말들에서 도굴꾼이 모이고 있다는 정보를 접했고, 그 줄기를 쫓아가고 있었다. 줄기는 강 건너 도성 안으로 뻗어 나가고 있었다. 임금이 머무는 지척으로 임금의 무덤을 파헤칠 도굴꾼은 모여들고 있었다.

남대문 현판이 방억수를 내려다보았다. 북악산에서부터 도성을 에워싼 성곽에는 동서남북의 큰 문이 나 있었다. '인의예지'에서 한 글자씩 따서 사대문에 차례로 이름을 붙였는데 흥인문, 돈의문, 숭례문이 그랬다. 북악산 자락이 막고선 북문은 '지'자를 따로 붙이지 않았다.

도성 사람들은 성곽의 동, 서, 남쪽 문인 흥인문, 돈의문, 숭례문을 동대문, 서대문, 남대문으로 불렀다. 남대문은 서울에 입성하는 자들의 관문이었다. 남대문 입구에 시장[16]이 서면 사람들이 몰려와 좌판을 기웃거리며 산지에서 올라온 어물을 흥정했다.

다른 사대문에 가로 현판이 걸려있는 것과는 달리 남대문에는 세로 현판에 글자가 인각되어 있었다. '숭례'라는 글자가 불꽃의 형상이어서 강 건너 관악산의 화기를 막아주기를 바란 염원이었다.

그러니까, '숭례'라는 글자가 무서워 관악산 불기운이 도성을 범할 수 없어서 도성 안 사람들이 무탈할 수 있다는 것인데 세로쓰기한 글자가 화를 막아 준다는 믿음은 도성에 사는 사람에게는 크나큰 위안이었다.

길마를 진 황소가 남대문을 통과해 나오고 있었다. 철물장수가 팔다 남은 쇠붙이를 챙겨 자리를 떴다. 방억수는 손도끼를 봇짐에 넣고 숭례문 홍예를 지나 도성 안으로 발걸음을 옮겼다.

도성의 안쪽에서 성벽은 흙을 쌓아 올려 경사가 완만했다. 아이들이 완만한 구릉을 타고 올라 성벽에서 오줌을 쌌고, 돌을 던지며 웃어 댔다. 성문이 닫히면 어떤 이들은 성벽을 넘어 도성 밖으로 나아갔는데, 더러 아이들이 성벽 축대에 매달려 오도 가도 못한 채 울기도 했다.

*

밤이 이슥해지자, 종각 뒷골목에 사람들의 검은 그림자가 하나둘 서성거렸다. 일면식 없는 사람들 사이에서 방억수는 곰방대를 물었다. 담벼락 너머 석류나무에 꽃이 피어 있었는데, 담배 연기 너머 선홍빛 석류꽃이 보석처럼 박혀 있었다.

어떤 사내가 앞으로 나섰다. 사람들이 사내 쪽으로 몰려들었다. 사내는 패랭이를 쓰고 있었는데 방억수가 가까이 다가가서 보니 낮에 시장에서 보았던 손도끼를 팔던 철물 장수였다.

철물장수가 들고 있던 짐을 바닥에 내려 두고 말했다.

"지금 나라 사정이 사납고, 그악하기 그지없소! 세상 천지에 별의별 일이 다 있소! 여기 모인 여러분은 할아버지, 아버지 무덤이 파헤쳐진 적이 있소? 없을 거외다. 있을 수 없는 일이지. 만약 그런 일이 일어난다면 여러분! 어쩌겠소? 찢어 죽여도 분이 안 풀리지 않겠소? 아니 그전에 조상님께 죄스러워서 어디 낯짝을 들고 대명천지를 나다니겠소?

오래전 일이지만 알다시피, 양이들이 배를 몰아와서 남연군의 능을 파헤치려 시도하였던 적이 있소. 참으로 기막힌 일이었지. 암! 그래서 우리 임금이 저 처참한 양이들과 무역하는 것을 꺼려

했던 것이오.

생각해보오. 남의 나라에 와서 무덤을, 그것도 임금의 할아비 무덤을 파헤칠 생각을 하는 것들이 사람이라 할 수 있소. 인두겁을 쓰고 어찌 이러겠소. 짐승도 저러지는 않을 것이오. 다행히 우리 임금의 효심이 갸륵하고 선왕의 은덕이 드높아 사특한 무리를 내쫓아 낼 수 있었지만……"

남연군은 임금의 조부였다. 거듭된 통상요구를 조정이 거부하자, 독일인 상인이 무슨 마음을 먹었는지 어떤 뾰족한 묘책이 있었던지 임금의 조부의 묘를 파헤치기로 했다. 임금이 어릴 적이었고 임금의 아비가 천하를 거머쥐고 있던 시대였다.

독일 상인은 사람을 모아서 충청도 예산에 안치한 임금의 조부의 묘를 파헤쳤는데, 석회칠이 두터워 묘는 개관을 허락하지 않았다. 날이 밝자 동원된 인부들은 도굴을 그만두고 철수했다. 소식을 접한 조정은 뒤집어졌고, 임금의 아비의 눈에는 핏발이 섰었다.

"그런데, 요 근래에 들리는 말이 흉측한 것이, 선왕과 대왕대비의 묘소를 파헤치는 작자들이 기승을 부리면 해충처럼 기어 나와 능을 헤집고 다니고 있다는 것이오. 기어이 임금을 능멸하고, 나라의 근본을 갉아먹으려 작정을 한 자들이 아니고서야 이런 일이 있겠소?"

철물장수의 말에 사람들은 웅성거리기 시작했다. 철물장수는 내처 말을 이어갔다.

"저 방자한 자들은 지금 이 시각에도 선왕의 묘소에 구미호처럼 들러붙어서 사초를 뜯고 금붙이를 취하기 위해 선왕의 유해를 풀밭에 방치하고 있을 것이외다. 그대들은 이 극악무도한 자들을 박멸하여 나라의 법도를 바로 세우고자 하는 지당한 뜻으로 이 자리에 모였소."

철물장수의 말은 사람들이 이 자리에 모인 목적과는 좀 다르게 사람들의 마음을 건드리고 있었다. 본래 자리에 모인 사람들의 동기는 철물장수가 하는 말과는 달랐다. 그들은 다만 무슨 일이든 일을 해서 돈 몇 푼을 벌고자 했는데 철물장수가 하는 말을 듣다 보니 그들의 내심에 어떤 감정이 일어서고 있었다.

철물장수는 임금의 나라가 도굴꾼에 의해서 훼손되고 있고 나라의 근본이 해체되고 있다고 사람들을 선동했다. 이런 말재주는 듣는 사람들의 마음을 환기시켰고 분노의 대상을 실체화해서 눈앞으로 바짝 끌어왔다.

분노의 단서가 명확해지자, 사람들의 마음가짐이 달라지고 있는 것을 방억수는 곁에서 직감할 수 있었다. 나라를 짓밟고, 임금을 욕보이는 자들을 방관하고 방치할 수 없다는 심연의 결기가 사람들의 눈빛에서 이글거렸다.

그들은 애당초 시간 때우면서 눈먼 돈 몇 푼 벌어갈 양 모여들었는데 듣다 보니 자신들도 모르게 어떤 감정이 발로했고 감정들이 뭉쳐지더니 국가 수호에까지 확장되고 있었다. 방억수는 사람들의 마음을 그러모으는 철물장수의 언변을 듣고 있자니 저자에서 쇳덩이나 팔고 다니는 사람은 아닐 것이라고 생각했다.

*

방억수와 철물장수는 동구릉[17]으로 향했다. 동구릉은 태조의 능을 포함해 아홉 임금의 능이 포진해 있었다. 사 년 전 승하한 조대비는 부군인 익종의 능에 합장 안치되었다. 사후 조대비는 신정왕후라는 시호를 받았고 세자빈 때 요절한 남편을 육십 년 만에 조우하게 되었다.

익종과 조대비의 합장릉은 동구릉에 마지막으로 조성된 능이었다. 최근에 죽은 조대비의 능은 도굴꾼들의 표적일 수밖에 없었다. 기우는 나라 살림에도 대비의 죽음을 위무하는 부장품은 큰 궤짝에 담겨 있을 터였다.

"죽어서 함께 묻히면 그것을 백년해로라 해야 하나, 천년해로라 불러야 하나? 아니지 죽었으니 더는 늙지 않을 테고, 그렇다면 만년동락이라는 말이 맞겠구먼."

슬슬 철물장수는 입이 근지러운 모양이었다. 방억수는 철물장수의 하나 마나 한 말들에 하품을 내지었다. 하품 끝에 눈에 물기가 어렸고 별빛이 번졌다. 별들은 밤을 이끌고 손에 잡힐 듯 가까이 내려와 있었다.

철물장수는 자신이 살면서 듣거나 본 일을 전부 다 터놓아야 속이 후련한지, 이말 저말 할 말 안 할 말을 모조리 쏟아 냈다. 그가 하는 말들은 시간의 선후가 없었고 전말이 뒤섞여 있어서 처음에는 혼란스러웠는데, 듣다 보면 앞뒤가 자연스레 엮여서 이야기가 되고 있었다.

어떤 일본 여자들은 서양 여자보다 더 얼굴이 하얘서 귀신같다. 일본 배에 바퀴가 달렸는데 나아갈 때 바닷물을 움켜잡듯이 돌려서 속력이 말보다 빠르다. 나가사키라는 일본 도시는 수백 명의 외국인들이 섬을 만들어 살고 있다.

제 아내를 육방의 첩으로 넘긴 사내, 혼기 찬 딸을 기방에 팔아넘긴 아비, 사발통문을 관아에 넘긴 동학교도, 그 교도를 쳐 죽이기 위해 관아를 습격한 농민 일당, 일본 돈을 끌어들여 반란을 선동한 동학접주……,

"동학 한다고 다 믿을 만한 인사는 아니네. 더러는 노골적으로 일본이 조선을 먹어야 한다고 말하는 자들도 있어. 그들끼리 다툼이 있고 아래위 구분도 엄격하지. 바깥에서 사람들이 그들을 바라보는 눈과는 아예 다르더라고!"

거기도 사람 사는 세상일 뿐, 중뿔난 자들이 나라 걱정하기 위해 모여든 것이 다가 아니며, 하는 말들은 허언이 태반이고 하는 짓들 또한 헛짓 투성이라고 철물장수는 말했다.

철물장수는 방억수에게 동학을 자주 말했는데, 교리는 교리일 뿐 믿는 자들이 교리에 충실한 무리만으로 모여 있는 것은 아니라고 말했다. 모인 사람들의 면면에 따라 힘이 있는 자, 사람 등쳐먹는 자, 간음하는 자들이 뒤섞여 있다는 말이었다.

철물장수의 이야기 방식은 이런 식이었다. 일본 사정을 말하다가, 동학을 말했고, 동학을 말하는가 싶더니 자신이 이해하는 세상을 더듬는 식이었다. 그는 말하기를 좋아했고, 말을 해서 머릿속에 가둬둔 세상을 파악하는 듯 보였다.

"오래전 일인데, 한번은 내가 경기 어느 마을에서 동학 일을 다니던 길에 여자 아이 하나를 거두었는데, 어린 것이 미색이 도드라졌네. 내 마침 일본에 건너갈 일이 있어 그 아이를 데리고 가서 지낼 만한 곳을 소개해 주었지. 일본 이름도 붙여 주었네. 조선보다야 일본에서 살아가는 편이 훨 나을 테니.

그러니까, 가만 있어보자. 자네가 한 스물 대 여섯 되지? 그 아이는 그래...... 지금은 한 스무 살 정도 되었겠네. 어렸지만 미색이 아주 남달랐어. 별 탈 없이 잘 자랐다면 아마 사내 여럿 거느릴 것이네."

방억수는 수련이 뇌리를 스쳤다. 임금을 보고, 총탄을 피해 한강을 건너와서 맨 처음 찾아간 곳은 자신이 마련해 준 수련의 거처였다. 수련은 탄천 변에 없었다. 난리 통에 마을 사람들이 어디론가 숨어서 수련의 거처를 물어볼 사람도 없었다.

철물장수가 일본에 데려가서 이제는 나이 스물이 되었을 여자아이와 수련은 하등 관련이 없을 터였지만, 철물장수가 말한 여자아이와 수련이 방억수의 머릿속에 동일한 사람으로 자리했다.

*

방억수도 철물장수도 서로의 이름을 묻지 않았다. 어차피 밤이 지나면 헤어질 사이였다. 방억수는 철물장수의 지난한 말을 듣는 둥 마는 둥 하면서 능역에 접근하는 인기척에 오감을 집중하려 했다.

숲에서 밤 부엉이가 울었고, 지척에서는 풀벌레가 뛰었다. 밤이슬이 내려 앉아 들풀들이 촉촉했다. 저 멀리 능역을 지키는 석물에 달빛이 가득 했고 봉분에 돋은 정돈된 풀들이 달빛을 머금고 반짝거렸다.

철물장수가 바짓단에 묻은 물기를 틀며 일어섰다. 철물장수는 능지기가 상주하는 수복방으로 향했다. 발걸음 소리에 능지기가 나왔고 철물장수를 막아섰다. 철물장수는 능지기에게 다가서 귀에다 대고 무슨 말인가를 했다.

능역을 밝히는 장명등 불이 꺼졌다. 능지기는 홍살문을 걸어나와 노새에 올라탔다. 철물장수가 머리를 숙였고, 능지기가 박차를 가했는데 노새는 느릿느릿 어둠 속으로 들어갔다.

능지기가 능역을 벗어나자 철물장수는 곰방대에 불을 붙였다. 불꽃이 서너 번 튀었고 그때마다 철물장수의 얼굴선이 얄팍하게 드러났다. 턱 선을 타고 땀이 흘렀고, 돌출한 광대뼈가 유난히 번들거렸다.

"이게 무슨 짓이오! 담배 연기가 오르면 우리들이 잠복해 있다는 사실이 들통 나지 않소? 어쩌려고 이러는 것입니까?"

방억수는 신경을 곤두세우고 사방을 살폈다. 산 뻐꾹 울음이 간헐적으로 어둠을 들출 뿐 주위는 고요했다. 말 많은 철물장수는 아무 대꾸가 없었고 태연하게 담배 연기를 뱉어 내었다. 날것들이 담뱃대 부근에서 날갯짓했다. 밤을 배경으로 담배 연기가 실금처럼 번져 갔다.

노새가 떠나간 자리에서 번들기리는 움직인이 포착되었다. 방억수가 철물장수의 어깨를 흔들었다. 은빛으로 번들거리는 움직임이 점점 가까워 졌다. 방억수가 실눈으로 보니 달빛에 번들거리는 총검이었다.

철물장수가 성냥불을 당겼다. 두 번 불꽃이 튕겼고, 맞은편에서 불꽃 한 번의 반응이 있었다. 방억수가 있는 곳에서 논 한 마지기 거리 정도의 지척이었다. 철물장수가 방억수에게 눈짓을 주고 걸음을 옮겨서 나아갔다. 방억수는 봇짐 속 손도끼를 확인했다.

거리는 점점 좁혀졌다. 움직이는 무리들이 행진을 멈추고 일렬로 도열했다. 다섯 사람이었다. 철물장수가 앞으로 나섰다. 무리 사이에서 한 사내가 걸어 나왔다. 사내는 허리춤에 찬 칼자루에 손을 두고, 이내 칼을 뽑을 태세였다. 바람이 지났고, 풀벌레가 울어댔다.

방억수는 손도끼를 꺼냈다. 철물장수가 방억수를 저지했다. 철물장수가 일본말을 건넸다.

"천우협?"

사내는 말이 없었고 가볍게 고개를 끄덕였다. 철물장수가 봇짐을 사내 앞에 내려놓았다. 도열한 대오에서 봇짐을 한 사내가 앞서 나와 내용물을 확인했다. 철물장수가 장바닥에 펼쳐두는 쇠뭉치였다. 방억수는 돌아가는 상황이 괴상해서 어리둥절했다.

쇠뭉치가 저쪽으로 건너가자, 철물장수의 앞에 총 다섯 정과 탄환 꾸러미가 놓였다. 동구릉 능역에서 쇠와 쇠가 교환되었다. 임금의 능역 언저리에서 쇳덩이들이 물기 묻은 달빛을 토해 내고 있었다.

"의로운 투쟁을 지지하는 천우협의 뜻입니다. 보급선이 도착하는 대로 추가 지원이 있을 것입니다."

철물장수와 사내가 머리를 숙여서 서로에게 예를 표했다. 방억수로서는 해독불가한 상황이었다. 사내들은 왔던 길을 되돌아갔고 철물장수는 봇짐에 총기를 넣었다. 능 도굴꾼은 오지 않았다.

*

철물장수가 낯선 자들이 두고 간 총을 방억수에게 내밀었다. 방억수는 얼떨결에 철물장수가 건네준 총기를 받아 들었다. 화승총보다 가벼웠고, 총구멍이 컸다. 개머리판이 살짝 아래쪽으로 굽어져서 어깨에 밀착하기 편해 보였다.

"무라타 소총이라는 것이네. 아마 이 총을 만든 사람 이름이 무라타였지? 일본군의 주력 무기지. 대단해, 이런 것을 수십 년 전에 자체 제작을 했고, 지금 자네가 가지고 있는 것은 최신식으로 연발이 가능한 소총이네. 어찌 무시무시하지? 저들의 기술력이 이 정도라는 사실이 무섭네. 이에 비하면 의병의 무기라는 것은……"

철물장수는 말끝을 흐렸고, 작게 한숨을 내뱉었다. 정황을 보건데 철물장수가 의병에게 보급하기 위해 일본을 통해 총기를 직접 매수하고 있는 것 같았다. 철물장수의 말마따나 의병의 무기라는 것은 화승총 몇 정과 죽창이나 괭이가 전부였다.

연발식 총이라면 장전에 걸리는 동작과 시간을 최소화할 수 있었다. 죽창 든 자들은 멀리서 날아오는 총탄을 감당할 수 있을 것인가. 수적으로 우위에 있다고 할지라도 연발하는 총탄 앞에서 숫자는 허상일 뿐 죽창 든 자들이 감당할 수는 없을 것이다. 뻔한 일이었다.

철물장수는 도굴범을 잡는다는 소문을 퍼뜨려 관군의 시선을 분산했고 그 틈을 이용해 밤마다 무기를 모으고 있었다. 동구릉까지 오는 내내 이것저것 할 말 안 할 말 다 쏟아 내는 철물장수를 방억수는 미덥지 못해 내심 경계했었는데 이런 내막을 알게 되니 사람을 섣불리 평가해서 불신하고 있는 자신이 부끄러웠다.

방억수는 봇짐 속 손도끼와 손에 든 소총의 살상력 차이를 떠올려 보았는데 그 차이가 빚어낼 광경은 참혹했다. 두 사람은 총기를 챙겨서 능역을 벗어났다. 한참 전에 능을 떠난 능지기는 아직 돌아오지 않았다.

방억수와 철물장수는 남대문 밖 주막에서 이른 아침을 먹었다.

날이 밝아 오고 있었다. 오는 내내 예의 철물장수는 많은 말들을 했다. 그는 주로 동학에 대해 말했고 자신이 직접 목격한 일본의 발전상에 대해서도 장황하게 설명했다.

남의 땅에 들어와 싸우는 일본과 청국을 욕설 섞어 저주했고, 그 난리에 조선이 흘릴 피눈물을 가슴 아파 하기도 했다. 이런저런 이야기를 하는가 싶더니 자신의 장차 소망을 내비치기도 했다.

"오래된 이야기네만, 원산 금광에서 일을 한 적이 있었지. 개천 바닥에 사금이 가득했었네. 아주 노다지가 그런 노다지가 없었네. 모래를 채취해서 가는 채에 거르면 반짝반짝 금가루만 남는데, 그것들을 불에 녹여서 금붙이를 만드는 작업이었지. 금붙이를 만들 때 돌을 깨기도 하는데, 그때 내리 찍는 쇠절구를 피하지 못해 내 손이 이 모양이 되지 않았겠나."

철물장수가 손을 펴보였다. 약지손가락 한 마디가 없었다.

"그래서 할 수 없이 고향으로 돌아갔는데, 임오년 난리 통에 마을이 쑥대밭이 되었더군. 처자식이 그때 다 불타 죽었다고 하드구만. 먹고살기 바빠 집을 떠나 있은 지 하도 오래라 새끼들 얼굴도 몰랐고...... 이름이라도 지어 주었어야 했는데, 빌어먹을! 내 잘못인가 그게? 세상이 그랬지 않나."

회한이 맺히는지 철물장수는 술 주발을 비웠다. 잠시 동안 말이 끊어졌다.

"그건 뭐, 그렇고! 여하튼, 내 훗날에는 말이네, 기어이 그 금덤판을 내 것으로 만들 것이네. 조선 돈은 아무 소용이 없어. 지금 조선 돈 한 지게를 지고 간들 땅 한 마지기 살 수 있는가? 없네, 없어! 그런데 금은 일본 금과 조선 금이나 값어치가 똑같지."

철물장수는 자신이 살아오면서 경험한 수만 가지의 별별 일들을 말로 쏟아 내었고 조선을 둘러싼 정세를 소곤거렸다. 금을 말하다가 화제를 돌려 조선 사정을 말했고, 동학의 입장을 옹호하기도 했다. 또 어떤 지점에서는 일본을 두둔하기도 했다. 말이 오락가락해서 방억수는 듣다 말다 했다.

방억수가 듣기에 철물장수는 모든 편에 설 수도 있었고, 누구의 편도 아닐 수 있어 보였다. 말이 장황해서 꼬이고 접히는 부분의 의도가 어수선했지만, 지난밤 철물장수의 행동으로 보아 동학의 편에 서 있는 것은 분명해 보였다.

돼지머리 국밥은 걸쭉했다. 오래 곤 국물이 밥알에 스미어, 국물은 원래부터 밥알에 들어앉아 있었던 것 같았다. 국물의 기름기가 밥에 전해졌고 밥알의 포근함이 국물에 녹아 있었다. 시장기는 입맛을 극한으로 돋우었다. 두 사람은 국그릇을 들고 국물을 마셨다. 주모가 막걸리 한 주병을 더 내어 왔다.

"자네 김옥균이라고 들어 보았나?"

철물장수는 조용히 되묻고는 주위를 두리번거렸다. 시장 통은 오가는 인파로 북적거렸고 물건을 흥정하는 소리가 어수선했다.

"올 초에 문밖에서 효수된 대역죄인 아닙니까?"

"맞네. 그런데 그 자가 죽자 일본에서 그자를 추모하는 움직임이 일고 있네, 우인회를 조직해서 지금 조선에 극비리에 잠입했는데, 조정을 박살내기 위해 의병을 지원하고 싼 값에 무기를 대고 있네. 어제 그자들이 바로 천우협이라는 명칭으로 활동하네."

철물장수가 손등으로 입 주변에 묻은 국물을 훔쳤다.

"실은 내가 이번 일에 나선 것은 내 아비의 죽음과 관련이 있소. 내 아비는 왕릉에 쇠를 박았다는 혐의로 죽었소.

맹세컨대 아비는 그런 짓을 하지 않았는데, 아비가 일군 땅이 하필 능역에 속한 땅이었고, 그 일이 도화선이 되어 취조를 당하는 중에 능역에서 쇳덩이가 나왔고, 그 모든 것이 아비의 죄가 되었소.

아비를 묻고 나서 관군에 지원했소. 임금을 만나서 아비가 왜 죽어야 하는지 임금의 말을 듣고 죽어도 죽으려 했지요."

"그래서 용상을 뵈었는가?"

철물장수는 건성으로 한마디 내뱉었다.

"일본군이 궁을 침범한 날, 먼발치서 본 임금의 얼굴이 눈에 선하오. 일본군의 총칼 앞에서 아무것도 하지 못하는 자가 바로 조선의 임금이었소. 그 모습을 보고 있자니 그것도 좀 난감합디다."

방억수가 주발을 들이켰다. 철물장수가 빈 주발에 막걸리를 부었다.

"그 뒤로 궁을 나와서 지금 이러고 있는 겁니다. 그런데 어째서 능에 쇳덩이를 꽂아대는 자들이 있는 것인지 그쪽은 어찌 이 일을 퍼뜨려 사람을 모으는 것이오? 사실이 아니지 않소?"

철물장수가 주발을 들어 술을 마셨고, 손가락으로 총각김치를 집어서 이로 끊었다.

“분산을 해야 내가 일을 도모할 수 있지 않는가. 저자에서 총기를 거래할 수는 없고 가장 안전한 곳이 능역이네. 그런데 능역에서 거래를 한다는 소문이 관에 들어가고 있는 실정이니, 내 사람을 사서라도 관의 눈을 분산시킬 필요가 있었네. 동구릉 능지기는 이미 손을 써 두어서 우리 사람이 된 것이네. 어찌 이제 좀 이해가 되시는가?”

철물장수가 방억수의 눈을 쳐다보았다.

“그리고 말이네 일본인들 소행이라는 그 소문이라는 것도 알고 보면 우스운 것이, 일본 사람들은 풍수를 믿지 않네. 아니 풍수라는 개념 자체가 없어. 그런데 능에다가 쇳덩이를 꽂는다는 게 말이 되겠나?

다 일본 사람들에 대한 악의적 소문을 퍼뜨리는 것이지. 자네 부친의 일도 하필이면 그 자리에 쇠가 출토되어서 그 음모를 뒤집어 쓴 것이 분명하네. 쇳덩이를 은닉하는데, 왕릉만큼 안전한 곳은 없으니, 누군가 숨겨둔 것인데. 그러고 보니 그 자는 재산을 잃게 된 것이지.”

주병에 든 술은 빠르게 사라졌다. 방억수가 주모 쪽으로 빈 주병을 흔들었다.

“자네 부친의 죽음은 안타까운 일이지만, 그게 바로 우리가 지금 살고 있는 세상일이네. 살아 있다는 것 자체가 기적이고 운이 좋은 거야. 조선에서 죽는 일은 비일비재한 일 아닌가. 안 죽고 살아 있는 것이 다행이지, 죽음이 일상인 나라 아닌가?

그러니 나나 자네나 죽지 말고 사는 것을 제일의 방도로 여겨야 하네. 죽는 것보다야 개떡 같아도 끝내 살아내는 것이 이기는 거다, 이 말이네!"

밤기운은 빠져나가고 있었고, 여명이 하늘에 서리기 시작했다. 주모가 내온 새 술도 빠르게 줄어들었다. 철물장수가 주로 말을 했고, 방억수는 듣는 편이었다. 일본 군대가 대열을 갖추어 시장을 가로질렀다. 사람들이 총 멘 군인을 위해 길을 터 주었다.

"천우협단 말이네. 그 자들도 우리에게 도움을 준다고는 하지만 사실상 장사치들이네. 그렇지 않겠나? 총이 어디 소금 구하듯 쉽게 구할 수 있는 것도 아니고, 다만 일본은 이미 총기를 대량으로 제작하고 있으니, 그것들 중에 하자 있는 것들을 빼내서 조선에 판매하는 것이지.

동학? 교리? 제폭구민? 좋은 말이지. 허나 공허한 말이네. 그런 말들이 손톱만큼이라도 세상을 바꿀 수 있다고 보는가? 나는 그런 것에 관심 없네. 그들은 내 총이 필요하고 나는 그들이 필요한 것을 제공하는 거네. 아, 물론 아주 저가로 넘기고 있네.

그런데 자네, 좀 우습지 않은가? 동학 접주들은 외국이 조선을 망친다 어쩐다며 분기탱천하면서 외세를 혐오하는 자들인데, 외국에서 들여온 총은 써야 되는 이 사실이 말이네.

이게 부인할 수 없는 현실이네. 자네도 이걸 헛갈리면 영 살길이 막막해지네."

방억수는 어지간히 취기가 오르고 있음을 느꼈다. 시선을 들어 장터 쪽을 바라보았다. 일본 군대가 남대문 쪽으로 지나갔다. 순간 방억수의 눈에 들어온 여자의 뒷모습이 낯설지 않았다. 방억수는 취기 때문인가 싶어 눈을 비비고 다시 바라보았다. 여자의 모습은 사라지고 없었다.

'분명 수련의 모습이었는데, 많이 취한 것인가.'

방억수는 눈을 한번 크게 끔벅였다. 취기 탓인지 사물이 흔들려 보였다.

주모가 술 한 주병을 또 내어 왔다. 철물장수가 주모의 손목을 끌고 허벅지를 더듬었다. 철물장수의 얼굴이 불콰했다. 아침 해가 떠올랐고, 두 사람 모두 밤을 지새운 탓인지 새벽부터 들이킨 술에 취기가 빨리 왔고 눈꺼풀이 천근만근이었다. 철물장수는 대취했고, 이런저런 살아온 말들을 두서없이 늘어놓았다.

먹고 살아내는 동안 자신의 손가락이 절단 났고, 고아가 된 여자 아이를 나가사키에 팔아넘기거나 사창에 넘긴 행적도 말을 했다. 방억수로서는 취기가 잔뜩 밀려와 철물장수가 쏟아 내는 말들이 무슨 말인지 다 알아듣지 못했다.

철물장수가 자리를 차고 일어나더니 시장 통으로 갔다. 딴에는 구석진 곳이랍시고 바지춤을 내리고 오줌을 갈겼는데, 일본도를 찬 사내의 바짓가랑이에 오줌발이 튀었다. 방억수가 비틀거리며 쫓아가 철물장수의 바지를 끌어 올렸고 고개를 숙여 미안하다는 말을 전했다.

칼을 찬 사내는 좀 기가 막히고 당황스러웠으나 별말 없이 가던 길을 갔다. 대취한 두 사람의 머리 위에 해가 높이 떠올랐다. 장을 파한 사람들이 늦은 아침을 먹기 위해 주막에 몰렸다. 주모가 술상을 걷고 국밥을 뚝배기에 담아서 차려내었다.

16

서울에 외국인들이 늘어나기 시작하면서 정동 공사관 지역을 중심으로 외국인들은 빈번하게 서로 어울렸다. 서울에서의 생활은 심심해서, 서울에서 살아가는 것만으로 그들끼리 모여서 그들의 유흥에 빠져야만 할 충분한 이유가 되었다.

동아시아에 파견된 외국인들은 외교관, 특파원, 상인 등으로 도쿄, 베이징, 시암 등에서 근무했으나, 서울처럼 막막하고 텅 빈 도시는 처음이었다. 무엇보다도 방문객을 위한 숙박 시설이 없었으므로 그들은 소개장을 들고 자국 공사관에 몸을 의탁해야 했다.

조선에 외국인이 숙식할 수 있는 빈관은 제물포[18]에 있었는데 정작 서울에는 변변치 못했다. 손탁은 곧 제물포와 서울을 오가는 철로가 개설되면 외국인들의 서울행이 급증할 것이기에 그들을 위한 숙박 시설의 필요성을 인식했다.

임금 내외가 손탁의 노고를 치하해 정동에 한옥을 하사했고,

손탁은 외국인들이 편하게 드나들 수 있도록 한옥을 개조해 회합 장소로 삼았다. 반듯한 빈관의 외형을 갖추지는 못했지만 편안하게 드나들고 안락한 공간에서 담소를 나눌 수 있도록 서양식으로 내부 치장했다.

조선에 거주하는 외국인들은 손탁의 빈관에서 서양음식을 먹었고, 서양식 차를 마셨다. 이범진과 이완용도 손탁의 빈관에 드나들면서 외국 언어와 문화, 역사를 귀동냥했고, 서양 사정을 알아갔다.

손탁 빈관은 서울에 오는 외국인들에게는 유일한 안식처였다. 소문은 빨리 퍼져서 정동의 명소로 차츰 외부에 알려졌다. 선교사들은 자국의 상인이 서울에 오면 손탁의 빈관에서 조선의 지리와 조선인의 특성을 말하면서 한바탕 크게 웃었다.

"조선은 남자들에게는 지상낙원이지. 조선 남자들이 일하는 모습을 본 적이 없어. 그들은 하얀 옷을 걸치고 그저 담배만 물고 있지. 세상에서 조선 여인들만큼 가련한 여성들은 없어. 그녀들은 눈 뜨자마자 일하고, 밤에는 빨래에 방망이를 두들기지.

한번은 개천가를 지나다가, 아이에게 젓을 물린 채 가슴을 드러내 놓고 빨래를 하는 여성을 보았지. 내가 사진을 찍으려 하자 여자가 얼굴을 가렸네. 가슴은 드러내 놓고 말이야. 나는 그 여자에게 비누를 건네주었는데 비누를 받자마자 한 입 베어 물어서 얼른 빼앗아 용도를 가르쳐 주었지."

손탁은 오고가는 농담을 스쳐 들으며, 차를 끓이고 빵과 치즈를 썰었다. 조선에서는 우유를 구하기 어려워서 직접 치즈를 만들 수 없었다. 손탁은 일본에서 오는 기선을 통해 미리 부탁해 두었던 통 치즈를 얼마씩 확보했다. 외국인들에게 치즈는 빈관에서만 맛볼 수 있는 별미였다.

손탁이 제공하는 음식을 먹고, 차와 술을 마시면서 외국인들은 카드놀이를 했고, 막대기로 공을 치면서 타국살이의 지난한 시간을 메우고 있었다. 그들이 무슨 사정으로 조선에서 무료한 시간을 보내고 있는지 손탁은 알 만했다. 손탁 자신도 그들과 별반 다르지 않는 목적으로 서울행을 결심했었기에.

*

이범진과 이완용은 러시아 공사관에 자주 드나들었다. 구라파나 미국인들을 제외하고 조선 관료 중에서 손탁과 만나서 환담을 나누는 사람이었다. 두 사람은 함께 올 때도 있었지만 대개는 따로 공사관을 찾아왔다.

일본이 궁을 점거하자, 민씨 일족은 권력의 중심에서 밀려났다. 이범진은 민씨 성을 가지지 않은 인물 중에서 임금과 중전의 총애를 받고 있는 거의 유일한 사람이었다.

임금이 일본 공사의 겁박에 친일 내각을 용인하고부터 이범진은 조야를 오가며 적당한 시기를 도모하는 중이었다. 이범진은 러시아의 힘을 빌려 조선을 일본의 손아귀에서 빼내고자 노심초사했다.

이완용은 주미 공사 참찬관으로 미국에서 근무했고 귀국해서는 고관의 직무를 수행했다. 그는 그의 이력으로도 알 수 있듯이 친미파였으나, 미국에 있는 동안 그가 경험한 미국 정부는 극동지역에 관한 사정에 어두웠고 조선에 대한 관심도 미미했다.

김옥균이 죽을 때, 상하이에서 김옥균이 쓰다 만 서찰에 여러 이름이 적혀 있었는데 자신의 이름도 포함되어 있었기에 이완용은 정치적 분란에 휘말리게 될 상황을 우려했다. 마침 생모가 병사하여 이완용은 관직을 내어놓고 낙향하여 삼년상을 치루고 있었다.

어느 쪽이든 힘이 있는 쪽이 출세의 길임을 이완용은 일찍부터 알았고, 힘의 논리라면 미국 다음에야 러시아가 제격이었다. 이완용은 러시아어 통역관 김홍륙을 통해 러시아 공사관에 접근해서 러시아 측 인물들과 친분을 맺었다.

평양에서 청군을 크게 물리친 일본의 성과는 조선 조정에 미치는 영향력을 극대화했다. 새로 부임한 이노우에 가오루 일본 공사는 근대적 제도를 조선에 이식하기 위해 대신들을 득달했고 의결을 서둘렀다. 임금은 재가했고, 어찌해 볼 수 없는 중전은 다만 이를 갈기만 할 뿐이었다.

이완용이 내각에 입각했고, 정동파가 결집하여 정치 일선으로 나서기 시작했다. 조정은 친일이 대세였고, 이들이 이끄는 개혁이 진행되고 있었다. 이범진은 러시아를 끌어들여야 했다. 이범진은 러시아와의 친교를 임금과 중전에게 아뢰었다.

중전은 손탁을 통해 러시아의 상황을 이미 잘 알고 있어서, 이범진의 말들에 찬동했다. 내각이 민씨 일가를 권력에서 밀어내기 시작했을 때부터 중전은 친일 내각에 노골적으로 반감을 드러냈다. 그러니까 임금 내외는 최혜국으로 일본을 대우하기를 극렬히 반대하는, 어찌 되었건 아직은 조선의 최고 의사결정권자였다.

손탁은 이범진이나 이완용과 자주 시국현안을 논했는데 두 사람의 성향은 판이했다. 이범진은 임금에 대한 충성이 깊었고, 임금의 안위를 최우선시 했다. 이범진은 강직한 인품을 보유한 충직한 신하였으나, 사람이 좀 목석같고 안목이 유연하지 못한 점은 그의 많은 장점에도 불구하고 흠으로 도드라졌다.

이완용의 경우를 보면, 그는 말을 할 때 결과를 단정해서 내세우지 않았다. 그는 말끝에 공백을 남겨두어 언제라도 타협의 여지를 두려는 경향이 있었다. 이완용은 영민하고 민첩한 사고를 보유한 듯 보였으나, 사람이 좀 의뭉스럽고, 이해타산에 밝아서 내밀한 말들을 건네기에는 믿음직스럽지 않았다.

임금을 움직여야 하는 러시아로서는 민완하고 의뭉스러운 이완용보다는 우직한 이범진 편이 좀 더 수월해 보였다. 미스 손탁은 그렇게 보았고 러시아 공사 베베르 역시 손탁과 의견이 맞았다.

수련

잠결인지, 현실인지 분간이 어려웠다. 의식은 몽롱했고, 몽롱한 의식을 가르며 흐릿한 불빛이 동공에 번졌다. 불빛은 눈동자 여기저기에서 부유했다. 빛 덩이는 붉고 검은 파편으로 변하더니 점점이 부서져 내렸다.

방 안을 메운 더운 공기들이 식어가면서, 몸 위에 무거운 입자로 내려앉았다. 난데없이 한기가 밀려왔다. 나는 이부자락을 목까지 끌어 올렸다. 의식이 가라앉으며 서늘한 기억이 부각되었다.

한 명의 군인이 다가섰다. 군인이 내 머리채를 들어 올렸다. 다른 군인들이 일제히 일어섰다. 시커먼 혀들이 몸 여기저기에 닿았다. 피와 땀, 화약으로 뒤범벅된 끔직한 냄새가 기억에서조차 자욱했다.

가까운 곳에서 인기척이 다가왔다. 문이 열렸다. 느린 걸음에 옷자락이 끌리는 소리가 들렸고 머리맡에 고양이가 사뿐히 내려

앉았다. 목덜미에 고양이 꼬리털이 스쳤다. 고양이는 잿빛 눈으로 나를 빤히 응시했다.

여자가 의자를 끌어당겨 앉았다. 고양이가 여자의 품으로 숨어들었다. 여자는 감청색 옷을 입고 있었는데 옷의 형태도 천의 재질도 나로서는 낯설었다. 여자가 손을 뻗었고 옷자락이 얼굴로 다가왔다.

소매 끝에 가늘고 흰 천이 내 눈앞을 가렸다. 흰 천이 물결무늬로 일렁였고 설핏 박하향이 났다. 물결무늬에 구멍이 숭숭했고 그 구멍 사이로 여자의 얼굴이 들어왔다. 눈이 깊었고 눈동자가 푸르렀다.

나는 몸을 일으키기 위해 움직였다. 현기증이 일었다. 여자가 일어나려는 내 움직임을 저지하며 어깨를 살며시 눌렀다. 소맷자락이 목을 스쳤다. 소매가 물러간 자리에서 고양이가 얼굴을 내밀었다.

목덜미에 난 상처에 여자의 손가락이 닿았다. 목을 스쳐가는 차가운 칼날과 피비린내가 기억의 저만치에서 건너올 것 같았다. 나는 고개를 돌렸다. 여자는 내 목에서 손을 거두고 말했다.

"정신이 돌아와 다행이에요."

여자의 음성이 묵음의 공간에 금을 그었다. 꿈의 바깥에서 꿈의 안쪽을 향하는 소리였다. 내가 느끼기에는 그랬다. 고양이가 제 몸을 핥았고 창틀로 뛰어올랐다.

"안전한 곳이니 이제 안심하고 좀 더 눈을 좀 붙여 두세요."

머리맡에 미음이 놓였다. 여자가 자리를 떴다. 고양이가 여자의 뒤를 따랐다. 여자가 비운자리에 박하 향이 맴돌았다. 햇살이 자잘한 물결을 이루었고, 격자무늬 창살이 빛을 타고 내려와 미음을 담은 사발에 포개져 있었다.

남쪽으로 난 창틀로 햇살은 쏟아져 들어왔다. 창을 통해 들어온 햇살은 입자로 전환되어 확고한 모습을 드러내었다. 이국적인 창으로 햇살이 그려낸 나무 그림자가 길게 걸쳐왔고 간간히 미풍이 일어 나뭇잎이 쓸렸다. 미음을 담은 사발에서 표고버섯 냄새가 났다.

*

악몽이 잠결에 드나드는 일이 줄어들면서 나는 차츰 몸이 여물어져 갔다. 푸른 눈의 여자가 건물 내에서 내 거동 공간을 지정해 주었다. 나는 조금씩 몸을 움직여 내가 머무는 곳을 청소했고, 허락된 구역에서 공사관 살림의 구석진 일들을 알아서 거들었다.

나는 동트기 전에 일어나서, 창을 열고 무겁게 눌린 공기를 밖으로 몰아내었다. 햇살 바른 날이면 공사관 사람들이 커튼이라 부르는 긴 천을 걷어 큰 통에 담그고 맨발로 꾹꾹 밟아 치댔다. 공사관 사람들이 내 모습을 보면서 웃기도 했고, 무슨 말을 하기도 했다.

푸른 눈의 여자는 건물 위층 난간에 기대어 차를 마시며 나를 바라보았다. 내가 정원에서 올려다보면 그녀는 공사관 건물의 흰 외벽에 기대 희디흰 피부로 햇살을 받고 있었는데, 사람이 선녀에게 가닿을 수 있다면 저런 모습이 아닐지 나는 자주 생각했다.

공사관 사람들은 그녀를 존타크라 호칭했다. 나는 그녀를 존타크 님이라고 불렀는데, 내가 존타크 님이라고 말을 하면 '님'을 '뉴임'하고 그녀가 따라 말했다. 그 말이 어려운지 한참 웃기도 했다. 그녀의 웃음은 얼음처럼 맑았다. 그녀가 그녀의 이름을 말했다.

'미스 손탁'

공사관 건물은 밝고 청결했다. 복도 끝에 난 창을 지나 햇살은 건물의 속살까지 들춰 볼 요량으로 깊숙하게 들어왔다. 내벽에 걸어둔 그림액자에 햇살이 반사되어 복도는 화사했다. 바람은 복도를 간단하게 통과해서 습기는 온데간데없었다.

공사관 사람들은 여유로운 모습으로 차를 마시거나, 큰 탁자 위에 걸터앉아 길고 곧은 막대기로 희고 붉은 공을 쳐서 맞추고 담배를 피웠다. 공사관에 드나드는 사람들은 서양 여러 나라에서 파견된 공사관 직원이거나 선교사거나 했는데, 하는 말도 말투도 얼굴 생김만큼이나 조금씩 달랐다.

그들이 모여서 대화할 때, 서툴게 조선말을 쓰기도 했고, 급할 때는 그들의 말을 했고, 더 급할 때는 팔다리를 움직여 감정을 표현했다. 외국인들의 얼굴은 찰진 흙으로 만들어진 것인지 말하거나 웃거나 할 때, 모든 얼굴 근육이 쉽게 수축되거나 이완되었다.

특히나 웃을 때면 잇몸이 드러났고 눈주름이 부챗살처럼 접혔다. 그들이 그들끼리 조선어로 말할 때, 멀리서 우연히 듣게 되는 말에는 콧바람이 묻어 있어서 나는 속으로 킥킥, 웃기도 했다.

미스 손탁의 경우 조선말이 능숙했다. 나는 그녀의 조선말을 대부분 이해했고, 간혹 알아들을 수 없는 말들은 그녀의 표정이나 몸짓으로 의미를 짐작할 수 있었다. 미스 손탁은 내게 고양이 밥을 챙겨 주는 일을 잊지 말아 달라고 당부했다.

그녀는 고양이를 부를 때, 낮고 정겨운 목소리로 '보츠만'이라고 했다. 나는 어물전에서 구입한 생선을 익혀서 보츠만을 먹였다. 내가 생선을 내밀면 보츠만은 경계심을 등에 곧추세우면서도 다가와서 구운 생선을 물어 갔다.

날이 갈수록 보츠만은 내 목소리를 알아듣는 듯 보였다. 나는 고슬고슬 윤기가 흐르는 보츠만을 안고 배를 만져 주고, 등을 쓰다듬어 주었다. 보츠만은 나의 품에서 하품 했는데, 밤이 되면 미스 손탁에게로 돌아갔다. 조금은 섭섭했지만, 보츠만에게 그녀가 유일한 주인임을 나는 망각하지는 않았다.

*

동 트기 전이었다. 미스 손탁을 따라 나는 공사관을 나섰다. 선선한 바람이 상쾌했다. 풍경이 거느린 윤곽은 어스름에 더욱 선명했고, 길 한복판에 버티고 선 늙은 회화나무는 하늘을 배경으로 짙은 이파리를 걸치고 있었다.

경희궁과 경운궁 사이에 위치한 정동은 조선에서 가장 안전한 곳이었다. 러시아 공사관에서 경운궁에 이르는 샛길은 미국, 영국, 독일, 불란서 공사관이 가깝지도 멀지도 않은 일정한 간격을 유지한 채 제 나라의 국기를 내걸고 있었다.

미스 손탁과 나는 공사관 골목을 지나 경운궁 돌담을 걸어 나왔다. 돌담 너머 보이는 전각 지붕의 어처구니에 까치가 앉아서 허공에 울음소리를 박아댔다. 까치가 울면 길한 징조라 했는데, 내가 듣기에는 까치 울음소리는 쌀쌀맞고 정나미가 떨어졌다.

대체로 새 소리는 맑고 청명한 동심원을 펼쳐내는데 까치 소리는 허공에 매질을 해대는 소리에 가까웠다. 까치 소리는 공간에 스미지 않았고 공간에 채찍을 대는 소리였다. 까치 울음을 쫓아 닭이 홰를 쳤고, 개들이 짖었다.

경운궁 정문에서 남쪽으로 난 비교적 폭넓은 길은 직행으로 남대문까지 뻗어 있었다. 정문에서 길 건너편을 바라보면 동쪽 하늘을 배경으로 첨탑이 솟아 있었고 꼭대기에 열십자 모양의 형상이 걸려 있었다.

미스 손탁과 내가 걷는 방향으로 나뭇단을 실은 노새가 지나고 있었다. 노새는 나뭇단에 파묻혀 주저앉을 듯이 위태로워 보였는데 가다 말고 길바닥에 오줌을 갈겼다. 노새 주인이 담배 연기를 허공에 뱉었다. 노새는 코를 흙에 박고 울음소리를 냈다. 노새 주인이 곰방대로 궁둥이를 때리자 노새는 조금씩 나아갔다.

미스 손탁과 내가 걸어가는 길가에 늘어선 가옥들은 한두 칸짜리 흙집이었다. 앙상한 초가들은 어둠에 젖어서 무덤처럼 처연했다. 진흙에 짚을 섞어 굳힌 외벽은 휘어진 나무 기둥이 박혀 있었고 짚단을 어긋나게 마구 쌓은 지붕은 습기에 젖어서 버섯이 갓을 피웠다. 서쪽 하늘에 달이 기울고 있었다.

남대문을 지나자마자 생선 비린내가 끼쳐왔다. 물건을 구하려는 사람과 내놓은 사람들 사이에 흥정이 붙었고 흥정하는 소리 틈으로 여명이 밝아왔다. 사고파는 물건들은 대부분 어물이었는데 날생선에 파리가 맴돌았고, 꾸덕한 생선에는 벌레가 꼬였다.

오가는 사람들 사이에서 미스 손탁은 세심하게 구입할 대상을 살폈다. 미스 손탁이 관심을 보이는 물건은 말린 해초였다. 허옇게 소금꽃이 핀 해초를 살피고 있었는데 장국 냄새가 훅 끼쳐 왔다. 미스 손탁이 얼굴을 찌푸리며 코를 막았다.

나는 장국 냄새가 끼쳐 오는 쪽을 바라보았다. 늙은 아낙이 표주박으로 국을 떠서 상에 올렸다. 아무렇게 떠서 담은 국물이 사발 표면에 흘러 넘쳤고 고사리 순이 걸쳐 있었다. 내가 다시 미스 손탁 쪽으로 눈길을 옮기려고 했을 때, 어떤 예감에 시선을 멈추었고 내 시야에 한 사내가 들어왔다. 낯익은, 그리운 얼굴이었다.

눈가에 뜨거운 눈물이 번졌고, 가슴이 뛰어왔다. '억수 오라버니!' 내 속에서 외침이 터졌다. 나는 사내가 있는 곳으로 발걸음을 옮겼다. 그 순간 나팔이 울리고 히노마루를 든 일본 군인들이 지나갔다. 사람들이 물러서서 길을 내주었고 내 발걸음은 제지 당했다.

일본군 행렬이 지나가고 사람들은 다시 웅성거렸다. 내처 나는 걸음을 옮겼다. 등 뒤에서 미스 손탁이 내 이름을 불렀다. 방억수는 국을 떠먹고 술을 마셨다. 술 주병이 건너편으로 옮겨갔다. 술 주병을 받아 드는 사내가 나의 시선에 맺혔다. 나는 화들짝 가던 길을 멈추고 돌아섰다. 미스 손탁이 놀란 내 모습을 바라보고 있었다.

*

중궁전의 기별로 미스 손탁이 입궁하는 날 공사관에서 음식을 장만했다. 아침부터 주방이 분주했고 보츠만이 주방 주변을 서성거렸다. 나는 보츠만을 안아 위층으로 올려 보냈다. 계단참에 내려놓자 보츠만은 마지못해 느릿하게 계단 위로 향했다.

임금 내외에게 전할 음식은 미리 끓인 간장에 소 양지 살과 전복을 넣은 조림이었다. 미스 손탁이 나를 불러 음식 맛을 확인 시켰다. 조선식으로 졸인 전복과 육고기 즙이 입안으로 전해졌다. 재료의 배율과 시간을 계량화해서 조리된 음식 맛은 기교 없이 담백했다.

내가 조림 국물과 살코기를 맛본 후 만족스러운 눈짓을 하며 고개를 끄덕이자, 미스 손탁이 맛을 보았고 용기에 조림을 담고 자물쇠를 채웠다. 언젠가부터 임금 내외는 수라간 음식을 기피한다고 했다. 임금이 음식의 출처를 따지는 일이 빈번해지자 외국 공사관이 가끔 음식을 만들어 입궁했는데 음식을 담은 용기에 자물쇠를 채워서 바쳤다.

주방 일을 마치고 위층으로 올라가니 보츠만은 창문틀에 엎드려 졸고 있었다. 햇살이 닿은 창은 바깥 풍경을 따스하게 담고 있었다. 미스 손탁이 방에 들어와 내게 서양식 드레스를 내밀었다.

"중전마마를 뵈러 가는 날이야. 이 옷을 입으렴. 함께 가자꾸나."

아주 갑작스런 말은 아니었다. 미스 손탁은 궁궐에 빈번하게 드나드는 편이었다. 사정은 몰랐지만 궁에서 보낸 상궁이 공사관에 오는 날이면, 미스 손탁은 그 다음날 채비하고 궁으로 향했다.

미스 손탁이 궁에 갈 때 몇몇 음식을 챙겨서 갔고 돌아올 때는 궁에서 받은 이런저런 것들을 가지고 왔다. 궁에서 가져온 것은 도자기, 그림, 비단 천과 같은 것들이었다. 미스 손탁은 궁에서 받아 온 것들을 공사관 직원에게 건네기도 했고, 보초병에게 나눠주기도 했다.

옷을 침대 위에 던져준 미스 손탁은 졸고 있는 보츠만을 향해 사진기 버튼을 눌렀다. 미스 손탁은 자주 보츠만의 모습을 사진에 담았는데, 귀한 사진기로 고양이의 모습을 자꾸 담아서 뭘 어쩌자는 건지 나로서는 해괴했다. 한번은 보츠만이 새끼일 때 찍은 사진을 내가 본 적도 있었다.

사진에서, 보츠만은 하얀 이를 위협적으로 드러내고 있었고 빛에 반사된 희디흰 털이 보풀처럼 일어서 있었다. 사진 속 배경은 먼 나라였다. 이삼 년 전에 보츠만은 군함을 타고 조선에 왔다고 나는 공사관을 드나드는 사람들에게서 들었다.

나는 드레스라고 부르는 서양식 옷을 입기 위해 치마저고리를 벗었다. 사진 렌즈가 내 몸을 향했다. 내가 본능적으로 몸을 손으로 가리자, 미스 손탁은 다가서서 나를 창가에 세웠다. 우두커니 선, 나의 몸에 햇살이 닿았다. 미스 손탁은 창을 배경으로 내 몸을 사진에 담았다.

미스 손탁이 나에게 바짝 다가섰다. 창밖에 보초병이 보였다. 나는 몸을 웅크렸다. 미스 손탁의 손이 내 머리카락을 쓸었다. 풀어진 머리카락 한 올이 입술에 닿았다. 미스 손탁의 호흡이 귓가에 다가왔다.

키 큰 미스 손탁의 드레스 사이로 부풀어 오른 젖가슴이 내 입술에 닿았다. 서늘하고 뜨거운 것이 나를 조이며 결박하는 느낌이었다.

"나는....... 네가 이 옷을 입은 모습이 보고 싶어."

미스 손탁은 한쪽 눈을 찡긋하고 한걸음 물러나더니 침대에 놓인 드레스를 내밀었다. 그녀의 푸른 눈동자가 어지러웠다. 엉거주춤 나는 드레스에 뚫린 구멍에 머리를 넣었다. 순식간에 치맛단이 무릎을 가렸고 옷 입기는 끝났다. 미스 손탁이 등 뒤에서 단추를 하나씩 채워 주었다. 가슴이 작게 요동쳤다.

*

꽃차와 약과를 먹고 담소를 나누는 중에 미스 손탁이 내게 눈짓했다. 나는 무릎걸음으로 어전으로 다가갔다. 지밀상궁이 내가 전하는 사진기와 비단에 싼 사진을 받아서, 탑전에 올렸다. 중전이 나를 힐끗 보았다. 나는 코를 바닥에 박고 가만히 뒤로 물러났다.

미스 손탁은 사진에 찍힌 그림에 대해 말했다. 중전은 사진을 들여다보면서 들었다.

"제물포에 다녀올 일이 있었습니다. 그날 촬영한 장면이옵니다."

중전은 의아한 표정으로 손탁을 건너다보았다. 손탁이 말을 이어갔다.

"러시아 함정 너머 흐리게 보이는 것이 일본 함정입니다. 모퉁이에 뱃머리만 보이는 것이 하역 작업선입니다. 일본 함정은 여섯 척이었습니다. 군수물자와 군인을 하역하였습니다. 그리고 그들은 모두 서울로 향했습니다."

나는 중전과 손탁의 대화보다는 국모의 얼굴을 두 눈으로 보고 싶은 마음을 잠재우기는 어려웠다. 나로서는 도무지 내가 있는 곳을 감당하기 힘들었는데, 나는 문지방 밖에서 엎드린 채로 들키지 않게 눈을 치켜 떠가면서 중전의 용안을 몰래 관찰했다.

내가 직접 본 중전마마는 머리카락에 윤기가 곱게 흘렀다. 좁고 둥근 이마, 적당히 두텁고 짙은 눈썹, 단호해 보이는 눈은 탑전에 놓인 사진을 보느라 내리뜨고 있어서 다소 사나워 보였다. 눈가에 주름이 설핏했고, 높거나 낮지도 않게 적당한 콧날에 인중이 짧았다.

피부색이 맑지 못해서 전체적으로 용안이 침침해보였다. 한 번도 중전마마의 모습을 상상해 본 적은 없었지만 머리카락이 기름진 것을 제외하고는 국모의 위엄을, 적어도 외모에서는 찾아내기 어려웠다. 어쩌면 요란한 치장을 거둔다면 여염집 아낙과 별반 다르지 않았다.

찻잔을 든 중전의 손가락이 가늘게 떨렸다. 나라 안팎 정세에 대해서 지난한 말들이 오갔다. 한참 동안 말이 없던 중전은 미스 손탁을 보며 말했다.

"이 그림을 내가 가져도 되겠는가?"

"그리하소서. 마마!"

미스 손탁이 앉은 자세로 목례를 곁들여 대답했다.

"하옵고, 마마 사진기도 함께 취하시어 저의 충정을 거두어 주소서"

중전의 눈길이 사진기 쪽에 머물렀다.

"이 문자는 그대의 모국어인가?"

사진기에 새겨진 'KODAK'이라는 문자를 보고 중전은 궁금증을 드러냈다.

"사진기는 미국 제품이옵니다. '코닥'이라 읽습니다. 윤허하신다면, 동작 방법을 말씀 올리겠나이다."

중전이 고개를 주억거리자, 상궁이 정방형의 사진기를 미스 손탁에게 가져다주었다. 미스 손탁은 갈색 가죽을 씌운 네모난 사진기의 측면에 부착한 끈을 당겼다. 사진기 윗면에 부착된 고리를 돌리자 귀뚜라미 우는 소리가 났다.

"필름이라는 것이 회전하는 소리입니다. 필름은 종이와 같다고 보시면 됩니다. 신비하게도 대상이 빛을 머금고 필름에 박히면 사진으로 인화되는 방식입니다. 여기를 누르시면 렌즈 앞 물체가 필름에 들어차고, 촬영이 완료됩니다."

미스 손탁은 사진기 위에 볼록하게 돌출한 단추 모양에 손가락을 가져다 대었다.

"편리하고 작동이 쉬워서 서양에서는 많은 이들이 사용하고 있습니다."

사진기 작동 원리에 대한 미스 손탁의 설명이 끝나고 나서도 중전과 미스 손탁의 대화는 오래 이어졌다. 미스 손탁의 말이 조심스러울 때, 중전이 고심하는 표정은 역력했다. 두 사람 사이에 오가는 말이 어려워서 내가 알아들을 수 있는 말은 거의 없었다.

미스 손탁이 인사를 마치고 중궁전을 나설 때, 상궁이 금사가 직조된 비단 천을 선물했다. 금사직조는 궁에서 겨우 명맥만 이어 가는 어려운 작업이라고 상궁이 말했다. 미스 손탁은 두 손으로 정중히 중전의 하사품을 받았다.

나는 중전마마와 미스 손탁이 환담을 나누는 사이에 잠시 중궁전을 벗어나 궁궐 이곳저곳을 기웃거렸다. 내가 탄천 변에 머무를 때, 낙향 길에 들른 병사의 말에 의하면 방억수는 궁궐 훈련대 소속이었다.

나는 동십자각을 찾아가 물었는데 방억수를 아는 이를 찾지 못했다. 도성에 머물면서 보아온 궁궐은 죽을 자리가 성해서, 나는 내심 방억수가 궁에서 멀리 떠나있기를 차라리 바랐다. 서십자각에서 나는 방억수의 소식을 들을 수 있었다. 보초병이 말했다.

"방억수? 기억나지. 그런데 그 사람 궁에 일본군이 난입하던 날, 일이 났지 아마. 어이, 안 그래?"

"그랬지, 쓸 만한 친구였는데, 주상 전하 처소에서 홀로 일본군과 맞섰지. 아이고, 그때 나도 하마터면 이승 하직할 뻔했어! 하도 시신이 상해서 누가 누군지도 몰라. 전부 수습도 못했고."

시장터에서 국밥을 먹던 방억수와 박치근을 분명히 내 눈으로 본 것만 같았는데, 방억수가 죽었다는 말에 멍해진 채 나는 발걸음을 돌렸다. 궁문이 열리고 닫힐 때 짐승 울음소리가 났다.

*

대왕대비가 승하했다. 조정은 슬픔을 장려했고, 나라의 요청에 고을마다 다투어 길고 모질게 곡哭을 내었다. 경기 관찰사는 관내 능역의 일제조사를 공문으로 하달했다. 화성 현감은 육방 아전을 모조리 동헌에 세우고 선대 임금의 능역에 우환거리를 살피라고 지시했다. 여섯 아전이 현감의 명을 받들고 동분서주했다.

대비가 승하하자 추도 규범이 연이어 작동했다. 대비가 능에 안치될 때까지 백성은 죽어도 시신을 매장할 수 없어서 죽은 사람과 산 사람이 한 칸 방 안에 함께 있어야 했다. 죽은 자는 죽어서 누워 있었고 산 사람은 살기 위해서 눈을 붙여야만 했다. 방 한 칸의 공간에서 삶과 죽음이 공존했다.

그해 나는 화성 관아에서 현감을 수발했다. 국상 중이라 현감은 집무시간에 삼베옷을 걸쳤고 숨어서 고기를 뜯었다. 삼베옷을 입은 현감은 등이 간지러워 자주 내가 있는 거처에 들렀다.

현감은 급하게 등을 내밀었다. 나는 손톱 끝에 힘을 주어 현감의 등판을 긁어 주었다. 손톱 밑에 현감의 살점이 눌어붙어 새까맸다. 그때마다 나는 손이 씻고 싶었다.

어두워지면, 현감은 고양이 걸음으로 내 방에 들었다. 현감은 나막신을 방 안에 들이고, 문을 닫았다. 나라가 온통 비통할 때이니, 더욱 몸가짐을 조신하게 하고 애도하는 마음에 지극한 정성이 깃들어야 한다고 현감은 저고리를 열어젖히며 말했다.

관아에 끌려온 늙은이가 매질을 당했다. 현감이 추궁하는 말과 늙은이가 실토하는 말이 어긋나서 죄상은 실체가 없었다. 죄의 실체가 모호했기에 매질로써 모호함을 걷어내야 했다. 형방이 나장을 득달했고, 나장이 늙은이의 몸을 다그쳤다. 나장의 매질에 죄의 실상이 억지나마 윤곽을 잡아가기 시작했다.

늙은이는 서울 초입 강변에 사는 사람으로, 어쩌다 화성 관아가 풀어놓은 실타래의 끄나풀에 걸려서 동헌에 엎드렸다. 동헌에서의 취조 방향은 죄의 유무와 무관했다. 죄의 성립은 묻는 쪽에 있었지, 답하는 쪽은 아니었다. 동헌에서의 문답은 간결했고 늙은이는 관아 문밖으로 끌려 나가서 매를 받았다. 늙은이는 매 독이 퍼져 죽었다.

늙은이를 매친 나장이 시체로 발견되었다. 뒷간에 빠져서 죽었다는데, 아이가 똥물 사이에 둥둥 떠 있는 사람 손을 보고 기겁했다. 시신을 건져 올리고 보니 구더기가 눈, 코, 입, 귓구멍에 득실거렸다. 죽은 늙은이의 아들이 살인범이라는 소문이 돌았다.

현감은 늙은이의 아들을 잡아들이라고 형방에게 말했는데 아들은 이미 자취를 감추었다고 형방은 현감에게 보고했다. 현감은 형방의 뺨을 후려쳤다. 형방은 조선 바닥을 이 잡듯 뒤져서라도 잡아 죽이겠다고 현감에게 허리를 꺾어 사죄했다.

그날 밤, 현감은 예의 고양이 걸음으로 내가 있는 방으로 찾아왔고, 문을 닫기 전 나막신을 방 안에 들여 두는 것도 잊지 않았다. 현감은 육방 아전 놈들이 워낙 해 처먹어서 뱃살이 붙고 움직임이 둔해서 아예 령令이 통하지 않는다고 분통을 터뜨렸다.

나는 현감의 관복을 가지런히 개켜서 화초장 위에 올려놓았다. 내가 구운 고기를 현감의 입안에 넣어 주면 현감은 이가 시원찮아 고기를 빨아서 먹었다. 현감의 입가에 고기 육수가 흘러서 나는 천으로 현감의 입가를 닦아 주었다.

고기를 겨우 씹어 먹는 현감은 국상에 임하는 자세를 말했는데, 국상은 오래가고 버거워 고기를 먹지 않고 감당하기 어렵다고 했다. 나는 숨을 불어 등불을 죽였다. 심지에서 연기가 하얀 실처럼 풀어졌다. 창호지를 통해 들어온 달빛이 방 안에 구릿빛으로 들어찼다.

현감이 고기를 씹을 때, 문밖에서 고양이 울음이 들렸다. 내가 현감의 팔이며 다리를 주무를 때에도 간헐적으로 고양이가 울었다. 어둠은 청동색으로 방 안 가득했고, 창호지에 달빛이 어렸다.

고양이 울음이 사라졌다. 사람의 그림자가 빠르게 창호지를 가리며 다가왔다. 문이 열리고 닫혔다. 현감의 목이 꺾이었다. 사내는 돌아간 현감의 목을 화로에 욱여넣었다. 현감의 팔다리가 방바닥에 늘어졌다.

사내가 현감을 지져 죽이고 방을 나설 때, 나는 퍼뜩 정신이 들어서 사내가 가는 길이 내 삶의 해방구가 있을 것이라고 믿고 싶었다. 나는 사내에게 데려가 달라고 매달렸고 사내를 따라 방을 나섰다. 인육 타는 냄새가 지독했고, 화초장에 빛이 서려 현감의 관복을 파랗게 물들였다.

매 맞아 죽은 노인의 아들의 이름은 방억수였다. 방억수와 나는 살아온 이야기를 하면서 함께 길을 갔다. 이야기 속에서 방억수의 삶과 내 삶은 거칠어서 동병상련했다. 길을 가면서 방억수는 메뚜기를 잡아 불에 구워서 나에게 내밀었다. 구운 메뚜기는 바삭하고 고소했다.

이글거리는 불길에, 내가 바라 본 방억수는 눈매가 선했고, 몸의 균형이 다부졌다. 이튿날 길 위에서 나는 자연스럽게 방억수를 오라버니라고 불렀다. 방억수도 나도 혈혈단신이어서 연결 고리를 걸어 두는 편이 서로 싫지는 않았다.

방억수와 나는 탄천을 따라 북쪽으로 갔다. 가는 길섶에 배롱나무 꽃이 만발했는데 꽃은 무슨 원혼의 징표처럼 차갑게 붉었다. 방억수는 쫓기는 몸이어서 한강을 건너 도주해야 했다. 세상이 조용해지면 다시 오겠다고 방억수는 약조했다. 멀어지는 거룻배를 향해 나는 오래 손을 흔들었다.

*

방억수는 화성 현감 살인범으로 간단히 지목되었다. 방억수의 행적을 쫓아오던 형방은 한강 물길에 막히자 건너지 못했는데 사건은 조속히 종결되어져야만 했다. 현감 살인범은 송파에서 붙잡혀서 불에 탔다. 형방은 불에 탄 귀를 잘라 화성으로 돌아갔다.

형방이 송파나루를 어슬렁거리던 비렁뱅이를 페가에 끌어가 욱여넣고 불을 지를 때, 나는 사람들 사이에 끼여 눈으로 목격했다. 비렁뱅이의 얼굴은 식별이 불가능했는데 불탄 비렁뱅이는 여러모로 방억수는 아니었다. 나는 직감으로 알 수 있었다.

형방은 불에 탄 비렁뱅이의 살인 자백과 도주 경로를 보고서에 상세히 기록해서 화성 현감을 죽인 살인범이라고 사람들에게 크게 떠들어 댔다. 불타 죽은 사람에게는 미안했지만 형방의 사건 처리에 나는 안도했다. 세상은 무섭고 어지러웠다.

첫 서리가 내린 날이었다. 사립문에서 군인 복장의 사내가 기웃거렸다. 내가 문을 열고 나서자 사내가 내 이름을 확인하고 방억수라는 이름을 말했다. 헤어지고 나서 내가 그토록 들어 보고 싶어 했던 이름이었다.

나는 버선발로 사내를 맞았고 밥을 지어서 먹였다. 사내는 방억수와 궁궐수비대에서 함께 복무했고 복무 기간이 끝이 나서 전라도 나주로 귀향하는 길이라고 했다. 나로서는 사내가 방억수의 근황을 세세하게 말해 주기를 바랐으나, 사내는 이야기 중간에 자신의 이야기도 곁들이면서 말을 이어 나갔다.

나는 조바심이 났으나 내색하지 않고 사내의 이야기를 들어 주었다. 사내가 나를 찾아온 용건은 방억수가 전한 돈 꾸러미였다. 궁궐 수비병으로 받은 봉급을 한 푼씩 모은 돈이었다. 나는 눈시울이 뜨거워졌다.

내가 방억수에 대해 이것저것을 물었으나 사내는 그저 무탈하다고만 말했다. 군인은 기밀을 누설할 수 없어서 알고 있는 것을 다 말할 수 없고 알고 있는 것도 별것 없으니 너무 깊숙하게 묻지 말라고 했다.

방억수가 보내 온 돈으로 나는 탄천 변에 조그마한 땅을 구입했다. 이듬해 봄부터 그 땅에 씨앗을 뿌려 농작물을 키웠다. 강냉이, 콩, 토란, 배추와 무를 파종기에 맞추어 심고 또 수확했다. 언젠가 방억수가 돌아오는 날 잘 여문 강냉이를 쪄서 내놓을 생각에 내 노동은 가벼웠고 마음은 언제나 두근거렸다.

그리움은 목화솜처럼 부풀었으나 방억수는 좀처럼 오지 않았다. 비가 많이 내린 날에 송파 나루는 물이 범람했다. 그런 날에는 차라리 방억수가 오지 않는 것을 다행으로 생각하며 나는 어서 물이 조용해지기를 기다렸다.

나라에 내란이 일자 진압을 명분으로 청나라 사람과 일본 사람이 총칼을 매고 서울을 누비고 있다는 소식이 사람들 입에 오르내렸다. 나는 그런 사정이야 아무래도 좋으니 방억수가 무사하기만을 바랐다.

방억수를 기다리는 인내심이 바닥날 때 쯤, 박치근이 정지문을 열고 불쑥 나타났다. 나는 주저했지만 먼저 방억수를 찾아 나서기로 했다. 내가 멋모르고 따라 나선 것은 내 쪽의 간절함도 있었고 박치근이 뱉어 내는 말들이 편해서 사람에 대한 신뢰가 생겨서이기도 했다.

*

국밥을 먹고 도성 안으로 들어섰을 때, 기다렸다는 듯 비가 쏟아졌다. 박치근은 잠시 자리를 비웠고, 곧이어 사내 둘이 내가 있는 곳으로 다가왔다. 빗소리가 적막한 세상을 두들겼고 어디론가 나는 끌려갔다. 그것이 내가 기억하는 전부였다.

정신을 차려 보니 마구간이었다. 늙은 조랑말과 나를 태우고 온 소가 옆 칸에 묶여 있었다. 소는 꼬리로 제 궁둥이를 때리며 쇠파리를 쫓아냈다. 짚 멍석이 깔려있었고 나는 거기에 놓여져 있었다. 비가 그쳤고 젖은 더위가 몸에 눌어붙었다.

겁에 질려 눈앞이 어지러웠는데, 해가 저물기 전 마지막 남은 빛이 짚방석을 붉게 물들였다. 매미 울음은 맹렬하고 사나웠다. 어둠이 내려앉은 시각부터 줄기차게 병사들이 드나들었다. 그것들은 누런 이빨로 누린내를 풍기며 내 몸을 파고들었다.

수삼 일 동안 그것들은 연거푸 마구간을 드나들며 내 몸에 배설했다. 시간이 지나면서 몸의 통증조차 나는 거의 느낄 수 없었다. 꺼져가는 정신을 붙들어 두기 위해 나는 필사적으로 기억을 더듬었다. 의식은 비몽사몽간이었고, 사내들은 내 몸에 들러붙어서 히죽거렸다.

그러다 잠들면 몽롱한 의식 속에 고향의 모습이 찾아왔다. 여자 아이가 내게 손을 내밀었는데, 나는 내민 손을 잡기 위해 안간힘 썼다. 아이가 내민 손과 내가 뻗은 손은 한 뼘 거리도 안 되었는데, 꿈속에서 아이와 나는 간절히 손을 뻗었지만 맞잡을 수 없었다. 언제나 그랬다.

여자 아이의 모습이 더 이상 보이지 않는 꿈에 시간은 끊어지면서 이어졌다. 어린 나와 다 자란 내가 뒤섞였고, 죽은 어미와, 방역수의 모습이 교차했다. 나는 거의 죽어서 숨만 쉬고 있었다.

*

새가 떼 지어 하늘에 군무를 펼친다. 바람이 새의 무리를 가른다. 새 떼는 두 무리로 나뉘어 지더니 공간을 교차한다. 하늘에 붉은 점들이 박힌다. 새 떼가 흩어진다. 점들이 더 붉어지면서 점점 커진다.

사방이 시뻘겋다. 열기가 일고 하늘이 흐물거린다. 점들은 가까워지면서 더욱 뜨겁고 사나운 소리를 내뿜는다. 석류꽃이 피어난다. 석류꽃은 초가지붕 위에, 뒤란 채마밭에, 장독대 사이에 피어난다. 눈동자에 석류꽃이 가득하다.

석류꽃 하나, 어미의 옆구리에 핀다. 어미의 눈에 고인 눈물이 말라간다. 어미는 손을 휘휘 내젓는다. 나를 보낸다. 멀리, 아주 멀리 가라 한다. 눈이 맵고 눈물이 범벅된다. 목덜미가 뜨겁다. 사방이 석류꽃이다. 치명적으로 붉다.

고개를 돌린다. 거기에 동생이 울고 있다. 수탉의 벼슬이 타오른다. 뱀의 붉은 혀가 동생의 목을 핥는다. 시퍼런 칼날이 혀를 가른다. 누구지? 오라버니? 푸른 뱀의 독니가 방억수의 허벅지에 박힌다. 석류꽃이 피어난다.

어디론가 간다. 갓 쓴 이가 다가온다. 검은 뱀의 눈이다. 저고리가 검게 물든다. 기척이 느껴진다. 오라버니? 강냉이 씨앗이 떨어진다. 현감의 옆구리에 석류꽃이 피어난다. 누구신가요, 당신은?

길 위에 서 있다. 강냉이 잎 사이로 바람이 치렁거린다. 봇짐 진 사내, 말 속에 검은 혀가 돋는다. 인내천! 하늘과 사람이 똑같이 귀하다. 개 짖는 소리가 다급하다. 쇠의 날이 허공을 긋고, 쇠비린내가 끼친다. 비가 들이친다. 속적삼이 젖는다.

함성이다. 푸른 모자, 푸른 제복의 사람이 성벽에서 떨어진다. 성벽에 석류꽃이 무성하다. 제비의 날갯짓이 애처롭다. 새끼 제비가 성벽 사이에 갇혀서 입을 벌린다. 입안이 노랗다. 제비의 대가리가 어미의 가슴에 떨어진다. 어미가 제 새끼를 삼킨다.

소 등은 앙상하고 뼈가 불거졌다. 뼈마디의 굴곡을 타고 빗물이 흐른다. 코뚜레를 한 소는 숨소리가 거칠다. 콧김이 빗속에 번진다. 순한 혓바닥으로 제 주둥이를 핥는다. 나는 겁에 질려 있는 것 같은데 소는 비에 젖어 있다.

일본? 청국? 알 수 없는 말들이 들린다. 목덜미에 말들이 감겨

든다. 웃음소리가 들린다. 조선 사내의 웃음소리와 다르지 않다. 웃음은 국적이 없다. 두려움이 울음과 뒤섞인다. 무서움은 수치심을 가린다.

푸른 제복의 사내들이 왔다 갔고, 가면 다시 온다. 목구멍 안에서 울음은 조바심친다. 노새의 울음이 가소롭다. 소의 눈동자가 나를 본다. 눈동자에 비친 내 몸은 바동거린다. 머리카락에서 지푸라기가 떨어진다. 사내가 나간다. 소가 울고 어둠이 덮친다. 어둠은 오히려 편안하다.

걸음 소리, 땀에 전 내 몸속으로 걸음 소리가 다가선다. 눈이 열린다. 햇살이 날을 세우고 있다. 여자의 얼굴. 여자가 나를 빤히 내려다본다. 나는 올려다본다. 눈동자가 푸르다. 이목구비가 선명하고 얼굴은 희디희다. 나는 발가락 끝에 힘을 준다.

*

한때 구라파에서 돈을 대신했던 식물이라고 했다.

'튤립'

조선에서는 볼 수 없는데 꽃이 귀해서 구라파에서 물건을 사고팔 때 튤립 구근으로 값을 치르는 일이 있었다고, 뿌리가 집 한 채에 맞먹었다고 미스 손탁은 말했다.

무슨 소리인지 당연하게도 나는 알아듣기 어려웠다. 공사관에 드나드는 남자들이 여자들에게 꽃을 건네거나 미스 손탁이 평소 꽃을 대하는 태도로 봐서 구라파 여자들에게 꽃 한 송이의 가치는 밥이 가져다주는 포만감을 훌쩍 넘어 서는 것 같아 보이기는 했다.

'아무려면, 기껏 꽃 한 송이가 집 한 채와 맞먹겠어?'

나는 속으로 미스 손탁의 말이 멋모르는 나를 놀리려는 의도거나, 짐짓 우쭐대는 말 정도로 여겼다.

"튤립을 타투하는 거야. 이제 상처가 아닌, 꽃이 되는 거지. 여기에 심어두는 거야."

내 목에 새겨진 오래된 상처를 미스 손탁이 어루만졌다.

'타투'에 해당하는 조선말은 없었다. 굳이 옮기자면 경을 친다는 말이 가까울 것 같았다. 경을 치는 것은 죄인의 몸에 먹선을 넣어 죄명을 영구히 몸에 새겨 두는 형벌의 일종이었다. 먹물을 죄인의 이마 안쪽에 박아 넣었는데, 경친 사람은 이마에 새긴 글자의 사나움에 따라 취급되어졌다.

달이 구름을 비켜서자 푸른 기운이 창에 어른거렸다. 내 상반신을 불꽃의 그림자가 핥았다. 턱과 어깨 사이에 뾰족하고 예리한 칼날의 붉은 기운이 어렸다. 칼날이 목 상처 가장자리 피부 속으로 진입했다.

피부의 바깥 면을 찌르며 칼날이 들어왔다. 피부를 걷어 올린 곳에 예리한 통증이 끓었다. 피가 배어 나왔다. 바늘 끝이 피부에 닿았다. 먹물 한 방울이 차갑게 속살을 적셨다. 칼날이 부위를 옮겨 가며 겉 피부를 들어 올렸고, 바늘 끝을 따라 먹물이 투입되었다. 상처의 가장자리를 따라 먹물이 긴 띠를 이루며 발색했다.

목 상처를 에워싸며 먹줄이 생겼고, 상처 자국은 먹물 속으로 숨었다. '튤립' 줄기가 목 상처를 따라 자랐고, 귀밑머리 쪽으로 도톰한 잎이 생겼다. 목에는 목대로 바깥은 바깥대로 어둠이 가득했다.

꽃잎의 테두리를 따라 검은 먹줄이 생겨났다. 석 장의 잎을 포개자 튤립 꽃이 피었다. 통증 속에 작은 심장이 들어앉은 듯 먹물이 발색하는 곳에 맥박은 옮겨 다니면서 뛰었다. 목선을 타고 열꽃이 번졌다.

"튤립 꽃은 빨강, 하양, 노랑, 세 가지 색으로 피어나는데, 너의 목에서 튤립은 하얀 꽃을 피웠어."

타투는 튤립 꽃으로 완성되었다. 꽃 테두리 안쪽은 비어 있었다. 목의 여기저기를 옮겨 다니던 맥박이 잦아들었다. 오래전에 화살촉이 그어 놓은 흉터에 뿌리를 두고 튤립 꽃이 피어났다.

*

외등 불빛이 공사관 거리를 밝혔다. 불빛 아래 불나방이 모여들어 바삐 날갯짓을 했는데 생명은 불빛 가까이에서 꺼져갔다. 끊임없이 불빛으로 몰려가서 살아야 하는 불나방의 생의 방향은 끝내 죽음 쪽에 있었다. 그러니까 불나방의 생은 죽음으로 완성되는 것이어서 살고 죽는 것이 불나방에게는 같은 것이었다.

내가 머무는 방에도 불나방은 맹렬하게 달려들었다. 불나방 비늘가루가 창문에 자국을 남겼고, 바깥 유리면에 날벌레들이 가득 붙어 있었다. 나는 창문으로 다가가서 손가락으로 유리면 안쪽을 두드려 보았다. 유리면에 붙은 것들은 꼼짝하지 않았다.

부연 창 넘어 미국, 영국, 독일, 불란서 공사관에서 뿜어내는 불빛이 보였다. 낮에 중전을 알현하였을 때, 나는 엎드린 채로 중전과 미스 손탁이 나누는 대화를 들었다. 나는 서양 나라들을 알 수 없었는데 그 나라의 깃발을 매단 공사관이 저기에 분명히 있었다.

공사관 거리를 벗어나면 불빛은 보이지 않았다. 서울에 발전기가 도입되고 전신주를 세워 육조거리를 따라 외등이 들어섰다고는 하나, 궁궐과 외국 공사관 지역만 외등이 섰을 뿐, 서울은 여전히 암흑 천지였다.

나는 인기척을 느꼈다. 미스 손탁이 보츠만을 안고 내 뒤에 다가 섰다. 보츠만이 내 품으로 건너왔다. 나는 보츠만의 목덜미를 매만졌다. 미스 손탁의 파란 눈동자에 외등 불빛이 들어찼다. 파란 눈동자가 줄어들며 흰자위가 커졌다. 신비로운 빛깔이었다.

"사람은 자신의 뒷모습을 신경 쓰지 않아. 보이지 않으니까. 사람은 보이는 것만 보며 살아. 보이지 않는 것은 누구도 고민하지 않고, 말하지도 않아. 내가 오늘 사진을 중전께 보여드린 이유이기도 해. 사진은 분명히 보여주거든, 저 불빛처럼!"

무슨 말을 하는지, 나는 당황스러웠다. 보츠만이 창틀로 뛰어올랐다. 미스 손탁이 내 등을 어루만졌다. 등 뒤에 단추가 풀어졌다. 가슴을 옥죄인 드레스가 발치로 흘러내렸다. 창문에 나방이 날갯짓했다. 외등 불빛이 내 몸을 적셨다.

"너는 너의 뒷모습을 볼 수 없지? 아름다운 모습을……"

미스 손탁의 입김이 뜨거워졌다. 나는 움직일 수 없었다. 보츠만이 몸을 웅크렸다. 창밖으로 외등 불빛이 혼탁하게 출렁거렸다. 밤이 은하수 너머에 선명했다.

17

동학 접주들은 유려한 말들로 교세를 넓혀 갔다. 농민은 가뜩이나 팍팍한 삶이 지랄 같았는데, 동학의 말들은 듣기에 힘이 나서 좋았다. 농민들은 교리에는 별 관심이 없었는데 어려워서 알아듣지 못했고, 멀어서 잘 들리지도 않았다. 그들은 다만 귀천이 따로 없다는 말에 놀랐고 모든 백성이 평등하다는 축복 같은 말들이 좋았다.

조선 연안에 출몰하기 시작한 이양선을 조정은 체통이 맞지 않아서 등한시했고, 백성들로서는 얼굴 설고 말 낯선 이방인들에 대한 막연한 경계심으로 두려워했다. 서양이 드나들자 척양의 기세는 나날이 드높았는데 그럴수록 동학의 밑천은 두둑해 졌다.

삼남에서 동학은 들불처럼 일어섰다. 각 지역을 대표해서 접주가 생기고 사발통문이 접주와 접주 사이 연대를 매개했다. 탐학의 온상을 적출하고, 외세를 몰아내기 위해 농민 무리는 급기야 서울로 진군했다.

진격로는 노도처럼 출렁거렸다. 군중은 보국안민, 제폭구민의 깃발을 높이 들고 의기양양했다. 태평소 소리가 허공을 갈랐고, 꽹과리, 북소리가 뒤이어 터졌다. 총을 멘 이들도 드물게 보이긴 했으나 군중의 십중팔구는 죽창을 들고 대오를 형성했다.

동학 남북의 접주들은 군중을 독려했고 의병이라 칭했다. 왜적의 손아귀에 들어간 조선을 구제하기 위해 분연히 일어서 서울을 도모하고 마침내 적을 내치고, 적과 결탁한 간당의 뿌리를 발본색원하자는 목소리는 우렁찼다.

우두머리를 자처한 자들은 대오의 맨 후미에서 가마를 타고 전장으로 향했다. 전봉준이 그랬고 김개남이 그랬다. 군중이 발산하는 결기는 삼엄했고 적의로 드높았다. 격분한 군중은 다가올 피의 향연에 들떠 있었다. 농민에게 조선은 악이었고, 죽창이 선이었다. 선악의 구분에 거리낌 없어서 농민군은 위태로워 보였다.

일본 공사 이노우에 가오루는 히로시마 대본영에 병사와 무기 증파를 요청했다. 조선군 이천과 삼백의 일본군이 한강을 건너서 남하했다. 전운은 우금치로 몰려들고 있었다. 일본군은 언덕에 포대를 배치하고 마른 풀 위에 엎드려 닥쳐올 무리를 기다렸다.

우금치에 집결한 농민군은 십만이 넘었는데 죽창을 높이 들고 고함을 지르면서 승전을 다짐했다. 대오의 무리에서 선승이 목탁을 두드리며 염불을 외기 시작했다.

우금치에서 일본군은 저 멀리 밀려오는 군중을 향해서 개틀링 총구를 들이댔다. 신식 무기인 개틀링 다발총은 사거리가 길고 격발이 연속적이어서 조준이 필요 없었다. 개틀링 총신에서 불이 뿜어졌다. 일본군은 담배를 물고 대충 갈겨도 타격이 정밀해서 총알이 꽂히는 자리는 사선이었다.

탄환 다발이 돌면서 연발하는 개틀링 총성이 전장을 달구었다. 멀리서 불꽃이 터졌고 끊이지 않고 날아드는 총탄에 죽창 든 농민은 일순간에 고꾸라졌다. 탄환이 크고 빨라서 한 발이 두 사람의 몸을 뚫기도 했다. 퍽하고 뜯기는 소리가 나면 신음할 겨를 없이 죽어 나갔다.

개틀링의 무차별 사격을 겨우 벗어난 농민은 엎드려 쏘는 무라타 총의 조준점에 걸려들었다. 우금치는 이래저래 벗어날 곳 없는 사지였다. 북치는 자가 죽고, 북의 막 면에 피가 튀었다. 꽹과리 치는 자들의 팔이 떨어졌고, 태평소 부는 자들의 입천장이 시뻘겋게 뚫리었다.

농민군에게 전략과 전술은 피 끓는 감정의 격분이 유일해서, 피가 식기 시작하자 기댈 곳이 사라졌다. 가마꾼이 죽어서 동학 접주들은 타고 온 가마를 버리고 도망쳤다. 전봉준이 그랬고 김개남도 그랬다.

총성이 멎자, 군중의 주검이 우금치 벌판을 메웠다. 선승의 염불은 공염불로 흩어졌고, 보국안민, 제폭구민의 깃발이 시신 사이에 널브러져 있었다. 포연이 내려앉은 들판에 피비린내가 가시지 않았다.

*

박치근은 일본을 오가고, 조선팔도를 종횡하며 그때그때 이것저것 하면서 밥을 벌어먹었다. 그가 밥을 구하는 방법은 비루했으나, 입 속으로 들어가는 밥은 다 같은 밥일 뿐이었다. 그는 밥의 작동 원리를 소싯적부터 알았다.

뺏어 먹고 등쳐 먹고 떼먹고 훔쳐 먹고 빌어먹고 하는 모든 먹는 일들이 밥을 먹는 행위에서 박치근에게는 동일했다. 벼슬자리가 없는 박치근으로서는 힘 안 들이고 뺏어먹는 방법을 취할 수 없어서 등쳐 먹거나, 떼먹는 일에 부지런히 치중했다.

원산 금덤판에서 돌을 부수어 금을 캐내던 일도, 사발통문을 봇짐에 넣고 접주와 접주를 연결하는 일도 박치근에게 밥을 가져다주는 일이었다. 박치근은 동학교세 확장의 원인과 근인을 눈으로 보면서 사발통문을 부지런히 날랐고 그날그날 끼니를 해결해 나갔다.

박치근으로서도 보는 눈과 듣는 귀가 있어서 동학 교리의 말들에 위안을 받기도 했으나, 그런 것들이 사는 일에 이바지할 수 없다는 사실을 누구보다 빤히 알고 있었다. 헛된 것들은 헛된 자들의 공염불로써만 소용되어졌고, 그들 역시 서로 엮이고 엮여서 밥을 구하는 처지였다. 빌어먹는 일도 가지가지라고 박치근은 봇짐을 여미며 생각했다.

동학을 등에 업은 군중은 총공세를 준비하면서 일본말이 통하는 박치근에게 총기 구입 임무를 부여했다. 일본에서 건너온 천우협단과 내통하면서 박치근은 총기를 거래했다.

박치근은 구입한 총기를 동구릉 역내에 구덩이를 파고 보관하였는데 일부는 농민군에게 보급하고, 뒤로는 지방 관아에 판매했다. 농민군에게 보급한 총기는 수량이 미미했고 그마저도 습기를 머금어서 정장 실전에서는 격발불량으로 무용지물이었다.

우금치에서 방억수의 조준점은 목표를 설정할 수 없었다. 일본군은 포를 쏘아 전열을 어그러트렸고 흐트러지는 군중을 향해 개틀링을 집중했다. 대열은 속수무책으로 무너졌다. 방억수의 사격은 적진 부근에 가닿지 못했다. 적의 몸통은 멀어서 보이지 않았고, 적의 총탄은 보이지 않는 곳에서 억수같이 쏟아졌다.

박치근은 개틀링 불꽃에 대열이 무너지는 광경을 먼 거리에서 응시했다. 박치근은 전투병 소속이 아니어서 전선의 후방에서 치다꺼리했는데, 눈앞에 펼쳐진 아수라에서 앞서 나간 죽창은 적의 턱밑에 접근하지 못하였고 피 한 방울 따내지 못했다. 도리어 제 피가 튀어 묻은 죽창이 여기저기 널브러져 후퇴하는 군중의 발길에 치였다.

개미 떼만큼 많았던 군중은 우금치에서 모조리 몰살당했다. 셀 수 없이 죽어 누운 벌판은 핏물이 고여서 질척거렸다. 살아남은 자들의 퇴각은 산의 능선을 기어올라 흩어지는 방식으로 진행되었다. 방억수는 살아남아서 박치근과 함께 남하했다. 서울로 가는 길은 없었다.

전의는 얼음처럼 굳어버렸고 언 땅에서 올라온 한기가 뼈에 사무쳐 왔다. 겨울 산은 군더더기 없이 적나라해서 무리는 흩어져서 개별적으로 피신했다. 방억수와 박치근은 밤을 틈타 이동했다. 몸 숨길 곳 없이 트인 공간을 뚫고 총탄이 튀었고 퇴각하는 몸이 드러나는 자리에서 하나둘 고꾸라졌다.

나무 둥치를 은둔삼아 사람들은 쉼 없이 걸었다. 별빛이 쏟아져 내렸다. 마을은 보이지 않았고, 눈 내린 산하는 적막했다. 걷는 내내 방억수는 일본군의 총칼 앞에 말이 없었던 임금의 모습을 떠올렸다. 박치근이 육포를 뜯어서 내밀었다. 방억수는 육포 조각을 혀 밑에 넣고 걸었다.

정읍 부근에서 박치근이 퇴각 길에 죽은 자의 머리통에 칼날을 들이댔다. 방억수가 박치근을 밀쳐내었다. 저만치 나뒹군 박치근의 얼굴이 뭉개져 있었다. 코와 입에서 피가 얼어붙었다. 허연 입김이 씩씩거렸다.

"이제는 끝장이여! 쓰러진 죽창을 보고도 무슨 허황된 개소리를 할 것이여. 여태 우리가 본 적도 없는 총으로 간단히 수만 명을 수삼 일 만에 해치워 버리는 것을 자네도 보지 않았는가. 안 될 일을 된다고 우겨서 이 지경이 된 것이네. 나는 살아야겠네. 나라도, 동학도 내 죽으면 말짱 황인 것이여!"

박치근은 죽은 사람의 머리통에 재차 들러붙었다. 방억수가 박치근의 멱살을 끌어올려 얼굴을 후려쳤다. 입술이 터진 박치근이 악을 토해 냈다.

"비키게! 나는 나대로의 방식이 있는 것이네, 자네는 자네의 길을 가게. 언제까지 도피할 수 있을 것 같은가? 이대로 가다간 다 죽네. 왜 죽어야 하는지도 모르고, 죽어야 하는 이유가 있으면 말을 해보게!"

"그렇다고 한때 피를 같이 흘린 동지의 몸에 칼을 댄다는 말이오. 어찌 그리 사람이 잔인하단 말이오. 그쪽은 사람이 해야 될 일과 하지 말아야 될 일을 모르오!"

"해야 될 일? 해야 될 일은! 산 사람은 살고 보는 거야. 저들이 지금 연발총을 들고 남은 자들을 모조리 죽이려고 목덜미를 겨누며 쫓아오고 있는 상황인데 우선은 살아 있어야 복수를 하든, 무슨 짓을 할 것 아닌가?

이번 전투에서도 살아남은 대가리들은 모두 내뺐잖은가? 전봉준 대장도 김개남 대장도 다들 어디로 갔는가? 세상은 원래 그런 것이네! 내가 사발통문을 돌리면서 뭘 생각했는지 아는가? 죽지 않는다는 것이네. 사발통문에 이름을 적는 자들도 지가 뒤집어쓰지 않기 위해서 사발을 엎어놓고 빙 둘러 이름을 적는 것이네.

그래서 요행으로 아무 일 없으면 공은 지 몫이고, 발각되면 책임은 나 몰라라 하는 것이여. 나는 그들의 비겁을 분명히 아네, 정확히 보았단 말이네!"

박치근이 죽어있는 자를 손가락으로 가리켰다.

"저 자는 이미 죽었네. 내 저 자의 죽음을 빌려 여기를 벗어나고자 하는 게 뭐가 그리 잘못된 것인가? 잔당의 우두머리라고, 저

자의 머리통을 일본군이나 관군에게 전달하면 살 방도가 있거늘, 여기서 죽으면 그게 바로 개죽음이네!"

말을 마친 박치근이 죽은 자를 또 다시 해하려 했다. 방억수의 총구가 박치근의 뒤통수에 붙었다. 박치근은 놀란 눈으로 번쩍 두 손을 들어 올리고 시체 옆으로 물러섰다.

"저 자는 우리와 함께 싸운 동지였소. 며칠 전까지 총탄 속에서 적과 대치하며 전장을 함께 누빈...... 당신이 정녕 사람이라면...... 이러면 안 되는 것이오. 동지의 털끝하나 상하게 할 수 없소. 냉큼, 내 앞에서 사라지시오!"

박치근은 방억수의 총구에 살기가 붙자 분해하면서 멀어져 갔다. 박치근이 떠나고 방억수는 두루마기 윗옷을 벗어서 시신의 얼굴을 덮었다. 돌을 쌓아 무덤을 만들었고 돌무더기 사이에 죽창을 세웠다. 성긴 눈발이 휘감겼다. 방억수는 오던 발걸음을 되돌아가기로 했다. 서울은 거기 있었다.

18

조선에서 울리는 청국과 일본의 총성은 양국의 본토에 닿지 못했다. 청국 조정은 조선 땅에서 벌어진 전투에 무관심했다. 서태후는 들리지 않는 총성을 굳이 들으려 하지 않았다. 서태후는 이화원 깊숙한 누각에서 아편을 물고 몽환에 깊이 젖었고 풀어지는 의식 속에서 겹쳐진 사물을 구별하지 못했다.

일왕은 전장에서 가까운 히로시마에 대본영을 갖추었다. 히로시마로 올 때, 일왕은 교토에 들러서 임진왜란 때 조선인의 코와 귀를 묻은 무덤에 일본도를 꽂았다. 조선 땅에서의 포성이 현해탄을 건너와 일왕의 꿈결에 와닿았다. 일왕은 들리지 않는 총성에 귀를 기울였다. 일왕은 시녀를 가까이 하지 않았고 군복을 벗지 않았다.

일왕이 전선의 지근거리에 임하자, 일본군의 사기는 드높았다. 전세는 차츰 일본 쪽으로 기울었다. 일본은 평양에서 대승했고,

황해에서 청국의 함대를 격침했다. 뤼순을 부수었고, 청국의 자랑인 북양함대를 궤멸시켰다. 일왕은 지도를 펼치고 국익선의 확장을 확인했다.

청국이 일본에 항복했다. 탈아입구[19]의 목청이 일본열도를 휩쓸었다. 서양 열국들이 중재에 나섰고, 시모노세키에서 이토 히로부미와 이홍장은 회담했다. 갑신년에 조선정변의 사후처리를 위해 톈진에서 협상했던 두 거두는 이번에는 조선 땅에서 일어난 양국의 전쟁을 종식하기 위해서 조우했다.

조선 조정의 예상과는 달랐고 누구의 예측과도 어긋났다. 전쟁에서 청국은 추풍낙엽이었고 일본은 파죽지세였다. 붉은 태양을 발염한 히노마루가 내륙과 바다에서 하나의 정서처럼 펄럭거렸다. 왜노로 규정되었던 극동의 섬나라가 아시아의 맹주로 거듭났다.

일왕은 확전을 주창하며, 청국을 접수하고자 했고 내친김에 대본영의 뤼순 이전을 고려했다. 이토 히로부미는 신중했다.

"서구열강은 청국에서의 이권을 포기하지 않을 것입니다. 자국민들을 보호하기 위해 연합할 것이고, 우리나라를 간섭할 것입니다."

이토 히로부미가 일왕에게 서찰을 보냈고 고심 끝에 일왕은 확전을 철회했다.

시모노세키에서 강화조약[20]이 체결되었다. 전비 보상금과 더불어 랴오둥, 대만, 펑후섬이 일본에 할양되었다. 이토 히로부미는 조선이 독립국임을 조약 첫 문장에 두었다. 조선은 독립국이 되었다. 청일 간 전쟁을 매듭지은 시모노세키 조약문에서는 분명 그랬다.

이토 히로부미가 전리품을 품고 히로시마 대본영으로 향했다. 히로시마 항구에 운집한 선박마다 히노마루가 걸렸다. 군함은 축포를 쏘아 공신을 예우했다. 히로시마 연도에 백성이 도열해서 함성을 질렀고, 예포가 터졌다. 일왕이 칙문을 내려 전공을 치하했다.

벚꽃이 만발한 날, 북풍은 불어왔다. 꽃은 떨기 채 흔들렸고 바람에 꽃잎이 분분했다. 부동항을 확보할 심산이었던 러시아는 일본의 랴오둥 반도 영유를 좌시할 수 없었다. 러시아는 불란서와 독일을 구슬려 일본에 권고했다. 결국 일본은 랴오둥 반도를 포기했다.

일왕은 밤마다 뒤척였다. 일왕의 꿈에서 시베리아는 작렬하는 땅이었고 쿠릴 열도를 건너는 함대의 기적 소리가 동트는 태평양에 울려 퍼졌다. 일왕의 꿈에 블라디보스토크 연도에 빼곡하게 히노마루가 걸렸다. 일왕은 식은땀에 젖은 채 꿈 깨었고, 냉수를 들이켜며 치를 떨었다.

황천의 신음이 포위한 조선에게 러시아는 한 가닥 동아줄이었다. 중전은 힘의 논리에서 우위에 있는 러시아에 기대었다. 러시아 공사 베베르와 손탁을 불러 국정을 논의했고 친러파 인사를 내각에 밀어 넣었다. 이범진, 이완용이 내각에 기용되었고 임금과 중전은 목소리를 높여 갔다.

친일 내각 실권자인 내무대신 박영효가 역모에 연루되었다. 박영효는 도일했다. 내각은 중전의 사람들로 더욱 채워졌다. 러시아의 위력이 조정에 급속히 스미었고, 인아거일[21]은 외교의 대세였다.

친일 내각을 이용하여 조선 지배를 공고히 한다는 책략이 암초에 부딪치자 일본 공사 이노우에 가오루는 난감했다. 이노우에 가오루는 중전에게 고가의 보석을 선물하였고, 일본 정부로부터 거액의 차관도입을 약속했으나 러시아에 기운 대세를 회복하기는 어려웠다.

구부러진 상황을 펴는 것이 어려워지고 있음을 직감한 이노우에 가오루는 이토 히로부미에게 조선 공사직 사임을 피력했다.

- 문치文治가 조선을 가지런히 할 수 없다는 판단이 등불처럼 분명해졌습니다. 국면 타개 방책은 따로 있을 것이기에 저의 소임은 여기까지라 여깁니다.-

이노우에 가오루는 조슈번 출신으로 소싯적 이토 히로부미와 영국에 함께 유학한 오랜 지기였다. 이노우에 가오루는 문장 끝에 한 줄을 더 적었다.

- 조선에서 문文과 무武는 다르지 않을 것입니다.-

19

일본 공사관으로서는 러시아에 기대는 임금의 태도가 볼썽사나웠으나 돌아가는 추이를 지켜볼 수밖에 뾰족한 수는 없었다. 이노우에 가오루 일본 공사는 궁궐의 동향을 살필 의향으로 사다코를 보내서 일본에서 가져온 값나가는 물품을 중전에게 바쳤다.

사다코는 중전의 거만함과 의뭉함을 정면으로 쳐다보지 않았고 예의바른 웃음으로 머리를 숙였다. 중전은 일본의 움직임을 예의 주시하면서도 사다코를 통해 일본의 사정을 살피는 것이 나쁘지 않을 듯하여 사다코의 궐 출입을 허락했다.

처음에 사다코가 중전에게 바친 물품은 분재나 도자기 같은 관상용 물건이었는데 중전은 그런 것들을 반기는 척 하면서도 저만치 밀쳐 내었다. 사다코는 중전의 속내를 알아차렸고 금 장신구를 내밀었다. 중전의 화색은 표 나게 밝아졌다. 사다코는 중전의 허영심이 요구하는 바를 부지런히 채우며 환심을 샀다.

사다코는 중전이 듣는 앞에서 서울의 봄꽃의 다채로움에 비하면 나가사키 사쿠라의 일장춘몽은 경박해 보인다고 말했다. 일본 문물의 성급함은 교태전 후원 아미산 굴뚝이 주는 평온함을 따를 수 없다고 과장되게 손짓을 내어 말했다. 중전은 사다코의 과장됨이 밉지 않아서 듣는 말들에 미소를 지어 보였다.

네댓 차례 중전을 배알하고 분위기가 무르익자, 사다코는 자신의 사업계획을 중전에게 알렸다. 서울은 외국인들이 급속히 증가하고 있는 추세인데 반해 빈관이 부족했다. 그들이 서울에 거하는 동안 묵을 거처가 없어서 서울 여행을 꺼려하고 있음을 넌지시 말했다.

중전은 손탁에게서 같은 말을 들었고, 사실 제물포에는 외국인을 위한 숙박 시설이 운영 중인 것에 비해 정작 서울에 외국인을 위한 숙박 시설이 없는 것을 고민하던 차에 일본 자금으로 숙박 시설을 짓는 것은 국가 발전에도 도움이 되는 일이라 여겼다.

"참으로 알맞은 생각이네. 나도 염두에 두고 있었는데, 그래 생각해 둔 곳이라도 있는 겐가?"

사다코가 내민 금 두꺼비를 쓰다듬으며 중전이 물었다.

"공사관 아래 진고개에 적당한 곳을 보아 두었습니다. 마마께서 승인해 주신다면 준비는 되어 있습니다. 하옵고, 마마……"

"말씀해 보시게. 내 도울 일이 있겠는가?"

"소녀의 짧은 생각으로 빈관의 이름을 '파성관'[22]으로 하고자 하온데, 어떠할런지요? 마마께서 어필을 내려주신다면 평생의 광영으로 삼고자 합니다."

"파성관이라, 어떤 의미인가?"

"도성을 대표하는 빈관이옵니다."

"마땅히 믿음이 가는구나. 허나 내 육필이 대처에 보일 만하지 못하다. 글씨에 재주 있는 자로 하여금 현판을 내려 주겠다. 그러니, 자네는 일을 서둘러 주시게. 되시겠는가?"

"마마, 이리 윤허하시니 소인의 가슴이 급해옵니다. 성심을 다하겠습니다."

*

궁문 앞에서 여자아이가 훌쩍거리고 있었다. 아비와 어미로 보이는 자가 아이를 득달하고 있었다. 손탁은 궁을 나서다 그 광경을 보았다. 뒤따르든 수련이 손탁을 앞질러 그들에게 다가가서 사연을 물었다. 아비로 보이는 자는 은근슬쩍 말없이 담배를 물었고, 어미가 눈물을 훔치며 소리 높여 푸념했다.

"이년이 글쎄 주상전하를 보필 할 수 없는 몸이랍디다. 궁녀가 되면 밥은 먹을 수 있을 거라 여겼는데, 사내랑 붙어먹었을 줄이야."

"내 그런 적 없소. 하늘에 맹세컨대 그런 일 없소!"

딸아이는 울면서 하소연했다.

"그게 무슨 말인지?"

수련은 의아해서 물었다.

"아, 글쎄, 앵무새 피가 이년 팔뚝에서 뚝뚝 흘러버렸소. 원래 앵무새 피가 손목에 얹히면 흐르지 않고, 마치 얼어 버린 듯 고대로 있어야 숫처녀라는데, 이년 팔뚝에서 그만 흘러내렸다지 않소!"

"그거랑 그것이 무슨 연관이라도……?"

"동정녀 감식법이랍디다. 궁에서 하는 방법이니 오죽하겠소. 이년이 화냥질을 하고도 시치미를 떼는 게, 내 기막혀서 이러고 있소. 먹고 살길이라곤 이 수밖에 없는데 이제 이마저…… 아이고! 서방 복 없는 년이 자식 복이 웬 말이랍디까. 입에 풀칠하기는 글러먹었소."

소란이 이어지자 궁문지기가 다가왔고, 모녀에게 궐문 앞에서 얼쩡대지 말고 후딱 가라고 윽박질렀다. 손탁이 다가섰다. 손탁을 알아본 문지기가 제 위치로 주섬주섬 돌아섰다.

"그래, 궁에는 뭘 하려고 가는 겁니까? 한 번 들어가면 죽기 전에는 나오기 어렵다고 들었는데. 혹 궁녀가 되어야 할 무슨 사연이라도 있습니까?"

"어라! 외국 부인이 어찌 조선말을 이리 잘하시오. 그 참 요상도 하네. 사연은 무슨 사연이오, 궁에 들어가면 밥은 먹으니 그 덕에 우리도 밥을 먹고, 먹고살 짓이 이것밖에 없어서지!"

"내가 도움을 줄 수 있을 것 같은데."

"아따! 이게 무슨 일이랍디까. 참말이오? 부인마님 좀 도와주시오. 궁에만 들어갈 수 있다면, 뭐든지 부인마님 말을 따르겠소.”

손탁이 아이 쪽으로 눈길을 주었다.

“그럴 수 있겠니?”

여자아이는 울음을 멈추고 고개를 끄덕거렸다.

손탁은 궁문 앞으로 걸어갔다. 수련이 손탁의 뒤를 따르며 물었다.

“저 아이에게 무슨 청할 일이라도 있나요? 궁녀가 되는 건 여염에서는 하늘에 별 따기보다 어려운 일인데, 이리 도움을 주시는 이유가 무엇인지……”

“숫처녀 감별법이라는 방법이 우스꽝스러워…… 신기하기도 하고. 저 아이는 궁의 법도에 대해서 아무것도 모르니, 우리가 하는 말이면 두말없이 들어주지 않겠니? 청할 일이야 얼마든지 있을 것이고.”

수련을 향해 손탁이 한쪽 눈을 찡긋했다.

손탁과 수련이 궁문으로 진입했고, 사다코가 궁문 밖으로 걸어나왔다. 손탁이 사다코에게 가볍게 목례했다. 수련은 스쳐가는 사다코의 옆모습을 힐끗 쳐다보았다. 궁 밖에 서 있던 칼 찬 사내가 사다코 곁으로 다가섰다. 두 사람이 멀어져 갈 때, 수련은 사다코의 뒷모습을 오래 쳐다보았다.

임금과 중전으로서는 사직을 보전하기 위해서 러시아에 기대야 할 필요를 더욱 느꼈다. 중전은 손탁을 자주 내전으로 불러들였다. 손탁 역시 이번 기회에 중전의 어지를 러시아 편에 확실하게 가져다 붙일 필요를 절감하고 있었다. 정세는 혼돈이었다.

"청국군의 주둔과 일본군의 진입은 근본적으로 백성이 받아들이는 정서가 다르옵니다. 청국은 본래 조선의 종주국으로 조선을 보호하기 위한 것으로 이해하고 주둔 자체에 위협을 갖지는 않았으나, 일본의 경우 예전의 원한 관계도 있고 조선과 대립하는 국가로 간주하기에 그들의 군대가 서울에 주둔하는 것에 심리적 저항이 있기에 민심은 날이 갈수록 흉흉해지기 마련입니다.

또한 일본 군대에게 군량미를 지원하는 것은 백성들로선 적대감을 가지게 되는 것이니 이것은 두 분 전하께 조금도 득이 되는 일이 없습니다.

역사적으로 청국이 조선을 병탄하지 않는 것은 청국으로서는 이미 조선을 제후국으로 인정했습니다. 일본의 경우 유신 이후 아마도 저들 국내 사정 때문이라도 바깥으로 눈길을 돌리게 된 것인데 그 지척이 조선이라서 군대를 보낸 것이옵니다.

지금이야 뒤로 물러서 있는 것처럼 행동을 하지만 군대를 보낸 것에 만족하지 않고 어느 시기에 병탄을 염두에 두고 있을 것입니다. 이것을 러시아는 심각하게 경계하고 있습니다. 조선 조정도 이 점을 심각히 우려해야 합니다.

물론 군대를 보내 온 것으로 인해 어떠한 경우라도 백성의 저항에 부딪치게 될 것인데 그 폐단에 대비하기 위하여 아예 병탄하려 덤벼들 수 있는 것입니다. 지금도 일단의 움직임이 있지만, 일이 이렇게 된다면 조선 내부 세력들이 급속하게 일본 쪽으로 치우

치게 될 것은 자명한 것입니다."

"그대의 말이 일리가 있다."

중전의 요청으로 손탁은 러시아 출신 건축가를 궁에 거주하게 주선했다. 명목상으로 러시아 건축가는 궁의 개보수를 서양식으로 꾸미는 일의 책임을 맡았으나, 임금과 러시아 공사관을 잇는 연락책의 역할도 겸했다.

*

전각에 어둠이 내려앉은 시각에 임금과 중전은 마주 앉았다.

"이토 히로부미가 시모노세키 협상에서 실로 대단한 성과를 올렸다 들었습니다. 받아낸 배상금도 전쟁을 감당하고도 남는 금액이라 하옵니다. 랴오둥 반도는 포기했지만, 기어이 대만을 수중에 넣었습니다."

임금은 고개를 끄덕일 뿐, 말없이 들었다.

"전하, 일본의 목표는 이제 조선이 될 것입니다. 조선 정벌의 목소리가 더욱 높아지고 있다 합니다. 물론 저들도 당장은 부담이 있을 것입니다. 하오나 그것은 시간의 문제일 뿐입니다."

중전의 말에서 헐벗은 조선은 엄동설한 속으로 진입하고 있었다.

"고립무원이라……, 저들이 기어이 온다면야……, 달리 방편이……, 없지 않소?"

방편을 말할 때, 임금은 깊은 숨을 내쉬었다.

"지금 조선이 저들과 대적할 수는 없습니다. 파국이 보이는 일이옵니다. 종묘사직을 보전하셔야지요. 신첩에게는 무엇보다 전하와 세자의 안위가 우려될 뿐입니다."

중전은 차분히 이어서 말했다.

"전하, 일본이 랴오둥 반도를 포기한 내막을 들여다보소서."

"그야, 서양 세력이 개입해서 그리된 일 아니오."

임금은 새삼스럽다는 듯 말했다.

"전하, 신첩의 어린 식견으로 필히 러시아의 힘이 작동한 것입니다. 불란서와 독일이 함께 가세하였다고는 하나, 두 나라는 일본과 직접 대치할 일은 없지요. 러시아는 다릅니다. 백두를 건너면 지척이 러시아 아닙니까?

이토 히로부미는 러시아와 싸울 수 없다는 판단을 내린 것이지요. 일본은 분명 내각을 이용해 더욱 전하를 옥죄어 올 것입니다. 전하의 주변을 보세요. 누가 있어 전하와 세자의 안위를 굳건히 하겠습니까? 지금의 상황으로서는 러시아가 유일한 방편일 것입니다."

임금이 듣기에 중전은 조선을 둘러싼 힘의 균형을 꿰고 있었다. 임금은 절해고도에 위리안치된 것만 같은 자신의 곁에 중전이 있다는 사실에 안도감을 가졌다.

극劇

파성관은 일본 공사관 지근거리인 진고개에 세워졌다. 일본인을 주객으로 산정한 빈관이어서, 정원을 일본식으로 장식했는데 일본에서 들여온 벚나무 두 그루를 정원 입구에 식재했다. 정원 한가운데에는 못을 파고 비단잉어를 풀었고 나가사키에서 선적해 온 괴석으로 가장자리를 둘렀다.

빈관은 두 개 층으로 구분되었고 객실 바닥에 다다미가 깔려 있었다. 다다미방 위에 도침刀寢을 설치해 사무라이들이 일본도를 거치할 수 있었고 우키요에[23]를 편안하게 감상할 수 있도록 벽면에 걸어 두었다. 건물 한 칸은 내빈을 위해 응접실을 별실로 만들었다. 응접실은 다용도였다.

사다코는 파성관 개관을 상궁에게 알렸고 상궁이 중전에게 보고해서 파성관 방문 일자를 귀띔했다. 사다코는 중전이 방문하는 날 가부키 극을 준비했다. 중전이 파성관에 오기로 한 날, 상궁과 궁내부에서 먼저 와서 이것저것 염려되는 부분을 점검했다.

중전은 여염집 아낙의 옷으로 변복하고 행차했다. 무대는 응접실을 임시 개조해서 꾸며져 있었다. 무대에서 객석을 건너지르는 화도가 있었고 통로 옆 객석 중앙에 중전과 수행원을 위한 좌석이 마련되었다.

사다코의 안내로 중전이 좌정했고, 중전을 수행한 일행과 사다코가 중전의 양옆으로 섰다. 일본인 사진사가 몇 마디의 말과 손짓으로 사람들의 시선을 사진기로 향하게 했다. 중전도 수행원도 준엄한 표정으로 사진기를 직시했다. '펑'하고 불빛이 터졌고 촬영이 끝났다.

사다코는 화도를 빠른 걸음으로 가로질러 무대 중앙에 서서 허리를 깊숙이 숙여 중전에게 예의를 갖추었다. 낮의 열기가 완전히 가시지 않아서 수행해온 나인 둘이 좌우에서 합죽선을 부쳤다. 사다코는 샤미센을 조율했다. 무대 뒤에서 쇠판을 두드리는 소리가 경쾌하고 빠르게 퍼지면서 공연의 시작을 알렸다.

배우의 의상은 화려했고. 흰 얼굴 바탕에 분홍색과 남색으로 선을 그은 분칠이 선명했다. 막후에서 들려오는 음악 소리는 박진감이 넘쳤다. 배우가 과장된 몸짓으로 관객의 호응을 유발할 때, 딱딱 나무판 치는 소리가 절정으로 치달았다. 나무판을 두드리는 속도감에 따라 극의 긴장감은 느슨해지거나 고조되었다.

눈초리에 붉은 화장이 짙은 여장 배우가 자그마한 북을 두드렸다. 북소리에 끌려 무대 뒤에서 한 사내가 등장했다. 사내는 사람으로 둔갑한 여우였다. 여장 배우가 지속적으로 북의 양면을 두들겼다. 사내로 분한 여우는 북소리에 가만히 귀 기울였다. 북은 어미 여우의 가죽으로 만들어진 것이었다.

막후에서 추임새가 있었고, 샤미센 음률이 무대를 채웠다. 여장한 배우는 사내의 행동이 수상해서 의심을 했는데, 사내는 죽은 어미의 가죽으로 만든 북임을 여자에게 말하고 무대 밖으로 사라졌다. 잔잔한 선율이 흘렀고 사내는 흰여우의 모습으로 네발로 기면서 등장했다.

사냥꾼이 굴 입구에 불을 놓고 자리를 피했다. 어미 여우가 새끼 여우를 물고 굴 밖으로 나왔다. 어미 여우의 털이 불에 그을렸다. 굴 밖에서 새끼 여우는 혓바닥으로 제 몸을 핥았다. 굴속에 남겨진 또 한 마리 새끼 여우의 울음이 들렸고 어미는 굴속으로 들어갔다. 연기가 굴을 가득 메웠다. 어미와 새끼 여우는 굴 밖으로 나오지 못했다.

죽은 어미의 혼을 달래기 위해 북을 찾아 사방을 헤맸다고 여우는 울면서 말했다. 하얀 얼굴, 흰털이 무성한 의상을 입은 배우는 영락없이 여우였다. 여우가 울면서 무슨 말을 할 때마다 추임새가 따랐고 딱! 딱! 따 닥! 나무판을 두드리는 소리가 빨라졌다. 여우로 분한 배우는 정말로 울고 있었다.

이윽고 여우의 혼이 담긴 춤사위가 이어졌다. 왼 무릎을 바닥에 대고 네다섯 번 원을 그리며 돌았다. 북을 든 여장 배우는 여우의 애타는 몸짓에 눈시울을 붉혔다. 춤 동작을 멈추고 슬픈 표정으로 젊은 여성을 간절히 바라보던 여우가 무대에 설치된 창을 뛰어넘어 사라졌다. 음악이 멎었다.

무대 상단에 설치된 장치를 타고 갑자기 다시 나타난 여우가 곡예를 넘으며 중전이 좌정한 객석에까지 내려왔다. 놀라서 훈련대장 홍계훈이 칼을 빼 들어 여우의 목에 가져갔다. 중전이 홍계훈에게 손짓했다. 홍계훈은 천천히 칼을 거두어 들였다. 여우는 무대로 돌아갔다. 이야기가 이어졌다.

여장한 배우는 여우의 사정에 마음이 동해 북을 돌려주겠다고 말했다. 여우는 감격해서 '컹, 컹' 짖었다. 북을 받아든 여우가 북의 양쪽 면에 코를 대고 번갈아가며 냄새를 맡고 흐느꼈다.

상궁이 강냉이 알맹이를 떼어서 중전에게 바쳤다. 사타코가 준비한 강냉이였다. 중전은 상궁이 내민 강냉이를 입 속에 넣었다. 강냉이 끝맛이 비렸다. 중전의 미간이 흐트러졌다.

이때, 객석을 가로질러 화살이 날아와 여우의 몸에 꽂혔다. 여우는 피를 토하며 쓰러졌고 북이 나뒹굴었다. 북을 애타게 쳐다보면서 여우는 죽어갔다. 서서히 막이 닫혔다. 사다코가 샤미센을 연주했다.

애절한 음률이 무대를 채우고 객석에 닿았다. 사다코의 눈에 눈물이 맺혔다. 객석에서 중전이 강냉이 알맹이를 뱉어 내고 일어나서 빈관을 떠났다. 수행 일동이 중전의 뒤를 빠르게 쫓아갔다. 샤미센 음률이 빈 공간을 채웠다.

20

동이 터서 산줄기마다 빛의 테두리가 타올랐다. 신생하는 햇살이 산 능선을 타고 빠르게 내달렸다. 숲이 깨어났고, 하천이 굽이치는 물목에 빛의 입자들이 모여서 바글거렸다. 가마우지가 날아올랐고 빛의 편린이 반짝였다.

미우라 고로는 도침에 얹힌 일본도 앞에 정좌했다. 금박으로 대나무를 새긴 칼집에 햇살이 어른거렸다. 미우라 고로는 묵념하고 두 손을 받쳐 일직선으로 칼을 세워 들었다. 칼이 도침을 떠날 때, 부유하는 먼지에 햇살이 걸렸다.

미우라 고로는 오른손으로 칼자루를 움켜쥐고 엄숙하게 뽑아내었다. 칼자루가 칼집을 벗어나자 칼의 날이 팽팽한 긴장감으로 태어났다. 슴베가 깊어서 칼자루가 겉돌지 않고 묵직했다. 쇠 냄새가 끼쳐왔고, 칼날에 빛이 모여들었다.

칼날이 영면에서 깨어났다. 벼려진 날에 푸른 무늬가 번득였다. 무늬는 물결을 이루었고 출렁이는 산맥처럼 이어지더니 칼날 끝에서 소실했다. 물결은 교만 없는 단순함으로 칼날의 긴장을 정밀하게 완성하고 있었다.

'천하포무天下布武'

'칼이 천하를 평정하게 될 것이다.'

전국시대 오다 노부나가의 포부였다. 미우라 고로의 칼등에 인각된 '천하포무'는 도장刀匠 후지와라 가에서 미우라의 주문으로 특별히 새겨 넣었다.

미우라 고로의 호흡이 일순간 멈추었다. 칼자루를 쥔 두 손에 힘이 모였고 칼날이 왕죽을 지나 사선을 그었다. 두 손에 예리한 지각이 감응했다. 미우라 고로는 칼등을 손가락 끝으로 쓸어서 칼집에 칼날을 밀어 넣었다. 왕죽의 단면이 드러났다.

*

일왕이 정치 일선으로 복귀되자 막부 권력의 중심에서 멀어진 사무라이들은 유신의 총아로 막부의 잔뿌리를 걷어내는 일에 사명을 바쳤다. 천황제 국가를 건설하는데 앞장선 자부심으로 충만한 사무라이들은 열도를 벗어나 대륙에까지 진출했다. 대륙에서, 사무라이들은 도쿄의 전언을 섬세하게 실행했다.

미우라 고로는 막부 타도에 앞장섰고 유신 이후 정부군으로 육군 중장을 역임했다. 미우라 고로의 경력에서 외교와의 접점은 찾을 수 없었다. 이토 히로부미는 미우라 고로의 경력 없음을 개의치 않았다. 조선 주재 일본 공사로 미우라 고로가 임명되었다. 미우라 고로의 조선 부임을 앞두고 일본 내각대신들은 환송연을 베풀었다. 환송연에서 미우라 고로는 말했다.

"거친 전장에 몸을 내던져 온 사람으로서 외교술을 모르고 한직에 오래 머물러 세계열강의 정세에도 밝지 못하다. 그럼에도 불구하고 안으로 조선의 대개혁을 부담하고, 밖으로 열강의 외교가와 더불어 경쟁을 각오해야 하니 임무가 중차대하다."

부임발령이 있고 나서도 미우라 고로는 조선행을 차일피일 미루고 황실과 내각에 조선에 대한 방침을 물었다. 일본 정부는 방침을 말하지 않았다. 미우라 고로는 정치 서적을 탐독했고, 조선에서 활동하는 사무라이를 수소문했다. 방침은 빈칸이었다. 미우라 고로는 여름 끄트머리에 현해탄을 건넜다.

*

미우라 고로는 부임(1895년 9월) 후 줄곧 남산 자락 일본 공사관에 들어앉아 경전을 읽었다. 그는 금강경을 읽었고 반야심경을 조석으로 중얼거렸다. 경전을 외면서 물질이 실체 없음과 다르지 않고 실체 없음이 물질과 다르지 않다고 가만히 읊조렸다.

조선의 대소신료는 신임 공사 미우라 고로는 불교에 심취해서 참선하는 승려 같다는 말들을 했다. 임금 내외와 조정은 미우라 고로의 고요함에 안도했다. 미우라 고로가 불경을 욀 때, 햇볕이 들어와 도침에 얹힌 일본도를 비추었다.

미우라 고로가 새로 부임하기 전, 사다코는 이노우에 가오루 공사를 면담한 자리에서 러시아로 급격히 기울어가는 조선 왕실의 분위기를 소상하게 전했다. 조선 왕실의 경우 전쟁의 전리품을 두고 일본이 획득한 랴오둥 반도를 되돌리는 러시아의 개입을 눈여겨보면서 나름의 정세판단으로 더욱 러시아에 의지하고 있었다.

사다코로서는 그런 것들이 오히려 기회였다. 사다코는 머뭇거리지 않았다. 사다코는 이노우에 가오루 공사에게 조선 왕실에 대해 특단의 비상한 조치가 필요한 시기가 임박했음 말했는데 이노우에 가오루 공사는 사다코의 말을 수긍하면서도 일이 일인지라 차일피일 결단을 주저했다.

사다코는 사람이 문약한 이노우에 공사로서는 목적한 바를 달성하기 어렵다고 판단했다. 사다코는 이노우에 공사를 면담해서 일본 복귀를 권유했고 저간에 돌아가는 기류로 보아 조선 공사직은 보다 과감한 인물이 요청된다고 이토 히로부미에게 밀서를 넣었다.

미우라 고로가 공사로 부임하자, 사다코는 파성관으로 초청해서 손수 메밀국수를 삶고 저녁을 지어 올렸다. 미우라 고로는 허리가 곧았고 음식을 먹을 때 곁 소리를 일체 삼갔다. 그는 젓가락질 한 번으로 면을 건져 먹었고, 숟갈로 국물을 떠서 흘리지 않고 입 속에 넣었다. 음식을 먹을 때, 미우라의 턱 선이 간결했다.

사다코의 조언으로 미우라 고로는 내밀하고 치밀하게 작전을 세웠다. 작전명은 여우 사냥이었다. 미우라 고로는 일본인 고문, 영사관부 경찰을 사복 차림으로 위장 투입하는 전술을 검토하였고 낭인배, 무뢰배, 폭도를 도성 인근에 대기시켰다. 한성신보 사장에게 결행 당일 취재를 요청하였고 보도지침을 내렸다.

미우라 고로는 본국에 보고하지 않고 일자를 확정했다. 결행일은 시월 십일이었다.

21

가이군지는 남산 정상에서 서울을 조망했다. 경사면 아래로 공사관이 보였고, 공사관 너머 진고개 언덕에 파성관이 위치했다. 시선을 들어서 보면 북악산 아래 너른 터가 보였고 새까만 기왓장을 이고 있는 전각에 햇살이 반질거렸다.

서울은 궁궐에서부터 남대문까지 뻗어나간 대로와, 사직단에서 종묘를 거쳐 동서를 관통하는 큰길이 도읍의 중심축을 이루었다. 북악, 인왕, 남산, 낙산을 잇는 성벽이 도읍을 감싸 안고 사람 사는 마을을 품에 안고 있었다.

성 밖으로 큰 물줄기가 굽이쳐 와서 강화 방면으로 나아가는데, 제물포에서 강은 바다에 합수되어 서해로 스며들었다. 도읍 안에도 인왕산 바윗돌과 북악산 골짜기를 타고 흐른 물들이 백성들에게 마실 물을 건넸고 중랑천에 모여서 한강에 닿았다. 서울은 넉넉한 물길과 산새로 사람 살기에 알맞은 조건을 갖추고 있었다.

도성 북서 방향에서 인왕산이 멀건 바위를 햇살에 내맡기고 있었다. 인왕산 바윗돌은 가이군지가 보기에 서울 제 일경이었다. 바윗돌은 바라보는 시간에 따라 색이 달랐는데, 동이 터오는 시각에는 물기를 머금은 잿빛이었고 한 낮에는 호박색으로 바뀌었다가 해가 질 무렵이면 연분홍빛을 띄며 남청색 어둠을 불러왔다.

인왕산 아래 서쪽에서 도성 안으로 뻗은 길에 영은문이 보였다. 청국 사신이 영은문을 통해 도성에 입성하면 임금이 상국에 대한 예를 갖추고 대국의 사신을 맞았다. 사신을 위한 의전은 숙소인 모화관[24]으로 이어졌는데, 왕세자가 나아가 재배의 예를 행하였다.

영은문은 청국 황제의 은혜를 영접하는 출입 관문으로써, 사신들은 그에 걸맞는 의전을 사열하며 문을 통과했다. 모화는 종주국의 중화를 깊이 흠모하는 제후국의 정신을 기리는 곳으로 내의원 소속 의녀들이 깨끗한 옷을 차려 입고 대국의 사신을 수발했다. 사대의 예는 밤낮없이 이어졌다.

영은문과 모화관은 텅 비어 있었고, 소중화의 예가 희미해진 기둥마다 거미가 줄을 치고 날벌레를 끌어모으고 있었다. 경희궁과 경운궁 사이에 서양국 깃발이 날리었다. 서양 열국 공사관이 모인 마을이었다. 일본 공사관이 남산 기슭에 위치한 반면 서양국 공사관은 정동에 자리하고 있었다.

한강은 쏟아지는 햇살을 가득 품고 남산 남쪽 사면을 적시며 흘렀다. 시원한 물줄기는 유유자적 굽이치고 뻗어 치며 도성의 발꿈치에 물기를 공급했다. 마포, 노량, 저 멀리 송파에까지 셀 수 없는 거룻배나 삼판선이 강물의 흐름에 실려서 부지런히 오갔다.

제물포 방면에서 소금을 실은 배 수십 척이 한강을 거슬러 올라왔다. 염창동 소금창고에 소금을 푸는 배들이었는데 조선 팔도의 보부상들도 이때에 맞추어 서울로 몰려들었다. 소금 등짐 진 자들이 구파발을 지나 파주 방면으로 나아갔고, 남대문으로 진입하여 배오개를 통해 구리 방면으로 갔다. 더러는 인덕원을 거쳐 안양, 화성 방면으로 소금 길은 이어졌다.

가이군지가 산을 내려오려 할 때, 북쪽 방향에서 느닷없이 매가 날아들었다. 가이군지는 본능적으로 칼을 빼어 허공을 그었다. 매 날개가 끊어졌다. 한쪽 날개를 잃은 매는 땅바닥에 대가리를 처박고 파닥거렸다. 가이군지가 시치미를 확인했다. 박치근, 시치미에 적힌 이름이었다.

*

바람결에 낙엽 지는 소리가 적막을 쓸었다. 한 차례 바람이 부는가 싶더니 발자국 소리가 땅을 치고 밀려왔다. 가이군지는 도침에 얹힌 칼을 집어 들고 방문을 나섰다. 파성관 출입문 빗장이 부서졌다. 폭도들이 정원으로 난입했다.

'사다코!'

가이군지는 사다코의 방을 쳐다보았다. 불이 밝았다. 가이군지는 맨발로 정원을 가로질렀다. 폭도들의 함성이 뒤따랐고, 투숙

객들이 비명을 지르며 뛰쳐나왔다. 가이군지가 사다코의 방문을 막아서고 칼을 빼 들었다.

"저쪽이다!"

폭도들은 사다코의 방이 있는 곳으로 일제히 몰려들었다. 가이군지의 손목에 힘이 몰렸다. 칼을 든 사내가 파고들었다. 가이군지의 칼이 사내의 허리를 지났다. 피가 튀었고 가이군지의 칼날에 피가 맺혔다. 다음 사내가 달려들었다. 가이군지의 칼날이 사내의 허벅지를 그었다.

공격 지점이 분명해지자 사내들은 일제히 가이군지를 좁혀왔다. 가이군지는 장도를 버렸다. 긴 칼은 공격이 용이했으나 수습하는 시간이 길어서 방어에 허점이 있었다. 좁은 공간에서 긴 칼은 일회성이었다.

가이군지는 단도를 뽑고 동작 범위를 최소화했다. 사다코가 방문을 열고 나섰다. 사다코를 확인한 사내들이 더욱 다가섰다. 가이군지가 사다코 앞을 막아섰다. 가이군지는 사내들 무리에 시선을 박아 둔 채 사다코를 향해 말했다.

"이곳을 벗어나! 공사관으로, 어서!"

사다코는 미동이 없었고 표정을 바꾸어 사내들을 향해 소리쳤다. 날선 목소리에서 푸른 입김이 올랐다.

"나는 대일본국 공사관에 소속된 몸이다. 너희들은 내가 누구인지, 여기가 어딘지 알고서 온 것이냐!"

"네 년이 누군지 우리들이 알 바 아니다. 너를 잡아들이라는 명을 받았을 뿐이다. 헛된 짓은 관두고 순순히 따르면 숨줄을 끊지는 않겠다. 저 자에게 칼을 거두라 하라."

벚나무 둥치 뒤에서 한 사내가 앞으로 나서며 사다코의 말을 맞받았다. 가이군지가 사내의 얼굴을 알아보았다. 수련을 처음 보았던 날, 장터에서 마주친 자였다.

사다코는 사내의 얼굴과 손가락을 번갈아 보았다. 먼 기억이 소환되었다. 어린 사다코가 어미를 잃고 정처 없이 떠돌던 어느 날에 주먹밥을 건넨 사람. 이윽고 어린 사다코를 부산으로 이끌어 기선에 태워 바다 건너 나가사키 유곽에 넘긴 바로 그 자였다.

"당신은...... 사다코라는 이름을 기억하시오? 이제부터 네 이름은 사다코다. 살다 보면 말이 늘고, 그러다 보면 정이 든다. 조선은 이제 기억에서 지워 버리고 살아라."

박치근은 움찔했다. 일본에 여자아이들을 넘기고 돌아설 때 마지막 건네는 말이었다. 지금 앞에 있는 여자는 자신이 일본에 넘긴 수많은 아이들 중 하나임에 틀림없었다. 박치근은 여자가 정확히 누군지 기억할 수는 없었다. 그런 것보다는 자신의 과거 행각이 들통난 것 같아 꺼림칙했다.

여자의 미색이 남다르고 말이 거침없다 해도 일본에서 한낱 게이샤로 성공해서 조선에 귀국했을 테고, 일본 공사관에 드나들며 몸시중 드는 계집일 뿐일 것이라는 빠른 셈법이 박치근의 머리를 스쳤다. 살면서 박치근의 계산은 여러 경우 별로 어긋난 적이 없었다.

홍종우는 염창동 소금이 오는 날 보부상들을 불러서 파성관 여주인 생포를 명했는데 생포가 곤란할 경우 죽여도 무방하다고 했다. 홍종우는 김옥균을 총살한 공으로 임금 내외의 총애를 한몸에 받았지만, 난리 통에 일본이 대세라 잠시 몸을 낮추고 정세의 반전을 도모하고 있었다.

박치근은 파성관 여주인이 중전의 암살을 도모하고 있다는 첩보를 입수했다. 파성관을 드나드는 낭인 일단이 천우협과 접촉이 있었는데 부산 총영사가 보낸 밀서에 그렇게 적혀 있었다고 했다.

박치근은 벼슬자리가 필요했기에 진령군을 찾아가 돈을 건네면서 넌지시 말했다. 진령군의 말을 들은 중전은 홍종우를 불렀다. 일본 공사와 사다코의 거사에 앞서 홍종우가 먼저 박치근을 움직였다. 박치근을 위시한 보부상 일단은 파성관으로 향했고, 궁궐 시위대 일부는 일본 공사관으로 갔다.

일본군은 용산에 주둔하고 있었으므로 야음을 틈타 남산 일본 공사관을 점령하고 이 사실을 만천하에 공포하면 러시아 공사관이 협력하기로 되어 있었다. 러시아가 개입하면 일본 군대도 마음대로 움직일 수는 없는 일이었다.

일은 순조롭게 진행되는 듯 보였으나, 사다코는 여동을 공사관이 아닌 용산 일본군 주둔지로 앞서 보냈다. 박치근은 이 사실을 알지 못했다. 일본 군대는 발 빠르게 공사관으로 향했고, 공사관을 점거하려던 시위대와 충돌했다.

"조선에는 얼씬도 말라 했거늘. 기어이 죽을 자리로 돌아온 것이더냐. 이것도 네 운명이니 내 탓은 말거라!"

박치근이 칼을 빼 들었다. 보부상들이 사다코를 막아선 가이군지에게 달려들었다. 객실에 있던 낭인들이 가세해 보부상 일단의 뒤를 쳤다. 칼날이 튕겨 내는 불꽃이 정원수에 박혔다.

가이군지는 사다코를 방 안으로 밀쳐두고 방문 앞에서 다가서는 폭도들과 대치했다. 보부상들 중에는 시위대 출신이 섞여 있어서 칼과 칼의 대결은 팽팽했다.

가이군지의 단도는 다가서는 자의 급소에 집중했다. 팔목을 긋고, 대퇴부를 그었다. 다가서는 자의 칼이 지나간 틈새로 가이군지의 단도는 파고들어 갔다. 단도는 사내들의 목, 가슴, 팔, 허벅지, 발목에 붙어 있는 큰 핏줄을 단번에 끊어냈다.

단도가 지나간 사내들의 몸에서 피가 뿜어졌다. 목에서 뿜어나온 피가 가이군지의 옷을 적셨고, 뒤에서 들어오는 자의 얼굴에 튀었다. 상대의 칼날이 가이군지의 손목을 스쳤다. 가이군지는 다른 손에 단도를 옮겨 잡아 다가선 자의 목울대를 찔렀다.

가이군지는 바짓단을 뜯어내 손목을 휘감았다. 다시 칼이 들어왔다. 가이군지는 상체를 비틀면서 어깨로 칼을 받았다. 무릎이 돌아갔다. 휘청거리면서 가이군지는 단도를 뻗었다. 다가선 자의 복부 깊숙이 단도가 들어갔다.

칼끝이 가이군지의 허벅지를 파고들었다. 가이군지는 들어선 자의 발목을 그었다. 쓰러지는 자의 눈과 가이군지의 눈이 마주쳤다. 가이군지의 손아귀에 힘이 풀렸다. 단도가 바닥에 떨어졌다.

총성이 울렸고, 일본군이 들이닥쳤다. 박치근은 재빨리 몸을 숨겨 뒷문을 통해 도주했다. 어깨와 손목이 끊어진 가이군지의 몸이 늘어졌다.

사다코가 무릎으로 가이군지의 머리를 받쳤다. 가이군지의 손이 사다코의 얼굴에 닿았다. 가이군지는 사다코의 눈을 올려다보며 짧은 웃음을 지어내었다. 가이군지의 손이 사다코의 얼굴에서 미끄러져 내렸다.

*

임금과 중전은 건청궁내 처소에 머물렀다. 전날 밤 궁내부대신 취임 축하연이 경회루에서 열렸다. 중전으로서는 일본의 간섭으로 하나둘 내쳐졌던 측근들이 정치 일선에 복귀하는 모습을 보며 흡족해했다. 임금이 어사주를 내렸고, 중전은 내의녀를 보내 흥을 보태게 했다.

축하연 자리에 중전은 참석하지 않았다. 그 시각, 중전은 홍종우에게 기별을 넣어 파성관 여주인을 잡아들이라 명했다. 홍종우는 상하이에서 김옥균을 암살한 장본인이어서 일본 측 자객의 살해위협에 시달렸다. 홍종우는 몸을 드러내지 않고 숨어 지내며 임금과 중전의 명을 수발했다.

밤이 깊을 때까지 건청궁을 밝히는 전등불은 꺼지지 않았다. 옥호루에서 중전은 고양이의 목을 쓰다듬으며 손탁과 환담을 나누었고, 홍종우의 소식을 기다렸다.

중전이 파성관에 걸음한 날 사다코는 일본식 극을 공연했다. 극의 전개가 먼 기억을 자극해서 보는 내내 중전은 불편했다. 궁으로 돌아와서 중전은 홍종우에 밀서를 넣어 사다코의 행적을 알아보도록 했다.

밤이 깊어서 손탁이 궁을 떠났고, 중전의 명으로 수련은 궁에 머물렀다. 중전은 더운 물에 몸을 담갔다. 수련은 손탁이 궁을 나서기 전에 건네준 우유를 욕통에 섞었다. 고양이가 꼬리를 치켜세우고 남은 우유를 핥았다. 수련이 중전의 발, 종아리, 팔, 어깨를 주물렀다. 중전의 몸은 수련의 손길에서 아늑함에 깊이 빠져들었다.

"부모가 있느냐?"

중전이 수련에게 물었다.

"그렇지 않사옵니다."

수련이 답했다.

"부모가 너를 버렸더냐?"

"송구하오나, 난리 통에 변을 당했습니다. 오래전 일이옵니다."

"난리라...... 조선에 난리가 있었더냐?"

"어릴 적 일이라 희미하옵니다."

"생각해보니 난리가 있었구나. 하마터면 나도 네 부모와 입장이 같을 뻔했구나."

중전은 임오년(1882년)의 일이 떠올랐다. 무더운 날이었다. 변란의 무리들이 대궐을 무슨 비적의 소굴로 여기듯 짓밟고 부수었다. 중전은 여염집의 옷으로 변복하고 폭도들을 피해 가까스로 궁을 떠났다. 십수 년이 지났어도 치욕의 순간은 분하고 생생해서 중전의 눈초리가 떨렸다.

*

임오년, 여름 초입에 도성과 궁궐 수비를 맡아보던 관군 소속 군관들이 칼을 거꾸로 들었다. 변란의 배경은 구군과 별기군의 차별에 그 외피를 걸치고 있었지만 오래 묵은 병역 비리가 실체적 원인이었다.

구군 소속 군관들은 봉급미를 해를 넘기도록 받지 못하던 차에 그나마 받은 한 줌 쌀에도 이권이 모래알 수만큼 개입되어 있었다. 쌀과 모래가 섞인 군역 수당을 받아든 이들은 이쯤 되니 눈이 돌아가지 않을 수 없었다.

군란은 일단 성립되고 보니 걷잡을 수 없었다. 기왕지사 앞뒤를 가리는 것은 이미 글러 먹었기에 칼날의 종착지는 중전의 목이었다. 운현궁에 처박힌 임금의 아비는 여전히 정치적 욕망이 꿈틀거려서 변란의 거점으로 자리 잡고 있었다.

임금의 아비는 변란이 궁궐로 나아가서 며느리의 요망한 피가 뚝뚝 흐르기를 바랐다. 궁을 다시 찾아서 대원위분부가 대처에서 우뚝해지기를 내심 원했다. 임금의 아비는 묵인했고 변란의 조직자들은 그 묵인을 알아차렸다.

군관들은 중전의 척족을 도륙했고 일본인 교관과 순사를 때려 죽였다. 필연과 우연이 폭주하는 가운데 민중이 합세하였고 일본 공사관을 불질러 버렸다. 공사관 직원들은 기겁하며 인천으로 도주했다.

중전과 민씨 척족이 조선을 쥐락펴락하는 배경의 핵심을 도려내야 일이 성립될 것이기에 들뜬 군관들은 중전이 기거하는 창덕궁으로 향했다. 사태의 다급함이 거친 열기로 중궁전을 포위해갔다. 중전은 여염집 아낙으로 변복하고 궁을 빠져나갔다.

군관들이 중전의 처소에 난입했을 때, 나인과 생각시들만이 중전의 거처를 지키고 있었다. 제 분을 못 이긴 군관들이 휘두르는 칼날에 생각시의 목이 떨어져 나갔다. 중전의 모습은 보이지 않았다.

임금의 아비는 반란을 진정시키고 군제를 개편하고 밥을 골고루 내릴 것을 선포하여 성난 민심을 달래주었다. 사태가 누그러지자 임금의 아비는 임금의 교지로 중전의 죽음을 선언했다.

임금의 아비는 비스듬히 앉아 있었고, 대신들이 시립해서 임금의 말을 들었다.

"사방으로 알아보았으나, 중전은 끝내 그림자도 없으니 어찌할 바를 모르겠다. 또 그때의 일은 내가 목도하였다. 이에 입던 옷을 가지고 장사를 지내는 수밖에 다른 방법이 없다.

극히 중차대한 일이므로 경들은 감히 말할 수 없지만, 이미 인용할 만한 전례가 있기 때문에 내가 말을 꺼내는 바이니 제반 시행 절차는 입던 옷을 가지고 장사 지내는 것으로 마련하라."

삼정승과 육판서는 어명을 받들었고 문무백관이 일제히 통곡했다.

서울에서 죽음은 선언되었는데, 중전은 가까스로 목숨을 부지해 살아 있었다. 상궁과 호위무사가 중전을 보필해서 도강하였고 경기 광주 어느 마을 초가에 찾아들었다.

상궁이 집 주인을 불러 음식을 구했다. 아낙이 강냉이를 쪄서 중전에게 내밀었다. 상궁이 강냉이 알을 뜯어서 중전의 입에 넣어 주었다.

강냉이 맛이 싱거워서 중전은 저어했으나 오래 곯은 뱃속이 요동쳤다. 강냉이 알맹이를 자근자근 씹어 가며 사나운 짐승처럼 중전은 신음했다. 중전이 먹고 남은 강냉이를 상궁들이 허겁지겁 먹었다.

아낙이 보기에 부인은 여염의 아낙과는 태가 달라 보였는데 난리 통에 무슨 사연이 있는 어느 지체 높은 양반가 부인일 것이라고 막연하게 생각했다.

아낙은 중전과 일행에게 말했다.

"갈 길이 어디쯤인지는 모르나 강냉이 쪄 둔 게 몇 개 더 남았으니 가는 길에 틈틈이 드시오."

여기까지 말은 참 좋았다. 아낙은 이어 말했다.

"듣는 말에 도성에서 변란이 생겼다는데, 이 모든 게 대궐 암캐가 요물이라서 나라꼴이 이지경이랍디다."

해서는 안 될 말이었다. 중전을 호위하는 사내가 장검에 손을 가져갔다. 중전의 미간에 주름이 섰으나 곧 웃음을 터뜨렸다. 사내가 칼집에서 손을 풀었다. 웃음 끝에 중전이 아낙에게 말했다.

"그래, 이제 중전이 죽었다고 하니 세상이 좀 달라지겠구나. 식솔은 어찌 되는가?"

"딸년만 둘입지요. 아비란 작자는 원산 어디 금덤판에 갔는데 죽었는지 살았는지 기별도 없소. 싸질러 놓을 줄만 알았지, 지 새끼들 얼굴도 모르고 천지를 쏘다니고 있을 것이오. 거둬 키울 줄 모르는 게 사내들 아니겠소! 팔자려니 해야지, 어쩌겠소."

"강냉이는 잘 먹었네. 갈 길이 멀어 일어서야겠네. 내 이 신세는 반드시 되갚음세!"

중전이 자리에서 일어났고 상궁과 호위 무사가 뒤따랐다. 임금의 아비의 재집권은 오래 가지 못했다. 임금과 민가 일족은 청에 구원을 요청했고, 청은 황제의 명으로 사신을 파견하였다. 파견된 특사가 변란의 책임을 물어 임금의 아비를 톈진으로 이송해 갔다. 말이 이송이지 압송이었다. 대원위분부는 대처에서 다시 소멸되었다.

변란이 있은 지 두어 달이 지나 죽었다던 중전은 궁으로 복귀했다. 중전이 궁으로 복귀하는 날, 조정은 문장을 지어서 중전의 환궁을 축원했다. 의식은 요란했고 축문은 막힘이 없었는데, 막힘없는 문장에서 국모의 위엄은 복원되었다.

환궁 후 의복을 갖추어 입고 중전은 지밀상궁에게 말했다.

"내가 변란 중에 황급히 들린 고을에서 강냉이를 무척이나 맛

있게 먹었다. 강냉이 맛이 아주 좋았는데, 갑자기 끝맛이 비렸다.

강냉이 맛이 항상 달아야지 끝이 비려서야 백성이 먹을 수 있겠느냐! 관찰사에게 일러 강냉이 맛이 비리지 않게 고을을 애정으로 다스리게 하라.”

중전의 명이 관찰사에게 하달되었고 내려온 말이 살벌해서 관찰사는 오금이 저렸다. 관찰사는 병졸을 풀어 마을을 불태웠다. 중전에게 강냉이를 쪄 올린 아낙은 화살을 쏘아 잡아서 창자를 끊어 냈다.

*

“넋두리 일 뿐이옵니다. 송구하옵니다.”

아직 홍종우에게 기별은 오지 않았다. 수련이 무릎을 꿇었다. 중전이 발을 내밀었다. 수련이 중전의 발에 화장수를 발랐다. 중전의 발에서 보리수 냄새가 났다.

중전이 수련을 내려보았다. 수련이 고개를 들어 중전을 올려다보았다. 중전과 눈이 마주쳤고 수련은 얼른 고개를 내렸다.

“사다코의 출생지는 조선입니다. 임오년에 어미를 잃었는데 그것이...... 마마께오서 변란 중에 잠시 머문 마을이었습니다.”

홍종우는 말을 더 세세히 하기가 그래서 중전의 안색을 살폈다. 중전은 별말 없이 담담하게 들었다.

“기막히게도 아비라는 작자가 제 딸인지도 모르고 일본에 팔아

넘겼습니다. 하옵고, 사다코에게는 자매가 하나 있었습니다. 일이 있고서 현감의 첩실이 되었는데 현감이 죽고 나서 행방이 묘연하여 종적을 찾아내지는 못하고 있습니다."

중전에게 사다코의 과거를 고하면서 홍종우가 했던 말이었다.

"피붙이는 있느냐?"

"어미가 죽고 나서 고아로 살아온 지 오래이온데, 얼마 전 우연찮게 혈육이 살아 있다는 소식을 접했습니다."

"잘되었구나. 그래, 서로 얼굴은 보았느냐?"

"날이 밝으면 찾아가기로 되어 있나이다."

"마음이 바쁘겠구나. 도성에 있느냐? 이름은 아느냐?"

나인이 다가서 중전의 몸에 묻은 물기를 닦았다.

"도성 안에 살아 있다 했습니다. 이름은……"

남쪽 방면에서 총성이 터졌다. 중전의 얼굴색이 바뀌었다. 일이 틀어졌음을 중전은 직감했다. 전각을 뛰어다니는 발자국 소리가 어수선했다. 여기저기 총성이 들렸고 비명소리가 적막을 뒤흔들었다. 총성이 가까워지고 있었다. 궁을 벗어나야 했다. 지체할 시간이 없었다.

"마마! 폭도들이 궁에 난입했사옵니다. 궁문이 바스러졌다 하옵니다. 바삐 옥체를 보존하소서!"

당직 상궁이 바닥에 엎어지며 외쳤다.

"저 년의 옷을 벗겨라."

지밀상궁이 소리쳤다. 손가락이 수련을 지목했다. 눈치 빠른 나인 서넛이 수련을 붙들고 입고 있던 드레스를 벗겼다. 서양식 드레스가 익숙하지 않은 나인들은 급한 마음에 옷을 찢었다. 수련의 발밑에서 보츠만이 꼬리를 말아 올리고 자리를 벗어났다.
"적의[25]를 입혀라. 어서!"
나인이 서둘러 왕비의 의복을 수련에게 입혔다. 수련은 순식간에 일어나고 있는 상황에 어안이 벙벙했다. 총성이 바짝 다가오면서 뜀박질 소리가 거칠어지고 있었고 비명소리는 찢어질 듯 사나웠다.
"마마, 궐문을 폭도들이 모조리 점거하였다 하옵니다. 어찌 하오리까?"
나인들의 얼굴이 새하얗게 질려 있었다.
"지금부터, 저 년이 중전이다."
중전의 복장을 한 수련이 중전이 앉는 어좌에 내동댕이쳐졌다. 보츠만이 수련의 옆으로 다가와서 동그란 눈으로 쳐다보았다. 보츠만의 잿빛 눈동자에 수련의 목에 새겨진 튤립 꽃이 피어 있었다.

*

미우라 고로 공사가 파성관에 도착했을 때, 사다코는 가이군지를 안고 흐느끼고 있었다. 정원 연못이 피로 물들어 있었고 비단잉어가 대가리를 물 밖으로 내밀고 입을 빠금거렸다. 미우라 고로는 낭인들을 끌어모았고 군대의 출격을 명했다.

새벽에, 일본 군대가 사다리를 놓고 궁궐 담벼락을 넘었다. 광화문, 추성문, 춘생문 방면에서 경비병이 발포했고 간간히 응사가 있었다. 경비병 여덟 명이 대치 중 전사했다. 사복 입은 일본인이 광화문을 열어젖혔다. 대원군은 군대의 호위를 받으며 광화문을 통과했다.

훈련대 연대장 홍계훈이 교전 중 일본군 장교의 칼을 맞았고 곧 이어 여덟 발의 총알이 몸통에 박혔다. 궁궐 시위대와 일본군의 근접전이 벌어졌다. 총성과 비명이 북동, 북서, 정남에서 일제히 교합했다. 광화문을 통과한 부대는 건청궁을 향해서 진격했다.

제복 차림의 일본인이 지휘하는 무리들이 영사경찰, 일본 공사관원을 대동하고 건청궁에 기거하고 있던 왕과 왕비의 처소로 향했고, 조선군 훈련대로 위장한 무리들이 대오에 섞여서 곤녕합을 에워쌌다. 신문기자들이 몰려왔다.

왕비가 기거하는 옥호루 뜰 계단 위에서 궁녀들은 머리채가 잡혀서 바닥으로 내동댕이쳐졌다. 궁내부 대신 이경직이 전각 앞을 가로막아 서자 폭도의 칼날이 그의 두 팔목을 지나갔다. 팔목이 떨어져 나간 자리에서 피가 뿜어졌다.

제복 입은 일본인이 왕비 복장을 한 여인의 머리채를 쥐어 끌고 군홧발로 가슴을 타격했다. 왕비는 목소리를 잃고 쓰러졌다. 일본군관이 다가서서 담뱃불로 왕비의 목덜미를 지졌다. 칼이 왕비의 늑골을 관통했다. 환호성이 터졌다. 칼끝이 왕비의 옷을 들추었다. 왕비의 목에 새겨진 튤립 꽃줄기를 타고 피가 흘렀다. 꽃잎 테두리 안에 피가 고여 들었다.

고양이가 움직였다. 낭인이 지나가는 고양이를 날카로운 눈빛으로 노려보았다. 고양이는 전각의 어둠으로 숨어들었다. 전각 뒤에 숨어 있던 나인이 고양이를 안아 들었다. 나인은 쪽문으로 궁을 빠져나와 러시아 공사관을 향해 달렸다.

손탁이 나인의 얼굴을 유심히 보았다. 일전에 궁문 앞에서 울고 있던 아이였다. 아이의 처지가 안타까워 손탁이 입궁을 도와주었었다.

"너는…… 앵무새……"

나인은 얼굴색이 파랗게 질려 있었고, 머리카락과 옷자락에는 온통 지푸라기와 흙투성이였다. 나인은 숨 고를 틈 없이 말을 토해 냈다.

"부인마님! 큰일이 났습니다. 궁에 …… 총칼 든 사람들이 궁에 쳐들어와 모조리 죽이고 있습니다. 수련아씨도…… 그만……"

나인의 목소리가 울음으로 변하고 있었다.

"보츠만…… 보츠만은 어딨느냐?"

고양이가 나인의 뒤에서 나오더니 손탁의 품으로 폴짝 뛰어올랐다.

"아!…… 보츠만…… 놀랐겠구나. 보츠만."

러시아 공사 베베르가 각국 외국공사관에 기별을 넣었다. 당장

입궁하자는 성급한 말도 있었으나, 사태가 매우 위태로우니 공사들의 안전을 보장 받기 어렵다는 말이 우세했다. 외국 공사들은 날이 밝으면 입궁하기로 의견을 모았다.

폭도들은 주변의 궁녀들을 모조리 끌어와 왕비의 시신을 확인했다. 궁녀 몇 명이 고개를 저었다. 낭인들은 고개를 처박고 있는 상궁의 얼굴을 확인하며 차례로 난도질했고 치맛자락을 걷어 올리고 의관을 해체했다.

몇몇 낭인이 나서서 줄지어 죽은 여성들의 몸에 다시 칼날을 꽂았다. 일본군 서넛이 시신을 끌고 가서 녹산에 던지고 석유를 붓고 불 질렀고 반쯤 타다만 몸뚱이를 향원지에 버렸다. 어둠에 빛이 물들었고, 별들이 멀어지고 있었다.

대원군과 이재면은 궁궐 내에 억류되었고 일본군 경비병이 보초섰다. 대원군은 혼미한 정신으로 겨우 앉아 있었다. 이재면은 대원군의 피로와 일의 어지러움을 동시에 생각했다. 장안당에서 일본 군인이 왕세자의 상투를 잡아채고, 칼등으로 내리쳤다. 왕세자가 혼절했다. 일본군 장교가 임금의 목에 칼을 가져다 댔다.

"왕비를 폐한다."

고종은 목덜미에 얹힌 칼날의 비린내를 맡으며 조칙을 내렸다. 미우라 고로는 대원군과 중전의 갈등, 조선군 훈련대와 순검 간의 대립에서 비롯된 조선의 내부적인 소요사태로 전가시키며 일체의 자료를 인멸 왜곡하는 작업을 진행했다.

신문기자들은 왕비를 시해한 자들은 일본 옷을 입은 조선인이 자행한 것이라는 내용을 서울발 외신으로 타전했다. 미우라 고로는 남산 정상에 물드는 단풍을 보며 색즉시공 공즉시색을 읊었다. 외국 공사와 선교사들이 일의 전모를 성토하고 항의하자 이토 히로부미는 미우라 고로를 일본으로 송환했다.

가이군지

사다코,

나는 지금 너의 처소가 보이는 곳에 앉아 있다. 산 그림자가 비키어 가고, 먼 산에 부딪친 석양이 정원수 잎사귀에 붉은 과실처럼 달려서 나는 모처럼 고즈넉한데 정원 우물 너머 사다코, 너는 가까이에 있다.

십여 년이 흘렀다. 나가사키 유곽에서 처음 너를 보던 날, 너는 검은 치마와 때 묻은 저고리를 입고 있었는데 낯선 곳에 대한 두려움이 어린 너의 몸을 온통 짓누르고 있었다. 유곽 여주인이 너를 씻기고 몸에 맞는 옷을 입히고 너의 이름을 불렀을 때, 나는 사다코, 너의 이름을 처음 듣게 되었다.

사다코는 일본말을 할 수 없었고, 나는 조선말을 알지 못했다. 내가 멀리서 보면, 너는 옷가지를 개켰고 찬거리를 다듬거나 물을 맞추었다. 이런저런 일들을 하면서 너는 한참 골똘하기도 했는데, 나는 네가 하는 생각들에 가닿을 수 없어서 답답했다.

사다코가 커가면서 지내던 다락방이 점점 좁아져만 갈 때, 너는 세상에서 가장 어여쁜 사람이었다. 네가 작은 보폭으로 빠르게 지나간 자리에는 햇살이 눈부셨고, 조그마한 새들이 총총걸음으로 모여들었다. 너의 귀밑머리에 닿은 아침 햇살은 눈이 부셨고 해지는 시간에 노을은 작은 너의 몸을 붉게 감싸 안았다.

유곽 여주인은 색주가에서 잔뼈가 굵은 사람이었다. 모진 삶이 쌓아 올린 안목이 그래서인지 그녀는 너의 외모가 장래에 담보하는 값어치를 대번에 알아 볼 수 있는 여자였다. 이제 와서 보면 그녀의 예상은 불행히도 정확했다.

유곽 여주인에 대해서라면, 그녀는 ……

젊었을 때, 데지마에 드나드는 게이샤였다. 그녀는 지금의 사다코 나이 즈음에 푸른 눈동자를 가진 사내와 사랑에 빠졌다. 사내는 구라파 상인이었는데 무역 일로 나가사키를 오가는 사람이라고 했다. 사내는 젊은 게이샤에게 친절했고, 젊은 게이샤는 사내의 몸에 밴 친절함에 매료되었다.

사랑은 자주 비극으로 완성되는 것이어서 바람 센 날, 사내는 구라파로 향했는데 멀리 가지를 못하고 파도에 밀려서 나가사키로 돌아왔다. 사내가 탄 배는 난파되었고 사내는 주검이 되어 해안에서 발견되었다. 게이샤는 죽어서라도 돌아와 준 사내가 고마워서 눈시울을 붉혔다.

사내의 주검을 불 속에 넣을 때, 젊은 게이샤는 만삭이었다. 게이샤는 사내의 아이를 출산했고, 아이에게 젖을 물렸다. 아이가 걷기 시작할 때부터 게이샤는 아이를 키우며, 유곽 일을 해나갔다.

다시 사다코, 너에 대해서 ……

너는 게이샤의 몸종이 되어 내실에서 주로 지냈다. 그 즈음 나는 좀처럼 사다코의 모습을 볼 수가 없었다. 게이샤의 거처는 어린 남자라도 출입을 할 수가 없는 금남의 영역이었으니까.

너를 자주 볼 수 없는 시간 동안에 내 생활이 어땠는지, 너를 닮은 작은 발자국 소리에 귀 기울였고 먼데서 문을 여닫는 소리에도 가슴이 뛸 수 있다는 사실을 나는 그때 처음 알 수 있었다.

어느 봄날, 마을 공터에 볏단을 태운 불길이 높이 치솟았다. 탈을 쓴 사람들이 불기둥 주변을 돌면서 그 해의 풍년을 기원했고 나는 사람들 틈에 끼어서 불길을 따라 돌고 있었는데, 그때 사다코가 걸어 왔다.

나는 뿔이 달린 검은 탈을 쓰고 있었는데 그 사실도 잊은 채 반가워서 네 앞에 다가섰다. 무서워서인지 놀라서인지 아무튼 너는 두어 걸음 뒤로 물러났고 발길을 돌려 뛰어 달아나기 시작했다. 그제야 나는 탈을 벗었는데, 너는 저만치 가고 없었고 벚꽃은 떨어져 내리고 있었다.

유곽 여주인이 집사를 내쫓은 날, 너는 아마도 제정신이 아니었고 나 역시 내 정신은 아닌 채로 집사의 뒤를 밟았다. 집사의 집 앞에서 나는 결국 돌아서야 했다. 어린 딸들이 그 자에게 달려들어 안기는 모습을 보았기 때문이었다.

설명할 수 없는 일에 대해서 나는 혼란스러웠다. 그것이 사람이고, 그런 사람이 모여 사는 곳이 세상이라면, 낮과 밤이 완전히 색을 바꾸듯 어쩌면 선과 악은 동일한 원형을 바탕에 두고 있는 것은 아닐 런지……

유곽 여주인의 사랑과 사별, 사다코의 일본 생활과 조선에서의 삶 사이에 끼여 들어올 빛과 그림자가 어쩔 수 없이 그런 류의 생이 작동하는 방식이라면 그것은 반드시 비애로 끝나지 않을는지…… 이런 가당찮은 생각들이 스쳤는데 생각은 언제나 비극에 다가서며 흐지부지되었다.

시간은 조금씩 흘러갔고 다행히 사다코는 강한 아이라서 악몽에서 서서히 벗어나는 듯 보였다. 유곽 여주인은 너에게 샤미센을 쥐어 주고 선생이 정기적으로 유곽에 드나들었다.

너는 곧잘 연주했다. 소녀가 된 너는 샤미센 음을 버거워 하지 않았는데, 담장 밖에서 가만히 듣고 있으면 파도가 밀리고 쓸리는 너의 선율에 나는 가슴이 먹먹했다.

샤미센 수업이 끝나던 어느 날에 너는 선생이 원하는 방식으로 배움의 대가를 치렀다. 그 밤, 불 꺼진 너의 방을 나는 오래 응시하고 있었다. 샤미센 선생이 고양이처럼 문밖을 나섰고, 나는 바닷가에 우두커니 앉아서 칠흑의 공간에 대고 소리를 질렀다. 별들이 젖어서 끊임없이 바다로 떨어져 내렸다.

너의 샤미센은 나가사키에서 유명세를 탔고, 너는 바다 건너 혼슈에까지 불려가기 시작했다. 유곽 금고에는 너의 음률에 실려서 오는 대가가 쌓여갔는데 여주인은 어릴 적부터 남다른 너의 재능을 알고 있었던 터라 놀라는 기색 없이 웃음 지었다.

나는 아니었다. 사다코의 샤미센 소리와 나의 증오는 수평선에 맞닿은 하늘과 바다처럼 판이했다. 너의 소리는 부상했고, 나의 증오는 해묵은 상처가 되어 허우적댔다. 샤미센 음률이 나아가는 방향으로 너는 나날이 멀어졌고 너에게 가닿을 수 없는 나는 기를 쓰며 너의 성취에 고개를 저었다.

수상 각하의 주연에 참석하러 도쿄로 네가 떠나던 날, 나는 홧김에 유곽을 불 질렀다. 나는 현장에서 체포되었다. 도쿄에서 돌아 온 날, 너는 재판에 증인으로 출석했고, 재판관은 나의 보석을 허락했다. 너는 아무 말을 하지 않았다.

재판정을 나서는 판사에게 유곽 여주인은 고개를 여러 번 숙여 감사 인사를 올렸다. 앞서 말했지만 유곽 여주인은 만삭으로 푸른 눈을 가진 사내와 사별했고 아이를 출산했다. 그녀의 유일한 혈육인 아이에 대해서라면……

그 아이는…… 가이군지, 바로 나였다.

*

사다코.

서울에 온 지 꽤 지나서 이제 서울의 거리나 서울 사람이 낯설지가 않은 것은 단순히 익숙해져서 그런 것만은 아닐 것이다. 서울은 생각했던 것보다는 견딜 만한데, 그것은 아마도 비어 있는 이 도시가 주는 한가함일 수도 있겠고, 서울을 증오하는 한 여자의 위태로움이 주는 긴장 때문인 것 같기도 하다.

창을 넘어온 네 그림자와 음률이 나무 잎사귀에 매달려있는데 거기에서 노을은 더욱 짙다. 사다코와 사다코의 악기는 언제나 내게서는 멀리 있었다. 나가사키에서 그랬고 서울에서도 마찬가지이다.

칼을 찬 나는 내 손이 한없이 부끄러워 악기를 멀리했는데 언젠가 너는 말했었다. 악기와 칼은 하나의 운명이라고. 너의 말이어서 나는 어렴풋이 알 것도 같지만 여전히 칼을 든 내 손은 악기에 조금도 다가서지 못한다.

사다코가 샤미센을 처음 켜던 날, 다부진 작은 몸을 나는 기억한다. 작았던 너는 몸 크기만 한 샤미센을 안고 있었다. 어린 사다코는 망망대해에 표류하는 널빤지라도 되는 듯, 하늘로 이끌어줄 동아줄이라도 되는 듯, 샤미센을 꼭 붙들고 놓지를 않았다. 내가 보기에 너는 그랬었다.

조선행 기선에서 바다를 일별하면서 너는 고요한 시선으로 파도만을 오래 응시했다. 사다코의 내면, 너의 상실을 지배한 시간들이 가루가 되어 부서졌고 서슬 퍼런 파도로 일어날 때, 가까운 곳으로 함선이 지나갔고, 군인들은 일제히 너에게 경례했다. 너는 조선으로 가고 있었다.

짐승처럼 사납게 뱃전에 달려드는 파도를 들여다보며, 너는 어떤 감정을 처리하고 있었는지, 해야 될 일과 하지 말아야 하는 생각 사이에서 찍어낸 낙인이 무엇인지, 나는 너의 심연을 짐작만 할 뿐 묻지 못했다. 오래전부터 나는 너에게 묻는 사람은 아니었으므로.

기선에서 사다코가 내게 다가섰을 때, 수평선 너머에 붉은 구름이 피어올랐다. 새하얀 빙벽을 세우듯 치솟아 오른 위태로운 구름이 나의 가슴을 짓눌러 왔다. 나는 밀려드는 구름에 깔려서 하마터면 부서져 버릴 지경이었다.

내 심장의 사정거리 안에서, 너의 손가락이 내 머리칼을 쓸었다. 너의 운명은 경험의 산물이 아니었다. 운명은 정해져 있었다고 네 손안의 맥박이 내 눈 언저리에 부딪히며 말했다. 슬픔이 전부를 에워싸고 있는 사람끼리, 내 심장 박동이 너의 맥박에 포개졌다.

손길을 거두어들이면서 너는 너의 유년을 회상했다. 이야기에서 공간이 불탔고 생은 불구덩이에서 비명횡사했다. 세상은 은유여서, 너의 말은 세상의 화법과 닮아 있었다. 나는 너의 내면에 찍어 놓은 인장에 새겨진 이름을 찾기로 했다.

부산 총영사가 네 어머니의 죽음을 추적한 내용이 적힌 편지를 보내온 날, 나는 너의 청으로 강을 따라 말을 달렸다. 너는 내 뒤에 붙어서 머리칼을 휘날렸다. 너의 몸이 내 등에 밀착되어 왔고 나는 박차를 가했다. 강을 막아 선 낭떠러지 앞에서 말은 멈춰섰다.

해가 산을 넘어가고 있었고 말 갈퀴가 긴 그림자로 흩날렸다. 굽이치는 강은 물길을 따라 서해로 나아가고 있었다. 서해에서부터 마지막 노을이 밀려들어와서 강은 세상 전부를 녹여 낼 만큼 짙은 금빛 쇳물을 담고 흐르고 있었다.

너의 슬픔은 낭떠러지 아래에서 끓어오르는 강물에 포개져서 타들어갔다. 슬픔은 위로 될 수 없는 것. 나는 네 곁에 서 있을 뿐이었고 언제나 그렇듯 너는 별다른 말이 없었다. 그날 너의 작은 어깨는 슬픔에 강렬하게 반응했다.

돌아오는 길에 너는 한층 내 등에 밀착했다. 너의 심장박동이 말발굽 소리보다 크게 내 몸 안으로 밀려들었다. 심박 소리에 실린 너의 상실은 칼에 베인 듯 구체적이었는데 불타는 강물은 자꾸만 달려들었다.

공사관 너머 숲속에서 부엉이 우는 소리가 빈 밤에 원을 그리며 퍼져 나갔고 너는 샤미센에 매달렸다. 나는 후원에서 너의 음률을 들으며, 칼을 뽑았다. 칼이 지나간 자리에 사선으로 잘려나간 대나무는 서늘했고 달빛이 반짝였다. 너는 너대로, 나는 나대로 그 밤을 오래 부여잡고 있었다.

조선에 용무가 있는 일본인들이 서울에 머무르는 동안 숙박공간이 필요했고, 너는 공사를 찾아가 협의하여 내락을 받았다. 너는 조선 왕실을 설득했고 건축 허가를 받았다. 빈관이 완성되어 갈 무렵 너는 빈관에 이름을 붙였다.

'파성관'

지금에 와서 보면, 작명에서부터 너의 의도는 서려 있었다. 너는 부산 총영사가 보낸 편지를 읽은 후부터 골똘한 생각에 빠져 있었고, 생각이 정리되면서부터 너의 샤미센 음률은 급하고, 사나웠기에 어떤 목적에서 서둘러 빈관을 경영하기로 마음먹었다.

파성관에서 보면 남과 북으로 우리 공사관과 조선 왕궁이 비스듬히 시야에 들어왔다. 도성을 드나드는 내지인들이 너의 새 건물에 와서 머물렀고, 더러 구라파 사람들도 와서 기숙했다. 너의 세심함이 여행자들을 살폈고 그들은 마치 일본을 여행하는 사람들처럼 체류하는 동안 불편함이 없어 보였다.

서울에서 거의 유일하다시피 한 숙박 시설이었기에 여행객들은 파성관을 찾아들었다. 객실은 거의 매일 손님이 가득 찼는데, 너는 달포에 하루는 정기휴무를 공지했다. 그런 날에 너는 새 가구나 새 이부자리를 들여서 다음 달의 영업을 준비했다.

너는 유곽에서 오랫동안 지낸 눈썰미를 바탕으로 파성관 정원이며 내부를 꼼꼼히 장식했다. 나는 파성관에서 지내면서 내 유년 시절 유곽의 정원을 눈앞에 대하고 있는 착각이 들기도 했다.

바다 건너온 사내들은 파성관에서 향수에 젖었고, 너의 샤미센 소리에 무릎을 치면서 엄지를 높이 들었다. 조선 정부의 고관들도 주연을 빌미로 파성관에 드나들었는데, 그들의 평소 반일감정은 온데간데없었고 흡족해하는 기색이 역력했다.

나가사키에서 그랬듯이 서울에서도 너의 샤미센 소리는 거미가 줄을 뽑아내듯이 뻗어 나갔다. 마법 같은 그 줄에 걸려든 사람들은 누구나 꼭두각시가 되었고, 너의 말과 행동에 순하게 반응했다.

네가 목표를 설정하고 난 후부터 일본에서 건너온 사무라이들이 파성관에 모여들었다. 그러는 동안에도 너는 조선왕궁에 수시로 드나들었다. 환심을 사기 위해 왕비 앞에서 멀쩡히 웃음 지을 때, 너의 웃음 뒤에 벼린 앙갚음이 칼날에 서리고 있었다.

왕궁에서 돌아온 날, 너는 말없이 샤미센 현을 조율했다. 그런 날에 네 샤미센 소리는 무섭게 차가워서, 너의 슬픔과 분노는 밤기운에 포개져 연기처럼 번져 나갔고 푸른 구름이 달빛을 지우며 스산했다.

*

최근에야 알게 되었지만, 우연히 나는 너의 과거를 채울 수 있는 두 사람을, 다시 생각해 보면 무슨 필연처럼 한 여자와 한 사내를 한 장소에서 스치듯 만났다.

그날은 조선에 온 지 두어 달 정도 지나가고 있었던 날이었다. 이른 아침 너는 여동과 함께 서울 지리도 익히고 눈요기 거리라도 살필 요량으로 겸사겸사 도성 밖 새벽시장을 다니러 갔다. 나는 먼 거리에서 너를 호위했다.

일출이 동쪽 하늘을 물들여 오는 시각에 너는 장터에 펼쳐진 이런저런 물품들을 구경했다. 장터는 개장국 끓이는 냄새가 눌어붙어 있었다. 불쾌했는지 너는 자주 손가락으로 코끝을 쓸었다. 그날 너는 고기 두어 근을 끊어 여동에게 들려 시장을 벗어났다.

나 역시 발걸음을 옮기려는 순간, 내 눈을 의심할 수밖에 없었다. 사다코가 바로 내 앞에 서 있었다. 너는 분명 도성 안으로 걸어갔는데, 너의 얼굴이 내 눈 바로 앞에 있었던 것이다.

히노마루를 치켜 든 군단이 시장 통을 가르며 갔고, 너를 닮은 그 여자가 지나는 군대를 등지고 돌아서면서 내 눈에 들어왔다. 여자는 분명 너의 분신처럼 닮아서 나는 순간 움직일 수가 없었다. 여자와 나는 눈이 마주쳤는데, 어리둥절한 나와는 달리 그 여자는 나를 스치고 지나갔다.

여자의 이름은 수련이었다. 사다코 너도 만난 적 있는 러시아 공사관 소속 손탁의 여종이었다. 수련을 처음 본 순간 나는 왜 그랬는지 알 수는 없지만 어떤 확신에 사로잡혀 사람을 부려 그녀가 살아온 생애를 조사하기 시작했다. 물론 너에게는 아무 말도 하지 않았다.

얼마전에야 나는 수련에 대한 이야기를 알게 되었는데 내 짐작과 들어맞았다. 나는 수련을 직접 만났다. 처음에 그녀는 칼 찬 내 모습에 놀라서 나의 이야기를 들으려 하지 않았다. 무작정 나를 피했는데 그녀의 입장은 충분히 이해할 수 있었다.

궁 밖에서 너를 기다리다 우연히 수련을 다시 만났고, 어렵게 나는 너에게서 들은 아마도 수련도 알 수 있을 이야기를 시작했다. 그녀는 내 이야기를 듣더니 말없이 눈시울을 붉혔다. 그리고 그녀의 이야기를 나는 들었다. 시간을 거슬러 가면서 너와 그녀의 삶의 먼 조각들이 비로소 완성되었다.

수련은 경기도에서 나고 자랐다. 십여 년 전, 살던 마을이, 그러니까 너도 살았던 마을이 완전히 불탔고 그때 어미가 화살에 맞

았다. 여기까지가 그녀의 유년의 기억이었다. 사다코의 존재에 대해서 내가 따로 물었는데,

"동생이...... 있었어요."

수련의 대답이었다.

살아오면서 기억은 언제나 살아가는 방향에서 유효한 것들만이 축적되는 것이어서 수련에게 너에 대한 기억은 잊혀져 있었고 나의 물음에서야 그녀는 의식에서 희미한 기억을 불러 낼 수 있었다. 그녀의 삶이 그랬겠기에 나는 이해가 되었다. 내 유년의 기억도 아마도 그럴 테니까.

내가 너의 존재를 수련에게 말했을 때, 그녀의 얼굴에는 수만 가지의 감정이 반응했다. 이윽고 눈에서 하염없이 눈물이 쏟아졌다. 처음에 그녀는 너를 볼 엄두가 나지 않아서 만나기를 주저했는데, 며칠 전에 너를 만나고 싶다고 기별해왔다. 날이 밝으면 수련이 이곳에 오기로 되어 있다.

미우라 고로 장군이 조선 공사로 새로 부임한 이후 네가 골몰해 있는 일이 두려워서 나는 너의 안위를 깊이 염려한다. 나의 우려를 너도 알고는 있어서 너는 근래에 시종 웃음으로 나를 대하고 있다.

나를 향하는 너의 웃음의 의미를 나 또한 알기에 나는 초조해지고 있다. 나는 더욱 날카롭게 네 주변을 경계한다. 너의 상대는 내가 칼을 들고 나갈 자리를 허락하지 않는다. 나는 너의 심연에 얽힌 분노를 이해하고 있기에 내 칼은 위태롭다.

나의 이해와는 별개로, 너에게 부탁을 해야겠다. 날이 밝고 수련을 만나면 두 사람은 나가사키로 돌아가야 한다고, 가서 서로 비워두었던 시간들을 보충하며 새겨져 있을 상처를 보듬기를 나는 간절히, 원한다.

미우라 고로 공사를 면담했다. 전적으로 미우라 고로 공사와 나의 일로 처리되어질 것이다. 너는 그 전에 떠나야만 한다.

두 사람이 헤어져 있던 시간을 보상받을 곳은 아마도 조선은 아닐 것이다. 현해탄 건너에서 두 사람의 생은 다르게 쓰여져야 한다. 부산 총영사에게 기별을 넣어 두었다. 수련의 신상은 일본 국적으로 처리되었고, 나가사키행 기선에 오르면 그것으로 충분하다.

아마도 내 처음인 부탁을 너는 기꺼이 들어 주리라 믿고 있다. 너의 음률이 머문 자리에 해가 뜨고, 바람이 불고, 어둠이 포개지는 그날그날 너의 무사함에 나는 깊숙하게 안도한다. 너는 언제나 그래야 하므로.

객들이 돌아올 시간이 되었는지 빈관 바깥이 소란스럽다. 주연이 거나했는지 오늘따라 유난히 어수선하다. 바깥을 살피고 말을 이어가야겠다.

22

경기 일대에 백성이 집결해서 도성으로 진입한다는 첩보를 입수한 일본은 화력을 백현으로 집중시켰다. 백현은 검단산이나 청계산으로 가는 길목이었는데, 두 산을 넘으면 한강 나루에 곧바로 닿을 수 있었다.

강나루 너머는 곧장 도성이었다. 이천에서 집결한 의병은 남한산성 소속 별패진 군관을 주력으로 대오를 편성했다. 백현에서의 충돌은 피할 수 없었다. 방억수는 파견대를 인솔해서 주력부대를 엄호하거나, 교전 중 후미를 치는 역할을 부여받았다.

일본 수비대는 포대를 끌고 탄천 물줄기를 따라 들어왔다. 백현에 도착한 일본 수비대는 대장간 앞 공터에 포를 배치했다. 숯막 뒤 갈참나무 숲에서 까치가 짖었다. 포대는 일렬횡대로 정렬했고, 포구는 천답 너머 성봉 입구를 겨냥했다.

성봉은 산과 산이 잇닿는 곳에 사매들판을 혓바닥처럼 내어 탄천과 만나고 있었다. 사매들판은 탄천에 혀를 내어 성봉의 뿌리를 적셨다. 물가에 잇닿은 산 뿌리가 오후 햇살에 번들거렸는데, 생사의 갈림을 목전에 두고 산 그림자는 무겁게 내려 앉아 있었다.

산골짜기에서 생사는 온전할 수 없을 것이고, 전투가 끝나고 저 좁은 곳에서 목을 적시는 자들만이 살아남은 자들일 것이었다. 의병의 승산은 골짜기에 적들을 몰아넣고 내려오면서 베어나가야 닿을 수 있는 일이었으며 일본 수비대의 승산은 포탄을 산중턱에 집중시켜 흩어지는 적들을 아래에서 찔러 나가야 도달할 수 있는 일이었다.

피아간에 승산은 위든 아래든 베거나 찔러야 되는 것은 분명했는데 겨울 산은 그 분명함 앞에서 서늘하고 적막했다. 장끼가 적막을 치고 날아올랐고, 탄천이 굽어 도는 모래톱에 까마귀 떼가 모여 있었다.

일본 수비대장은 정탐병을 마을로 들여보냈다. 마을 아낙들이 아이들을 불러 서둘러 집안으로 숨어들었다. 정탐병은 골기가 성근 집 마당에서 아낙을 끌어내어 의병의 행로를 추궁했다. 아낙은 일본말을 알아들을 수 없었다.

말하지 못하는 아낙은 개머리판에 두개골이 으깨졌다. 아이가 마룻바닥에 오줌을 지리며 울었다. 일본 병졸이 우는 아이가 성가셔서 입에 총구를 박고 방아쇠를 당겼다. 마당에 쌓인 눈 위에 아이의 살점과 붉은 피가 튀겼다. 맑고 따뜻한 피였다.

일본군 정탐병이 초가에 불을 질렀다. 젖은 연기는 위로 오르지 못하고 마을을 덮으며 아래로 퍼져 나갔다. 방억수는 돌담에 몸을 숨기고 수신호를 보냈다. 담구멍에서 빛이 번쩍거렸고 총성이 터졌다.

정탐병의 머리통이 깨졌다. 피와 골수가 바닥에 쌓인 눈을 녹이며 느리게 흘렀다. 채 몸을 숨기지 못한 나머지 정탐병의 몸통이 방억수의 가늠자에 얹혔다. 연이어 총성이 울렸고 정탐병의 어깨가 휘청거렸다.

일본수비대 본대에서 호각이 울렸다. 방억수는 돌담을 끼고 파견대가 있는 서낭당 쪽으로 방향을 잡았다. 일본수비대의 총알이 돌담을 때리며 좇아왔다. 개 짖는 소리와 총성이 방억수의 목덜미에 바짝 붙었다.

방억수는 논두렁을 미끄러지며 뛰었다. 일본군의 총탄이 방억수가 미끄러진 논두렁에 빠르게 박혔다. 방억수는 논을 가로질러 서낭당 쪽으로 달렸다. 서낭당 너머 사매들판 골짜기에 의병 본진은 집결해 있었고, 매복대는 산 둘레를 따라 은신해 있었다.

동료 두 명도 각자 흩어진 채 목적한 서낭당 쪽으로 방향을 잡아가고 있었다. 일본 수비대 본진이 논두렁으로 시커멓게 집결하고 있었다. 일제히 사격이 개시되었다. 두 명의 동료가 내달리는 논두렁 위로 총알은 집결 되었다.

동료 둘은 논두렁을 벗어나 제각각 달렸다. 동료 한 명이 논두렁에 고꾸라졌다. 서낭당 뒤편에서 본진 파견 부대가 합류했다. 논을 사이에 두고 총성이 맞부딪쳤다. 일본 수비대가 포격을 개시했다. 포탄이 천답을 넘어서 사매들판의 안쪽을 부수었다.

산 뿌리가 깨지고 의병 본진은 분산 되었다. 일본군은 포탄의 호위를 받으며 논을 건너 돌격하기 시작했다. 총검이 햇살을 튕기며 빠르게 밀려왔다. 방억수는 산 둘레 길을 따라 파견대가 매복한 곳으로 합류했다.

일본군은 산골짜기 안으로 포탄을 욱여넣었다. 골짜기에 포연이 가득 고였다. 까마귀 떼가 사매들판 위를 배회했다. 일본 수비대 보병은 골짜기 입구에서 횡대를 갖추었다.

넓게 펼쳐진 대오로 겨울나무에 몸을 숨긴 채 토끼 몰듯이 의병 본진을 조여 갔다. 산 중턱에서 의병대장의 신호가 있었고 사격이 시작되었다. 일본군 보병은 나무둥치에 몸을 숨기고 응사했다.

개천까지 다가온 포대가 산의 중턱을 부수기 시작했다. 겨울 산에서 고도차는 전략적 유리함을 담보하지 못했다. 위든 아래든 헐벗은 산에서 의병과 일본군은 피차 숨을 곳이 없었다.

포탄이 터져 은폐물을 제거해 나갔고 은폐물이 사라지자 의병은 적의 총신 앞에 고스란히 노출되었다. 일본 수비대 본진이 산의 골짜기로 진입했을 때 바람이 산을 거슬러 올라왔고, 눈보라가 휘몰아쳐 시야는 어스레했다.

도열한 포에서 불덩이가 뿜어져, 산의 중턱은 연기로 절여지고 있었다. 해가 넘어간 산은 빠르게 어둠을 채비하고 있었고 일본군은 산골짜기를 따라 진입했다. 포대는 어둠이 내려앉는 산의 중턱을 다그쳤다.

방억수는 마른 칡넝쿨을 타고 산의 뿌리를 돌아서 사매들판으로 숨어들었다. 포병이 불꽃을 당겨서 포탄을 산중턱으로 날려 보내고 있었다. 포병은 귀를 막고 포를 쏘았다. 포탄이 나갈 때, 재채기를 하듯 포신 전체가 흔들거렸다.

방억수는 바위에 몸을 숨기고 노출된 적을 겨냥했다. 포병이 방억수의 방아쇠에 하나둘 쓰러졌다. 방억수가 이끄는 파견대가 포병의 뒤에 바짝 붙었다. 근접전에서 포병의 전투력은 싱거웠다.

포병은 다급히 포를 돌려서 파견대를 겨냥했으나, 포는 지근거리에서 무용지물이었다. 포병은 파견대의 총검에 쓰러졌다. 방억수는 포를 점거하고 포신을 낮추어 산골짜기 하단을 부수었다. 포성이 울렸고, 산골짜기에 들어앉은 일본군은 혼비백산했다.

산 중턱에서 의병 본진의 함성이 메아리치며 내려왔다. 일본군 대장은 후퇴를 명령했다. 의병 본진이 산을 미끄러져 내려오며 일본군을 제거해 나갔다. 한 명씩 한 사람을 맡았고, 한 명이 서너 놈씩 쓸어내면서 산을 내려왔다.

"단 한 놈도 살려 보내지 마라!"

의병 대장의 군령이 산골짜기를 타고 내려가 아래에 전달되었다. 포를 점거한 파견대는 일본군이 골짜기 안에서 벗어나지 못하도록 골짜기의 테두리에 포탄을 날렸다. 골짜기 안에서의 전투는 백병전이었다.

의병은 포성의 호위를 받으며 일본군을 한 지점으로 몰아넣으며 베어 나갔다. 골짜기 가운데로 몰린 일본군은 한 지점에서 뒤엉켰다. 반쯤 언 계곡물이 피를 토해 냈다. 일본군 대장이 후퇴를 외쳤지만, 명령은 총성과 아우성에 붙들려 지휘력을 상실했다.

백병전의 중심에서 겨우 들판으로 도망쳐 나오는 적들은 방억수의 손도끼에 몸이 동강났고, 파견대의 총에 맞아 쓰러졌다. 승리의 환호성이 백현 성봉 골짜기에 울려 퍼졌고 횃불이 너울거렸다.

마을 아낙들이 주먹밥을 만들어서 의병을 먹였다. 식은 주먹밥에서 밥 냄새가 따뜻했다. 방억수는 탄천 물에 칼날을 씻었다. 달빛이 칼날 무늬에 어른거렸다. 까마귀 떼가 사매들판에 내려앉았다.

23

임금은 향원지를 오래 들여다보았다. 연못은 세상의 형물을 뒤집어 거느렸는데 뒤집어진 세상은 연못 안에서 미동이 없었다. 연못 가장자리를 따라 억새가 군데군데 피어있었다.

모진 추위를 견디느라 억새는 꽃차례가 헐거웠고 가벼운 이삭은 가소로운 바람에도 쉬이 떨어져 내렸다. 연못에 비친 임금의 모습에 바람이 닿자, 임금은 환영처럼 흔들렸다. 물오리 두 마리가 뒤집어진 세상을 지워가며 취향교 아래를 지나갔다.

물오리는 목을 앞뒤로 흔들어서 전진했다. 한 마리가 자맥질을 치며 물속으로 사라졌고, 다른 한 마리는 한 마리가 사라진 수면에서 천천히 유영했다. 이윽고 자맥질한 한 마리가 연못 위로 다시 올라왔다.

물오리 주둥이에 작은 물고기가 물려 있었다. 다른 한 마리가 자맥질 했고, 한 마리는 다른 한 마리가 들어간 물위를 천천히 떠 있었다. 석축 위, 정자가 연못에 반사되고 있었는데 물오리 두 마리의 자맥질에 흔들리며 지워졌다.

'아…… 저 물오리는……'

임금은 신음같이 혼잣말했다.

왕비의 폐위교서를 내리던 날 일본 공사 미우라 고로는 임금과 독대했다. 조선은 미우라 고로가 대동한 낭인의 칼날 앞에서 무참했다. 임금은 치욕의 중심에서 말을 이어 나갔다.

"내가 보위에 오른 지 삼십이 년에 정사와 교화가 널리 펴지지 못하고 있는 중에 왕후 민 씨가 자기의 가까운 무리들을 끌어들여 나의 주위에 배치하고 총명을 가리며 백성을 착취하고 나의 정령을 어지럽히며 벼슬을 팔아 탐욕과 포악이 지방에 퍼지니 도적이 사방에서 일어나서 종묘사직이 아슬아슬하게 위태로워졌다.

내가 그 죄악이 극대하다는 것을 알면서도 처벌하지 못한 것은 밝지 못하기 때문이기는 하나 역시 그 패거리를 꺼려하기 때문이기도 하였다. 내가 이것을 억누르기 위하여 지난해 십이월에 종묘에 맹세하기를, '후 빈과 종척이 나라 정사에 간섭함을 허락하지 않는다.'고 하여 민 씨가 뉘우치기를 바랐다.

그러나 민 씨는 오래된 악을 고치지 않고 그 패거리와 보잘것없는 무리를 몰래 끌어들여 나의 동정을 살피고 국무대신을 만나는 것을 방해하며 또한 나라의 군사를 해산한다고 명령을 위조하여 변란을 격발시켰다.

사변이 터지자 그 몸을 피하여 임오년의 지나간 일을 답습하였으며 찾아도 나타나지 않았다. 이것은 왕후의 작위와 덕에 타당하지 않을 뿐만 아니라 그 죄악이 가득 차 선왕들의 종묘를 받들 수 없는 것이다. 할 수 없이 가문의 옛일을 삼가 본받아 왕후 민씨를 폐하여 서인으로 삼는다."

미우라 고로의 날선 웃음과 내각 대신들의 무르춤한 얼굴이 연못 위에 떠다니고 있었다. 두루미 한 마리가 연못을 긁고 날아올라 향원정 옆 소나무에 앉았다. 우듬지에 쌓인 눈이 흩날렸다. 햇살이 눈가루에 부딪혀 떨어져 내렸다.

'부인, 수일이면 곧 세상이 바뀔 것이오. 지켜보시오. 부인.'

연못에 잔파도가 일었다. 임금의 속말이 잔파도에 실렸다. 친위대에서 훈련을 하는지 총포소리가 북악산 마루를 흔들었다. 소나무 가지에 앉은 두루미가 모가지를 날갯죽지에 파묻었다.

임금은 취향교를 돌아 나왔다. 내관이 임금의 뒤를 가만히 따랐다. 인왕산 너머로 해가 기울어 서녘에 걸린 구름의 테두리가 자줏빛으로 타들어 갔다.

*

"전하 총리대신과 궁내부대신 입시이옵니다."

내관이 장지문 너머에서 고했다.

"들라 하라."

김홍집과 이재면이 들었다. 김홍집과 이재면이 엎드려 절하고 내관에게 두루마리를 전했다. 지밀 내관이 두루마리의 은실을 풀어서 탑전에 올렸다.

"공사다망하신 총리대신과 궁내부대신께서 어인 일이십니까?"

"이경직 등에 대한 상주문입니다."

총리대신 김홍집이 엎드려 말을 이었다.

"고故 궁내부 대신 이경직은 어려운 때에 몸 바쳐 죽었으니 충성과 절개가 뛰어나고, 고 춘천부 관찰사 조인승은 의리를 지켰으니 충성과 절개가 늠름하며, 고 훈련원 연대장 홍계훈은 나랏일을 위하여 죽었으니 충성과 의리가 가상합니다."

"내각에서 합의한 일이오?"

"그러하옵니다. 전하. 이들의 가솔을 돌보아서 위로금을 주는 것으로 토의를 거친 일이옵니다. 특별히 이경직과 조인승은 추증하여 종일품으로 청하옵니다."

"재가하오, 시호를 주는 법을 시행하시오."

"성은이 망극하옵니다. 전하!"

김홍집과 이재면이 머리를 조아렸다.

"상후가 미령해 보입니다. 전하."

김홍집이 임금의 용안을 걱정했다.

"그래 보입니까. 총리대신께서 나랏일을 도맡아서 해 주시는데 무에 부족함이 있겠습니까. 나와 세자는 다만 빈전에서 찻잔이나 기울이면 되는 것이고...... 그래 아버님은 강녕하십니까?"

임금이 이재면 쪽으로 눈짓을 보내었다.

"조석이 다르옵니다. 춘추가 있으니, 그 강성한 분도 세월은 어쩔 수 없나 봅니다."
"풍파가 얼마나 많았습니까. 쇠하실 만도 하지요. 형님께서는 효심이 지극하신 분이십니다. 아버님이 톈진에 계실 적에도 형님은 벼슬을 마다하고 아버님을 봉양치 않았습니까. 아버님은 형님이 있어서 만수를 누리실 테지요. 그래, 아버님은 여전히 공덕리[26] 사저에 거하십니까?"
"그러하옵니다. 전하"
"일간 어의를 보내겠습니다."
"성은이 망극하옵니다."
"아버님께 문안을 드리지 못해 내가 불효가 극심합니다. 할 일은 없어도 이 자리를 비우면 다들 법석을 피우니 가 볼 수도 없는 노릇입니다. 아버님 또한 사정을 잘 아시겠지요. 그리고 이 사람을 만나고 싶기야 하겠습니까? 서로 거리가 있는 것이 나을 테지요. 형님께서 말씀을 전해 주세요. 그만들 나가 보세요."
김홍집과 이재면이 임금에게 목례하고 어전을 벗어났다. 내관이 장지문 밖에서 물러나는 두 대신에게 허리를 숙였다. 어전에 푸르스름한 어둠이 스미었다. 임금은 불을 밝히도록 명하고 내관을 물렸다. 전등불이 어전을 밝혔다. 벽과 바닥이 만나는 지점에 임금의 그림자가 꺾이어 걸렸다.
임금은 탑전에 올려진 상주문을 펼쳤다.
'궁내부 대신 이경직은 어려운 때에 몸 바쳐 죽었으니……'
임금의 몸에 소름이 돋았다. 한기가 밀려와서 임금은 오소소 몸을 떨었다.

외국 공사관에서 들려준 소식에 의하면 보름여 전에 미우라 고로 전 공사는 일본 본국 재판에서 무죄를 받았는데, 일본국 재판 판결문은 미우라 고로는 대원군의 지원요청으로 일본인 동원을 허락한 것일 뿐이므로 조선국 왕비의 죽음과는 연관이 없고 무죄임이 당연하다는 논조였다.

판결문에서 미우라 고로는 사건의 중심에서 멀리 있었다. 사건의 중심에서 비켜 앉은 미우라 고로의 윤곽은 멀고 멀어서 일본국 재판에서 형체가 지워져 있었다.

조선 왕비가 죽었다는 사실은 명백했는데, 죽음의 원인은 흐렸고, 경위는 오리무중이었다. 임금은 사인을 밝히지 못했고 경위를 들출 수 없었다.

왕비는 다만 옥호루에서 자연사했다. 왕비가 자연사하는 과정에서 궁내부대신 이경직, 훈련대 연대장 홍계훈도 모두 자연사했다.

자연사라는 말은 태어나서 살다가 죽었다는 의미인데 이경직과 홍계훈은 살다가 그날 돌연히 죽었다. 그들은 피가 뜨거워서 죽었다. 삶과 죽음의 거리는 지척이었고 달빛이 내리비치는 맑은 날 밤이었다.

*

춘생문을 넘어오는 병졸들이 도륙 당했다. 미국 공사관으로 임금을 모시기 위해서 계획한 일[27]이었다. 궁에 감금되다시피 한 임금을 궁궐 밖으로 탈출시키려든 의도로 임금의 측근들과 미국, 독일, 러시아 선교사들이 호응했던 은밀한 기도였다.

일을 함께 논의했던 친위 대장 이진호가 배신해서 서리군부대신 어윤중에게 밀고했고 어윤중은 친위대를 직접 지휘해서 춘생문을 넘어오는 이들을 진압했다. 일본 공사관은 국왕탈취사건이라 규정하고 한심한 작태를 외국 언론에 널리 배포했다.

일본 공사관 소속 순검이 시종의 뺨을 후려치고 칼등으로 사지를 내려쳤다. 시종은 강녕전 바닥에 엎어졌다. 시녀상궁이 허리를 굽힌 채 사지를 떨었다. 새로 부임한 일본 공사 고무라 주타로는 임금 앞에서 정좌했다.

입시한 비서감 관원들은 일본 공사의 망동에도 고개를 박고만 있었다. 고무라 주타로는 기고만장했고 배석한 시종관원들을 향해 고성을 내질렀다.

"전하께서 가시는 길이 어디더냐! 편전이더냐, 저잣거리더냐. 어찌하여 너희가 성총을 어지럽게 하여 길이 아닌 곳으로 뫼시려 하였더냐! 이러고도 너희가 전하의 만수를 살필 수 있겠느냐!"

고무라 주타로가 임금에게 눈길을 박았다.

"전하! 조정을 기만하고 국시를 어지럽힌 죄를 물어야 할 것입니다. 이번 괴수들의 주리를 틀고 눈알을 뽑아서 방도가 아닌 곳을 보지 않게 하고 역도들의 하초를 끊어 다시는 길이 아닌 곳을 밟지 않도록 엄벌로 다스려 기강을 바로 세우는 전형으로 삼아야 할 것입니다.

다행스럽게도 역도의 수괴들을 현장에서 구금하여 사태가 여기에서 멈추었으나 난당의 무리들이 양명한 천지를 나다닐 수 없도록 차제에 발본해야 할 것입니다. 이것이 역적 도당의 명단입니다. 도륙을 내도 시원찮은 놈들이옵니다."

고무라 주타로가 상주문을 던지듯이 올렸다. 임금은 상주문에 적힌 이름들을 텅 빈 눈으로 들여다보았다.

"법부에서는 시종 임최수와 참령 이도철 등을 잡아다 신문해서 배후를 분명히 해야 될 것입니다. 이들 역적이 내각을 붕괴하고 역모를 모반한 중차대한 사안입니다. 우리 황제 폐하께옵서는 조선국의 안위를 깊이 근심하고 있습니다.

신들도 다르지 않아서 근심이 바다처럼 끝 간 데 없습니다. 전하께서는 이 점을 각별히 헤아리어 정사에 임해주시기를 바란다는 말씀입니다!"

고무라 주타로는 배후를 철저히 조사해서 일을 처리해 줄 것을 요구하고 순검을 대동해서 어전을 벗어났다.

"전하! 신들을 죽여주시옵소서. 신들이 미력하여 오늘의 치욕을 방비치 못했습니다."

비서감에 소속된 무리들이 임금 앞에 무릎을 꿇고 이마를 찧었다.

"저 무도한 고무라 주타로가 전하의 어전에서 정좌를 하고 고성을 내질렀습니다. 저들의 거동이 지극히 창황하여 울분이 더욱 들끓고 답답합니다. 신들이 일본국 공사를 참하고 전하의 명으로 죽음을 감당하겠습니다.”

“나를 죽이지 않는 것만도 어디입니까. 수족이 묶이고 골방에 박힌 것이 오늘만의 일은 아니지 않소.”

“전하, 고무라 주타로에 들러붙은 이들을 모조리 잡아들이라는 명을 내려 주시오소서. 신들이 앞에 설 것입니다.”

“고무라 주타로가 누구요? 경들은 외국의 공사를 참할 참이오? 경들이 죽일 수는 있는 것이오? 충정을 내 모르는 바 아니니 그만 물러들 가시오.”

*

밤에 달이 떠서, 옥호루 뜨락에 닿았다. 삼청동 계곡에서 여인이 관성제군에 빌고 궁문 앞에서 요령을 흔들었다.

“중전마마의 혼령이 오셨느니라! 문을 열고 나를 들여라.”

춘생문 문지기가 한숨을 내쉬며 고개를 저었다.

“썩 돌아가슈! 내 지금 이러고 댁이랑 실랑이 할 입장이 아니오.”

문지기는 주위를 둘러보며 무녀를 몰아냈다.

“네 이놈들, 하늘이 무섭지 않느냐! 마마의 혼령이 피를 토하며 얼어붙은 녹산에 누워 계시니라. 어서 궁문을 열어라! 너희 놈들이 왜놈들이 밀려올 때 진즉에 궁문을 굳게 지켰어야 될 일이지, 그때는 누구랄 것도 없이 줄행랑치더니!

이놈들아! 홀로 계신 마마의 혼백을 두고 이제와 나를 막아서는 이유가 무엇이더냐? 냉큼 문을 열어라 내가 마마의 옥체를 건사해야 하니라!"

문지기는 창검을 앞으로 내밀어 무녀를 막았다. 무녀는 목청 터져라 고래고래 고함을 치더니, 웃기도 하고 울기도 하면서 제풀에 지쳐서 요령을 흔들며 돌아갔다. 멀리 목멱산 위쪽으로 구름이 흘러서 달빛이 가물거렸다. 북악산 깊은 곳에서 늑대가 긴 울음을 뽑았다.

"웬 광녀인가?"

번을 서던 보초병이 물었다.

"자네는 모르고 있었던가? 한때 세상을 쥐락펴락했던 무녀 아닌가, 진령군이라고 못 들어 봤던가? 왜, 군란 때 중전마마께서 충청도로 피신을 하시지 않았었나. 그때 중전의 환궁일자를 말했는데 글쎄 그게 정확하게 맞아 떨어진 거야. 용한 게지. 관우성제의 딸이라는 소문이 자자했네.

중전이 환궁하시고 그 무녀를 궁으로 들였지. 궁에 관성단을 세우고 기거하게 한 거야. 궁에 드나드는 자들이 무녀의 거처를 들락거렸지. 중전께서 뒤를 봐주시니, 무녀의 위세가 하늘 높은 줄 몰랐네. 무녀에게 잘 보이면 당상관 자리도 어렵지 않았다고 했다더구먼.

실지 또 당상관 자리를 꿰찬 양반도 있고 말이지. 사람 팔자 모를 일이지, 중전께서 변을 당하시고 야반도주해서 삼청동 골짜기에 당집을 차리고 살고 있다고 하더군, 근자에 부쩍 하산하여 밤마다 궁문 앞에서 이러지 않나, 글쎄! 또 무슨 변고가 있을는지, 원 참."

24

야밤에 김홍륙이 입시했다. 김홍륙은 문전에 엎드려 임금에게 예를 올렸다. 임금은 내관을 향해 고개를 끄덕였다. 내관이 침전을 벗어났다.

"가까이 오너라."

김홍륙이 잰걸음으로 어전에 다가와 엎드렸다. 김홍륙이 도포 자락에서 서찰을 꺼내 탑전에 올렸다.

"이범진 대감의 서찰입니다."

임금은 문장을 읽어 내려갔다.

신은 지금 러시아 공사관에 홀로 앉았습니다.
신이 이제 앉아서, 지나간 날들을 헤아려 보자면 치미는 분노를 차마 가눌 길이 없습니다. 난신적자가 날뛰는데 이를 정토하여 배척하고 엄단하는 자를 찾아 볼 수 없으니 백성의 기강이 번잡하며 개 돼지가 더불어 문란하게 되었으니 어찌 강토가 가지런하겠나이까.
신이 멀리서 들으니 원통하고 망극하게도 칠흑이 내려앉은 시각에도 상의 침전에 등촉이 밝고 침수가 사납다고 하더이다. 조정의 대신이라는 자들은 무엇을 하고 있는 것인지요. 이들이 정녕 전하의 나라를 수반하는 신하된 자들인지요.
지난날 옥호루의 참담함을 지금 말한들 무슨 소용이 되겠는지요. 어윤중과 이진호의 패악을 다시 말한들 무슨 소용이 있겠나이까. 정병화와 유길준의 만행을 입에 담은들 또 무슨 소용이 되겠는지요. 신이 멀리서 전하의 안위를 깊이 심중에 담은들 답답하고 무참한 마음은 가실 길이 있겠나이까.
춘생문에서 어가를 온전히 새로 모시지 못하여 신의 불충이 죽음과 다르지 않습니다. 그날 저 무례한 고무라 주타로의 망동을 신이 어찌 한시라도 잊을 수 있겠습니까. 그 일로 전하의 충직한 신하들이 신명을 바쳤으니 참으로 떳떳한 이치는 하늘이 무심하지 않는 것이 진리였습니다.
신은 춘생문의 일을 진실로 거듭 반성하여 와신상담하였습니다. 적신이 내각을 점거하고 일본 공사관에 무시로 출입하여 일왕의 명을 지극히도 살피는 지금의 형국입니다.

이들이 일본을 등에 업고 어전을 치욕으로 범하는 일이 어제 오늘의 일이 아니옵고 이익이 있는 나라의 큰 상업은 모조리 일본의 수중에 든지 또한 오래입니다.
신은 매일 밤 지난해의 사변이 꿈속에서 되풀이되고 있습니다. 변란의 기미는 항시 있는 것으로 그것이 오늘일 수도 내일일 수도 있는 것입니다. 충과 무에 입각하여 전하의 옥체를 크게 살피는 인사가 궁에는 없으니 신은 이 밤 또한 초조하고 근심이 한량없습니다.
이에 신은 전하의 지난 밀지를 받들어서 러시아 공사와 논하여 오던 중, 마침내 러시아 본국에서 병졸을 조선에 증파하는 일이 성사되었습니다. 베베르 공과 스페이에르 공사와 이완용 대감과 더불어 전하를 뫼시는 일에 의견을 모았습니다.
전하께옵서는 어가를 이어하시어 나라의 기강을 바로 잡으시고 국부의 존엄함을 만천하에 공포하소서. 신이 어가를 시위할 것입니다. 신을 믿으시고 성심을 강녕히 하소서. 기왕의 일이 그릇되었다고는 하나 장래에 이를 바르게 할 수는 있을 것입니다.

신 범진 올림

임금은 지필묵을 손수 내어 썼다. 전등 빛이 채 마르지 않은 문장을 비추었다.

나라의 일을 믿고 맡길 만한 사람이 없어 경에게 깊이 의지하고 있었는데 다행히 지난날 춘생문에서 경이 무사하여 나는 말할 수 없이 기쁘다. 정월에 러시아 공사에게 차마 난처한 청을 넣고 나는 저 기왓장에 얹힌 어처구니처럼 여기에 머물러 있었다.

내 민망함이 이러하니 죽어서 선대왕께 석고대죄함이 마땅할 것이다. 이것이 나의 마음이다. 경이 나라의 운명을 근심하여 정세를 바꾸는 일에 깊이 노고하니 그 충정이 갸륵하고 크다. 나는 이에 경의 시위에 의탁하여 윤하니, 경은 기왕의 전철을 밟지 말고 살피고 또 살펴서 부디 행하라.

임금이 밀지를 내밀었다. 김홍륙이 엎드려 밀지를 받았다.

"범진에게, 보이거라."

"신명을 다할 것입니다. 전하!"

"러시아 공사의 기별은 있었더냐."

"그러하옵니다. 전하 삼일 전에 신이 러시아 공사관에 이범진, 이완용 대감과 함께 들어 베베르 공과 스페이어 공사를 면전하였습니다. 이레 전 러시아 함이 인천에 입항하였습니다.

금일이나 늦어도 내일이면 수병이 도성으로 향할 것이라 전했습니다. 수병 백여 명에 야포 1문이 도성에 배치될 줄로 아옵니다. 약조한 날에 전하를 영접할 것이라 했습니다."

"베베르 공은 언제 떠난다고 하더냐?"

조선 주재 러시아 공사였던 베베르는 타국 공사로 부임 예정이었다.

"베베르 공은 귀국을 연장하였습니다. 새로 부임한 스페이어 공사 또한 본국에 특별히 청을 넣어 베베르 공의 출국일은 아직 확정된 바 없는 것으로 알고 있습니다.

베베르 공과 신이 친교가 두터우니 출국을 하게 된다면 신에게 언질을 줄 것으로 아옵니다. 러시아 공사관은 전하의 옥체를 받들 준비에 여념이 없어 보였습니다."

"노고가 크구나. 내가 너를 잊지 않을 것이다. 가거라."

장지문이 열렸다. 김홍륙이 뒷걸음으로 물러났다.

"저 자를 어찌 보느냐?"

임금은 지밀내관을 쳐다보았다. 내관이 고개를 들어 임금의 안색을 살폈다.

"저자에 홍륙의 행실이 오르내리고 있다고 합니다. 지방에서 상경한 무리들이 홍륙이 거하는 곳에 집문서를 들고 찾아 든다고 듣고 있습니다. 무도한 자들은 첩을 내어 준다는 항설도 풍문만은 아닌가 보옵니다. 부정에 쉬이 젖는 자이며 이권을 깊이 좇는 자로 여겨지옵니다. 음특할 따름입니다."

임금의 얼굴에 쓴 웃음이 흘렀다.

"어쩌겠느냐, 베베르 공이 천거했고 또 러시아 말을 저자만큼 하는 사람이 없으니. 통언할 일이 끝나면 부를 일이 있겠느냐. 엄

상궁은 어찌하고 있느냐?”

*

북악산 산비탈을 타고 바람이 내리쳤다. 나뭇가지에 붙은 잔설이 바람에 쓸렸고, 우듬지에 쌓인 언 눈덩이가 떨어졌다. 녹산에서 올빼미가 울음을 털어내었고 궐 밖 개 짖는 소리가 바람의 꽁무니를 따랐다. 궐은 산그늘에 포위되어 한층 짙은 어둠에 갇혀 있었다. 전각들 사이로 눈보라가 내달렸다.

내각이 서고 총리대신이 주도해나가는 개혁은 임금을 허깨비로 만들었다. 임금은 다만 내각이 올린 문서를 수결할 뿐, 의견을 내지 않았다. 내각이 결정해서 올린 문서에 입을 열어 윤허할 때, 임금은 냉수를 마셨다.

임금의 힘은 상궁의 젖가슴을 쥐거나 치마 속으로 돌입할 때만 작동했고, 강녕전 밖으로는 확장되지 않았다. 방 한 칸에 매이어 옴짝달싹할 수 없는 죽음을 앞둔 노인의 기침소리와 같이 임금의 힘은 사소했다.

“너의 몸은 편안하구나.”

“신첩이 오래 머물겠습니다.”

임금의 몸이 버석거리며 상궁의 아래에 달라붙었다. 상궁은 맥없이 허우적거리는 임금의 몸을 끌어당겼다. 임금은 상궁의 몸속에서 바동거렸다. 임금의 조바심이 밀려 올 때, 상궁은 가랑이를 더욱 열어서 임금을 달랬다.

임금은 한 움큼의 몸으로 보채며 다가왔다. 상궁은 임금의 조바심을 받아들이며 가랑이를 오므렸다. 임금의 숨소리가 거칠어졌고 상궁의 신음이 침전에 번졌다. 상궁이 신음할 때, 임금은 안간힘으로 다가왔다.

상궁은 임금의 몸의 방향이 수월하도록 자세를 맞추어 주었다. 상궁이 이끌어 주는 알맞은 동작에 따라 임금은 다가오거나 멀어졌다. 상궁은 가랑이를 열거나 닫으면서 임금을 받았고 임금은 상궁의 몸 안에서 기진맥진했다.

임금의 몸은 정욕의 절정으로 다가갔고 상궁은 임금의 절정을 끌어안으며 낮은 교성을 내어 임금을 안심시켰다. 임금의 거친 숨결이 상궁의 가슴골에 닿았다. 바람이 창호지를 두드리고 지나갔다.

푸르스름한 어둠에 쌓인 침전은 고립무원이었다. 일월도에 그려진 해는 어둠에 묻혀 겨우 형태만을 유지했고, 세 개의 봉우리를 건너서 떠 있어야 할 달은 색 바랜 윤곽이 흐릿했다.

병풍 그림에서 소나무 밑둥이 지워져 솔잎가지는 공중에 뜬 채 허망해 보였다. 폭포수가 쏟아 내는 물살들이 푸른 어둠 속에서 희번덕거렸고 물결이 희미하게 넘실거렸다. 지밀至密한 곳에서 실체는 분명해지는 것인지 침전에서 어둠은 더욱 선명하게 살아있었다.

25

새벽녘에 바람의 방향이 바뀌었다. 산을 내려왔던 바람이 산으로 돌아갈 때, 눈보라는 바람을 따라 몰려갔다. 개 짖는 소리가 잦아들었고 닭들이 홰를 치며 울어댔다. 눈발이 잦아들었는데 여명은 아직 멀리 있었다.

가마꾼들이 뿜어내는 입김이 공중에 허옇게 피어났다. 건춘문 앞에서 가마가 멈추었다. 문지기가 사인교[28] 안을 살폈다.

"손수 전하께 올릴 찬을 장만하려 하네."

가마 안에서 상궁이 휘장을 걷어 올리며 말했다.

몇 달 전부터 임금은 수라를 물렸다. 수라간에서 차려오는 음식의 경로와 내막을 임금은 신뢰할 수 없었다. 임금이 음식을 입에 대지 못한다는 사정이 도성에 퍼져 나가자 외국 공사관에서 음식을 만들어 궐로 들여오는 경우가 늘어났다.

임금은 공사관 부인이 넣어 주는 통조림과 연두부를 먹었다.

외국 공사관은 임금이 먹을 음식을 보낼 때, 자물쇠를 달아 임금에게 보냈다. 임금은 상궁이 자물쇠를 열면 그제야 한 숟갈씩 떠서 먹었다.

"주상께서 수라를 멀리하시니 이 몸이 손수 찬을 지어 올리기는 하나, 정월 초하루도 멀지 않았고 오늘부터는 마련해야 할 것들이 제법 많아서 시녀상궁도 대동하기로 했네."

상궁은 은전 꾸러미를 궁궐 보초병에게 건넸다.

"고기라도 끓어서 명절을 나시게나."

상궁이 탄 가마 뒤로 사인교 한 채가 뒤따랐다. 보초병은 사인교 안을 확인하더니 길을 터주었다. 궁문이 열리고 가마는 어둑한 새벽으로 사라져 갔다.

"저렇게 새벽마다 나다닌 게 벌써 며칠이구먼, 궁중법도가 땅에 떨어진 게지. 어찌 정오품 상궁이 감히 대궐 안에서 큰 가마를 부리나. 도시 이게 있을 수 있는 말인가, 그려!"

궁문이 닫히자, 동료가 가래를 돋워 바닥에 뱉어 냈다.

"그만 하소. 법도는 무슨, 대궐에 법도가 사라진지 어제 오늘이오. 상궁이 우리들 설쇠라고 이렇게 두둑하니 챙겨 줬소. 이제 곧 설인데, 몇 번 더 야간 번을 서면, 올해는 고깃점이라도 씹을 수 있겠소, 그래."

병졸은 은전 꾸러미를 나누어 동료 문지기에게 건네었다. 나무기둥에 박힌 문고리에 횃불이 번득거렸고 송진 타는 연기가 어둠에 하얗게 금을 그으며 올라갔다.

상궁은 가마를 세우고 위치를 확인했다. 목적한 곳은 경운궁이었다. 궐문을 통과해서 경운궁까지는 한 시각이면 족할 거리였다. 종로를 벗어나기까지 검문은 없었다. 서울에 군사들이 눈에 띄게 줄었는데 전국에서 일어난 의병과 대치하고 있었다.

내각은 의병을 진압하기 위해 군사를 팔도 각 처로 보냈다. 도성 안 수비는 한층 허술해 보였다. 보름을 나흘 지나서 달은 반달에 가깝게 줄어들어 있었다. 임금의 수척한 얼굴이 달빛에 어른거렸다. 청계천가에 달빛이 푸르스름하게 스미었고 쌓인 눈에 달빛이 엉기었다.

여드레 전이었다. 내각 대신들이 어전을 벗어난 시각에 상궁은 임금에게 냉수를 올리고 침전 밖에서 시립하고 있었다. 늙은 환관이 상궁 앞을 지나치며 작은 목소리로 말했다.

"발밑을 보시오."

상궁은 발끝을 움직여 발아래에 떨어진 물건을 밟아 치맛자락 안으로 끌어넣었다. 환관은 빠른 걸음으로 모서리를 돌아서 사라졌다. 상궁은 몸을 낮추어 흰 물건을 버선목에 집어넣었다. 시립을 마치고 처소로 돌아온 상궁은 물건을 꺼내었다. 밀서였다.

내일 저녁, 서소문 친정에서 뵙겠습니다.

상궁의 친정이 서소문이라는 것을 알고 있는 사람임은 분명할 것이지만 밀서는 보낸 사람도 용무도 적혀 있지 않았다. 궐 안팎으로 일본군과 내각대신들이 임금의 동태를 예의 주시하고 있었다.

상궁은 궁내부 입직관에게 임금의 기력을 회복할 보양식을 장만하기 위해 친정에 다녀와야 한다고 말했다. 입직관은 상궁의 궐 밖 출입을 허락하였다.

*

"이범진 대감이 서울에 계십니까?"

이범진은 임금을 탈출시키려는 계획이 실패로 끝나고 종적을 감추었는데 상하이로 피신했다는 소문이 파다했다.

"얼마 전 제물포로 입국했습니다. 이 몸이 직접 대감을 뵈었습니다."

박치근이 밀지를 내밀었다.

"때가 되면 다시 기별이 있을 것이라고도 하였나이다."

"알겠소, 대감께서 달리 더 언질하신 말씀은 없으셨소?"

"전하께서도 일의 맥락은 알고 계시오니 별도로 전하께 서찰의 내용까지는 아뢸 것은 없다고 하였나이다."

박치근은 말을 끝내고 자리에서 일어섰다. 박치근이 일어선 자리에 마른 풀들이 떨어져 있었다. 상궁은 조심스럽게 서찰을 펼쳤다.

인시에 가마를 내어 궐을 나와 묘시에 다시 입궐하시기를 매일같이 하시게. 정월 초하루 전에 어가를 러시아 공사관으로 모시게 될 것이네.

범진

상궁은 서찰을 찢어서 화로에 넣었다. 글자가 화염에 뒤틀리며 사라졌다.

다음날 새벽부터 상궁은 임금께 올릴 찬거리를 손수 마련하기 위해 가마를 타고 궐 밖으로 나갔다. 매일 첫 닭이 우는 소리를 들으며 나갔고 두세 시간 후 임금이 먹을 찬을 장만해서 궐로 돌아왔다.

“광통방을 지나서 경운궁 쪽으로 방향을 잡으시게”

상궁은 다시 장옷을 뒤집어쓰며 가마에 올랐다. 마른 풀들이 가마꾼의 발길에 서걱거렸다. 발감개를 쳐서 가마꾼의 걸음걸이에 소리가 없었다. 상궁은 다가올 날의 긴 여정을 생각했다. 청계천을 건너간 가마는 경운궁으로 방향을 잡았다. 인왕산 바윗돌에 여명이 어리고 있었다.

26

산정의 바람은 아렸다. 한강을 스치고 오르는 바람은 칼날이 되어 산맥을 쳤고 헐벗은 나무 가지들이 바람에 꺾이며 울었다. 바람은 거치적거릴 것 없는 겨울 초목을 스스럼없이 건너와서 성벽의 총안을 들이치며 고꾸라졌다. 성 너머 내려다보이는 겨울 강에 식은 해가 박혀 있었다.

방억수는 남한산성 서장대 성루에 서서 도성 쪽을 바라보았다. 멀리 도성의 성곽이 남산 자락에서 뻗어 나와 굽어져 들어갔다. 찬바람이 방억수의 얼굴에 세차게 부딪혀서 콧물과 눈물이 번졌다. 방억수는 소맷자락으로 흐르는 콧물을 닦고 눈물을 찍어 내었다. 번이 끝나고 막사로 돌아가는 길에 의병대장이 방억수를 찾았다.

"방 의병은 단발을 하고, 내일 도성으로 잠입하시오."

"도성에 일이라도 있는지요?"

"중전마마의 참극이 빌미가 되어 우리가 일어나서 소기의 목적을 같이하여 의합하고 있기는 하지만 무작정 전투가 길어지면 기실 불리한 쪽은 우리가 될 것이오. 백현에서의 승리로 이곳 산자락에 둔을 구축하여 비로소 대치전을 형성하였다고는 하나 산속에서 오래 버틸 수는 없는 일이오.

각 지방마다 의병이 일어서서 진지전을 구축하여 이루고자 하는 바는 오직 하나 나라의 근본을 다시 세우고 외세에 의지하지 않는 조선의 떳떳함일 것이오. 우리가 일어난 까닭인 게지요. 까닭이 사라진다면 열일을 내던지고 이곳에서 대치할 연유 또한 사라질 터."

"소인이 도성에 가서 할 일은 무엇입니까?"

산 아래는 추위가 풀어지면서 얼었던 강이 녹았다. 물이 녹을 때, 중심부의 연한 얼음은 햇살을 품어서 물의 안쪽으로 스미었다. 물에 스민 햇살은 주황빛 자맥질로 물속에서 신생하듯 자지러졌다.

자지러진 햇살에 다시 얼음이 녹아서 강은 속살에서부터 계절의 변화를 맨 처음 감지하고 있었다. 나룻배가 얼음이 풀어진 강을 헤치고 갔다. 나룻배가 나아갈 때 덜 녹은 얼음들이 이물에 닿아서 깨어졌다. 쪼개진 얼음 위로 햇살이 분주하게 떠다녔고 보이지 않는 강의 상류에서부터 녹아내린 물들이 언 땅을 치받으며 세차게 밀려왔다.

급한 물결이 나룻배의 우측면을 치고 부서졌다. 상판에 물이 튀어 올라 갑판에 흥건하게 물이 고였다. 판자와 판자를 댄 틈에 물막이 질이 무뎌서 백회白灰가 벗겨졌고 상판의 물림이 뒤틀렸다.

"강이 녹으니, 한 겨울은 다간거지."

사공이 시나브로 노를 저으며 누구에게랄 것도 없이 말했다. 한 세월 물살을 버텨내느라 사공의 손목은 옹이 박힌 박달나무처럼 단단해 보였다.

강이 마저 녹는지 상류에서 얼음 깨지는 소리가 산골짜기에서 쩡쩡 메아리 쳤다. 물들이 길길이 날뛰었다. 먼 상류로부터 뒤채이며 밀려오는 물속에서 햇살이 난반사했다.

물들은 떼를 지어 밀려왔는데, 물살의 끄트머리가 뒤로 젖혀져서 물은 마치 상류로 거슬러 오르는 듯 했다. 나룻배는 물마루에 타고 이물을 곤두박으며 나아갔다. 사공의 이마에 땀이 맺히고 저만큼 아차산이 부쩍 다가왔다.

"갑오세 가보세 을미적 을미적 거리다 병신이 되면 못 가리."

사공의 노래가 찬 공기를 타고 흘렀다. 갑오년에 일어나지 않으면 을미년에 미적거리게 되고 병신년에는 아예 일을 못 이룬다는 의미였다. 우금치에서 패하여 전봉준과 김개남은 참수 당했다. 방억수는 우금치에서 살아남아 남한산성의 김하락을 찾아갔었다.

김하락은 백현에서 일본 수비대를 궤멸시키고 남한산성에 둔屯을 구축했다. 남한산성 서장대에서 바라보는 도성은 강물의 흐름

너머에 숨죽이고 있었다. 강물이 불어나면 먼 곳에서 배들이 밀려와서, 송파나루에 사람이 들끓었다.

토색질로 만행을 일삼는 군수와 향리의 목을 베는 일은 백성을 위해서 어쩔 수 없는 일이었다. 폐정을 개혁하고 보국안민 광제창생의 기치는 동학의 기치이기에 앞서 조정이 백성과 백성의 나라를 살피는 최우선의 방도였어야 할 것이었다.

방도가 방편이 되지 못하고 방향과 기약이 없어 농사짓는 사람들이 낫과 괭이를 든 것이었다. 무명잡세가 만연하고 생업이 파탄 나서 백성은 곪아서 죽어가고 있는데도 보국과 안민은 쳐다보지도 않고 외세와 내통하여 저들이 얻고자 해야 하는 것이 무엇이든가.

청국에 국시를 맡겨야 하는 것이었던가. 아닐 것이다. 청국은 쇠망의 일로에 있다. 일본에 패퇴하고 러시아가 개입해서 랴오둥 땅을 겨우 회복했지 않는가. 설령 청국이 부강을 회복한다 해도 조선은 더는 청국의 그늘막에 있을 수 없는 노릇이다.

일본은 어떠한가. 결단코 아니다. 임금의 처소에 난입하고 칼을 휘둘러 왕세자를 내리치고 왕후를 무참히 살해한 저들 아닌가. 천인공노할 만행을 저지르고도 은근슬쩍 넘어가는 뱀처럼 징그러운 족속들. 저들의 야욕은 기어이 이 나라에 똬리를 틀 것이다.

배가 나루터에 닿았다. 사공이 삿대를 놀려 배의 접안을 조절했다. 방억수는 물러진 얼음 밑으로 물 흐르는 소리를 들으며 배에서 내렸다. 얼음기가 빠진 눈 위에 방억수의 발자국이 찍혔다.

강변에 군집을 이룬 마른 억새들 사이로 부들이 웃자라 한 차례의 매운바람을 기다리고 있었고, 사공의 노동이 지나는 자리에 햇살이 무지갯빛을 뿜어냈다. 방억수는 패랭이 끈을 고쳐 매고 마포 방면으로 방향을 잡았다.

방억수는 서소문을 통해 도성 안으로 들어섰다. 사직단 너머 바윗돌에 햇살이 박혀 있었고 우측으로 보이는 외국 공관의 국기가 게양대에서 펄럭거리고 있었다. 방억수는 조선의 국기를 생각했는데 조선에 국기라고 내세울 만한 것이 없었다.

방억수는 경희궁을 지나 종로통에서 피마길로 접어들었다. 쌓인 눈이 녹아 지붕이 무겁게 내려앉은 초가들이 납작 엎드려 있었다. 드물게 기왓장을 얹은 집들이 박혀 있었고 청계천을 따라 초가가 동대문까지 다박다박 엎어져 있었다.

피마길 구석에서 걸인이 무 토막을 급하게 씹고 있었다. 손가락 끝이 얼어서 무 토막이 미끄러져 흙바닥에 떨어졌다. 걸인은 떨어진 무 토막을 주워서 우적거리며 먹었다.

걸인은 방억수를 곁눈질로 보며 주섬주섬 골목으로 사라졌다. 방억수는 걸음을 재촉했다. 바람이 골목을 쓸고 지나갔다. 날이 풀려서 그런지 아낙들이 옷가지를 이고 냇가로 가는 모습이 보였고, 아이들이 여럿 나와서 눈 녹은 길을 뛰어다녔다.

밤의 기운이 푸르게 번졌다. 방억수는 청계천변을 따라 걸었다. 북악, 인왕, 남산의 물줄기를 품은 개천은 오간수문을 지나 중랑천으로 흘러들었는데, 도성 안에서 개천은 주눅 들어 여울 없이 순하게 흘러갔다. 순한 흐름의 천변을 따라 얼음이 덜 녹아서 흐르는 물은 소리가 구슬펐다.

"춘천에서 이소응 대장이 사람을 보낼 것이오. 해가 인왕산을 넘어가면 광교 주막에서 기다리고 있을 것이오. 그 이후 방침은 그쪽에서 생각해 둔 것이 있을 터이니, 가서 힘을 보태주시오."

방억수가 산성을 떠날 때, 김하락의 말이었다. 방억수는 광교를 지나 김하락 대장이 말한 주막을 찾아갔다.

*

봉놋방 불빛이 밝아서 주막은 따뜻해 보였다. 방억수가 사립문 안으로 들어서자, 얹은머리를 한 초로의 주모가 방억수의 행색을 아래위로 살폈다.

"묵고 가시게, 먹고 가시게?"

주모는 오가는 행려자들의 치다꺼리로 피로가 인이 박힌 목소리로 물었다. 방억수는 대답이 궁색해서 눈을 돌려 불 밝힌 방들을 짚어 보았다. 행랑방 문이 열리더니, 사내의 목소리가 주모 쪽으로 건너왔다.

"안으로 뫼시게."

주모가 턱짓으로 방억수를 안내했다. 방억수는 주변을 살피며 행랑방으로 걸어갔다. 개천을 구르는 물소리가 뒤란에서부터 들렸고, 밥과 국이 익는 냄새가 새카만 밤공기에 번져 있었다.

사내는 일어서서 방억수를 맞았다. 술상을 가운데에 두고 짚방석이 깔려 있었다.

"앉으시지요."

방억수는 패랭이를 쓴 채 사내가 권한 자리에 앉았고 이어서 사내가 건너편에 자리했다. 방억수는 사내에게서 끼쳐오는 야성의 질감을 동일한 질감을 가진 자로서 알 수 있었다.

"춘천에서 왔습니다."

사내가 입을 뗐다.

"대장님은 무사하십니까?"

방억수가 급히 물었다.

이소응 대장은 일본을 왜노로 규정하고 의병을 일으켰다. 춘천부 관찰사로 파견된 조인승이 단발하고 부임하자 목을 베었다. 조정이 친위대를 파견해서 이소응 대장이 이끄는 의병을 부수고 있다는 소식을 방억수는 남한산성에서 들었다.

"대장님은 무사하십니다만, 우선은 전황이 사나워 잠시 강원도 방면으로 진을 옮겼습니다. 일본 놈들의 총포가 뒤를 받치니 거점전은 녹록치 않습니다. 여기저기 옮겨 다니며 기습전으로 대응하는 것이 필요할 듯합니다."

사내는 고요히 말했다.

"소인이 해야 할 일이 있다고 들었습니다."

방억수가 사내를 응시했다. 사내가 방억수의 이마 위쪽을 보며 말했다. 방억수 역시 패랭이를 갖추고 있었는데, 패랭이 속에서 짧아진 머리카락이 불빛에 드러나 있었다.

"단발을 하셨습니다."

"체두관이 저자를 훑고 있으니, 대처에서의 방편을 위함입니다."

"하기야, 주상전하의 어발을 해하는 자들이니, 쳐 죽일 놈들입니다. 부모에게서 물려받은 신체까지 훼상해서 일본의 환심을 사려고 덤비는 꼴들이라니!"

사내의 입 꼬리에 환멸이 일었다.

방억수는 사내의 말이 자신을 향한 조롱이나 낙담을 표출한 것이 아니라는 것은 알았지만, 그렇다고 방편으로서 변발을 옹호하는 발언 역시 아니라는 것을 느꼈다. 방억수는 사내의 분노가 풍찬노숙을 지탱하게 할 수 있는 근원이라는 것을 알 수 있었다.

*

조정은 건양 원단(1896년 1월 1일)에 문장을 적어 고시했고 임금은 내각에서 지어올린 문장으로 조령을 내렸다.

내가 조상들의 위업을 받들고 만국이 교통하는 시운을 당하여 천시를 상고하고 인사를 살펴보건대 오백 년마다 반드시 크게 변천하니 너희 백성들은 나의 계고를 들으라.

전장법도는 천자로부터 나오는 법이다. 내가 등극한 지 삼십삼 년에 세계가 맹약을 다지는 판국을 맞아 정치를 경장하는 길을 가지 않을 수 없다. 이에 정삭을 고치고 연호를 정했으며 복색을 바꾸고 단발을 하니 너희 백성들은 내가 새 것을 좋아한다고 말하지 말라.

……

내가 이번에 정삭을 고치고 연호를 세운 것은 오백 년마다 크게 변하는 시운에 대응하여 국가를 중흥하는 큰 위업의 터전을 마련하는 것이며, 복색을 바꾸고 머리를 깎는 것은 국인의 이목을 일신시켜 옛 것을 버리고 유신하는 정치에 복종시키려는 것이니, 이것은 내가 전장법도로써 시왕의 제도를 세우는 것이다.

내가 머리카락을 이미 잘랐으니 너희 백성들도 어찌 받들어 시행하지 않겠는가? 나라는 임금의 명령을 듣고 가정은 가장의 명령을 들으니, 너희들 백성들은 충성을 다하고 분발하여 나의 뜻을 잘 새겨서 서로 알리고 서로 권하여 너희들의 머리카락과 구습을 한꺼번에 끊으며 모든 일에서 오직 실질만을 추구하여 짐의 부국강병하는 사업을 도울 것이다.

아! 나의 어린 자식들인 너희 백성들이여.

정병하는 임금의 어발을 잘랐고 유길준은 왕세자의 머리카락을 이발했다. 유길준은 어전에 조아려 말했다.

"위생이 가지런해야 백성이 무병하고 백성이 무병해야 부국의 길이 열리는 것입니다."

단발의 칙령은 빠르고 단정해서 나라 구석구석에서 상투가 잘리고 뜯겼다. 국모의 변란에 비분강개한 백성들에게 단발의 명은 저잣거리의 민심을 갈아서 흉기로 만들기에 충분했다.

전국에서 백성들이 무기를 들고 나서서 관청을 기습했다. 조정은 선무관을 파견하여 진압에 나섰고 급기야 전국의 의병이 남한산성에 모여들어 관군과 대치했다.

단발의 영은 도성 저잣거리를 휩쓸었다. 도성에 방문차 상경한 영문 모르는 촌로들은 사대문 통로에서 붙들려 상투가 잘렸다. 칠패 거리에서 한 사내가 단속 관원에게 체포되었다.

이발사가 사내의 갓과 망건을 떼어내고 가위로 상투를 잘랐다. 사내의 머리채가 봉두난발로 흘러내렸고 정수리 부근이 훤하게 드러났다. 사내는 시장 바닥을 치면서 울었다.

"니미럴, 장발승이 따로 없구먼, 죄다 중이 되는 게 낫겠네!"

포목점 주인이 천을 감아 돌리며 욕지거리를 내뱉었다.

사내는 원산 사는 보부상이라고 시전 상인들이 말했다. 성문이 닫히고 상인들은 시전을 철시했다. 인왕산 뒤편으로 노을이 붉었고 사내의 어깨가 긴 그림자로 흐느꼈다.

지방 유림에서 상소가 빗발쳤고 궁내부 특진관 김병시를 비롯하여 조정 대신들이 임금을 알현하여 단발령을 폐기해 줄 것을 극력 주청했다.

"신들이 이제 장차 이런 몰골로 종묘에 들어가 신하와 백성들을 대하겠습니까? 한 줌의 빈 머리로 조상께 예를 올려야 하나이까? 정삭이 문득 혼란해지면 태조대왕께는 어느 날에 맞추어 제를 올려야 하나이까? 지극히 원통하고 안타까움을 금할 수 없습니다. 삼가 바라건대 전하는 종묘사직의 중함을 생각하여 해와 달이 바뀌듯이 특별히 마음을 전환하시어 이미 내린 명을 도로 취소하소서!"

임금은 말했다.

"요즈음의 일은 시세를 헤아려서 결단하여 시행한 것이다. 경들의 깊은 지식과 원대한 생각으로 어찌 근본을 보지 않는가?"

*

"국이 식겠습니다. 드시지요."

사내가 음식을 권했다. 술상에는 머리국밥과 오지항아리에 동치미가 담겨 있었다. 주모의 손이 크지 국밥에는 고깃점이 넉넉했다. 방억수는 허기가 밀려왔다.

돌이켜 보면 남한산성을 내려온 후 변변찮게 된 끼니를 접하지 못했다. 사내가 숟가락을 들어 국물을 떴다. 방억수는 고깃점을 한술 가득 떠서 입에 넣었다. 물컹한 고깃점이 씹혔고, 고깃점에 베인 육수의 순한 질감이 허기의 테두리를 적셨다.

밀물이 오듯 방억수의 허기가 득달처럼 달려들었다. 고깃점의 육질이 달려드는 허기를 밀어내었고, 허기는 다시 달려들었다. 식도와 위장에서 허기가 요동치면서 뚜렷하게 밀려들었다. 방억수는 거푸 먹었다.

국밥의 육수는 건더기들이 뿜어낸 고유의 향을 모두 품어서 또 다른 세상의 맛을 생성하고 있었다. 육수는 재료의 모서리를 다듬어서 국물에 녹여내었는데, 재료들은 저마다의 개성을 버리고 국물에서 하나의 맛으로 어우러졌다.

굵은 대파의 알싸한 맛도, 마늘의 아린 맛도 모두 국물 안에서는 모서리가 없었다. 방억수는 그 모서리 없음이 그저 놀라웠다. 오래 끓인 육질은 애초의 투박한 질감을 떨쳐내어 순하게 목구멍의 안쪽으로 넘어갔다. 대파와 고사리가 숨이 죽어서 목 넘김이 부드러웠다.

방억수는 오지항아리에서 무 조각을 건져서 한 입 베었다. 차갑고 시큼한 향이 입안 가득 퍼졌다. 피맛골에서 마주친 걸인이 씹어 먹던 흙 묻은 무 토막이 떠올랐다.

"박치근?"

방억수로서는 익숙한 이름이었다.

"한때는 동학에 가담했다고 알고 있소. 방 의병과는 일면식이 있는 줄로 알고 있습니다. 그렇습니까?"

"우금치에서 잠시나마 함께 했던 적이 있긴 하오. 헌데 그 자를 어찌 거론하시는지?"

"진령군이라고 중전이 총애하던 무녀인데, 박치근이라는 자가 그 무녀에게 금덩어리를 가져다 바치고 종구품 벼슬자리를 얻었지요.

문제는 이자가 우리 의병을 팔아 돈을 모으고 있소. 싸움터마다 졸개를 위장 잠입시켜 죽은 동지의 목을 베어 일본 쪽에 넘겼소. 좀 알아본 바로는 부산의 일본 총영사가 목 하나당 얼마를 떼어 주는 식이었소. 그런데 이 쳐 죽여도 시원찮은 자는 권세가와 바싹 붙어 지내는지라 접근하기가 여간 어렵지 않소."

우금치에 패하고 퇴각하는 길에서도 박치근은 그랬다. 충분히 그럴만한 자라고 방억수는 생각했다.

"일본 쪽과 가깝게 지내고 있는 것은 맞기는 한데 이 자는 좀 이해되지 않고 난해한 것이, 동학군의 일을 후방 지원하면서 의병과 뜻을 같이 한 적도 있었소. 얼마 전에는 일본 공사관이 운영하는 빈관을 기습하기도 했소. 오락가락하는 행보를 보이는 것이 승냥이 같은 자요.

이 자를 좀 캐 보니 돈 되는 일이라면 못하는 게 없는 자입디다. 과거 행적을 수소문 해봤더니 여자아이를 팔아넘기고, 일본 무슨 단체와는 총기도 거래했습니다. 빌어먹는 자들을 아전에 넘기고 돈을 받아 처먹고 죄를 뒤집어씌우는 일도 부지기수더군요. 뼈를 깎아도 시원찮을 자요!

그런데 놀랍게도 또 최근에는 이 자가 러시아 공사관 쪽 사람들과 어울리고 있습니다. 러시아 통역관 김홍륙의 수족이 되었고 얼마 전 함경도 운산 탄광에 다녀갔지요. 이 탄광은 우리의병에게 자금줄이 되는 곳이오.

그런데 탄광 운영업자가 금을 외국으로 유출한다는 혐의를 씌어 그 자리를 박탈해 버렸소. 운산 탄광을 노리고 있는 듯 보이오.

김하락 대장에게 방 의병을 특별히 요청한 것은 이 자의 얼굴을 아는 자가 방 의병이 유일하오. 무엇보다 이 자 옆을 지키는 보부상들의 실력이 만만찮소. 방 의병이 이 일의 적임자라 여겨 손을 보태 주시기를 청하오. 이런 자를 살려 둘 수는 없지 않겠소!

일이 잘 끝나면 일본 영사관을 급습할 것이오. 부산과 서울에서 동시 기습을 준비하고 있소."

전라도 피신 길에 죽은 동지의 목을 끊어 제 목숨을 연명하려고 악에 받쳐 있던 박치근의 피 묻은 얼굴이 방억수의 뇌리에 떠올랐다.

파천

1896.2.11.

공사관 후문을 통하여 가마가 들어왔다. 가마꾼이 어깨에 멘 줄을 풀었다. 임금이 가마에서 내렸고 왕세자가 뒤이어 들어온 가마에서 내렸다. 러시아 공사가 미소를 지으며 목례했다. 여장으로 변복한 왕과 왕세자를 보고 이완용이 오열하며 나섰다.

"전하 신들을 죽여주시옵소서! 신들이 미력하여 전하를 이 지경에 이르게 하였나이다. 신들을 용서하지 마소서!"

"먼저, 의대를 바르게 하자."

임금이 다가서는 자들을 만류했다.

러시아 공사가 손짓을 내어 공사관 출입구를 가리켰다. 이범진이 임금의 앞에서 길을 잡았다. 임금과 왕세자의 뒤를 이완용이 따랐다. 가마꾼들이 가마를 들고 공사관 뒤편으로 돌아갔다.

시린 바람이 공사관 창을 때렸다. 교대병들이 총검을 기치하고 정문에서 차렷했다. 여명이 가시고 멀리 아차산 너머로 아침 햇살이 번지고 있었다.

상궁이 상복을 대령했다. 임금은 의대를 갖추었다.

“차가운 물을 다오.”

“기후가 차오니 더운 차를 준비하겠습니다.”

“먼 길을 왔구나. 차가운 물이면 되겠다.”

임금이 이어했다는 소식에 내각은 경악했다. 총리대신 김홍집과 각 부 대신이 서둘러 입궐했다. 유길준은 숙직으로 궁에 머물렀던 궁내부대신 이재면을 질책했다. 이재면은 우물쭈물 댔다. 각료들은 일의 경위를 두고 갑론을박했다. 제각기 후속대책을 말했으나 대책이 있을 리 없어 전전긍긍했다.

“내가 전하를 알현하고 오겠소!”

김홍집이 어두워진 표정을 딛고 말을 이어갔다.

“주상께서 궁을 비우는 사태이니, 각 대신들은 더욱 맡은 바 중임을 견지해 주시오. 내 다녀와서 내각을 다시 소집하리다.”

김홍집은 이어 나가려던 말을 거두었다.

“총리께서 지금 전하를 뵙는다고 일이 바로 될 리 만무합니다. 이미 이범진, 이완용 일당이 전하를 호위하였습니다. 이범진은 승하하신 중전이 아끼던 사람입니다. 이들은 필시 중전마마의 변고를 현 내각의 책임으로 돌릴 것이 자명합니다.

내각을 부술 것이 확실합니다. 총리께서는 훗날을 위해 우선 몸을 피하시는 게 상책입니다.”

유길준의 목소리에 긴장이 묻어났다. 각료들은 금방이라도 어디론가 뛰쳐나가 숨기라도 해야 될 듯 사색이었다.

"나는……"

김홍집은 입이 타들었다.

"명색이 내각을 책임지고 있는 사람이오. 피할 곳도 피해야 될 연유도 내게는 없소. 전하를 뵙고, 상심上心을 바로 하는 것이 지금 내게 부여된 책무일 것이오."

김홍집이 회의장을 벗어났다. 회한이 밀려왔고, 닥쳐올 운명은 칠흑처럼 선명했다. 아차산 방면에 뜬 해가 남산을 겨누고 있었다. 길어질 하루를 김홍집은 생각했다.

*

임금은 의대를 갖추고 창문가에 섰다. 커튼을 드리운 창문 틈으로 햇살이 쏟아져 들어왔다. 임금은 커튼을 열어 밖을 내다보았다. 러시아 군이 교대를 하는지 오를 맞추어 정문 쪽으로 향했다. 러시아 군인들은 보폭이 느렸는데 신장이 크고 어깨가 좁았다.

그들의 어깨에 걸린 총검에 신생하는 햇살이 닿아서 번쩍거렸다. 번득이는 총검에서 튕기는 햇살은 사납고 날카로웠다. 임금은 얼른 시선을 먼 곳으로 돌렸다.

임금의 시선이 닿은 산등성이에서 햇살들이 붉은 점으로 어른거리며 차츰 사위어 들었다. 정동에 들어선 공사관 건물의 외양이 임금의 시선에 맺혔다. 건물들은 저마다 자국의 국기를 게양하고 있었다.

저 멀리 남산을 배경으로 서소문으로 넘어가는 언덕에 독일국 깃발이 휘날렸다. 키 높고 하얀 나무가 영사관의 전경을 가려서 기와집을 개조해서 얹은 지붕과 굴뚝만이 언뜻 보일 뿐이었다.

임금은 해가 높이 오른 동쪽으로 시선을 옮겼다. 영국 공사관 건물이 복층으로 우뚝했다. 야소가 짊어지고 못이 박혀 순교했다는 열십자 문양의 국기가 지붕 위에 게양되어 있었다.

영국 국기에 가려진 태양이 빛을 사방으로 퍼뜨렸다. 영국 영사관 건물은 외벽을 붉은 벽돌로 쌓아올려서 이채로운 풍광을 뽐내었다. 영국대사관 서쪽으로 거리 하나를 사이에 두고 미국대사관이 들어서 있었다.

민치호의 옛집을 매입해서 창과 뜰을 개량했는데 모양새가 호젓하니 편안해 보였다. 미국이라는 나라는 그 세력과 국부가 서양 여러 나라 중에서 으뜸이라 했다.

일본이 메이지유신 이래로 국력의 표본으로 삼은 나라가 미국이었다. 태평양을 건너는 함선의 수를 이루 다 헤아릴 수 없다고 보빙사 일행이 미국을 다녀와서 하나같이 감탄조의 말들을 늘어놓았던 모습이 떠올랐다.

미국 공사관 정문에 피부가 검은 사내가 번을 서는 모습이 보였다. 러시아 공사관은 비교적 높은 곳에 자리하고 있어서 각 국의 공사관 건물을 훤히 볼 수 있었다. 공사관에서 내려다보이는 정동은 조선 땅이되 조선이 아닌 것처럼 보였다.

높은 공사관 건물들 사이로 백성들의 가옥들이 기가 죽어 처박혀 있었다. 미국 공사관 건물과 담 하나를 사이에 두고 경운궁이 보였다. 해를 이고 있는 경운궁 기와로 구름의 그림자가 흘러 다녔다. 경운궁은 공사관 건물들을 배후에 거느리고 호가호위 하는 형세였는데 임금이 보기에 미려했다.

*

“아무도 들이지 말라는 어명입니다.”

시종이 말했다.

“다시 고하시게!”

“옥체가 많이 상하셨습니다. 추후에 걸음하시는 편이 낫겠습니다.”

“네, 이놈! 네놈이 지금 무슨 작당을 하는 것이냐? 임금이 어찌 궁을 버리고 외국 공관에 거한다는 것이냐. 네놈이 지금 전하의 성총을 흐리고 만고의 역적이 되고 싶은 것이냐!”

“소인은 어명을 수행할 뿐이외다.”

김홍륙이 공사관 문을 열고 나왔다.

“총리대신 아니십니까? 어인 행차이신지?”

김홍륙이 눈초리를 떨면서 이죽거렸다.

“몰라서 물으시는 건가. 전하가 이곳에 계시지를 않더냐! 내가 전하를 뵈어야겠다.”

“총리대신께서는 전하의 안위를 언제부터 그렇게 염려하셨습니까? 전하께서 정녕 폐위되는 것을 원하시는 겝니까?"

"무엄하다. 이놈, 폐위라니! 너희 놈들이 지금 무슨 짓을 하고 있는 것인지 아느냐? 환란의 시절에도 어가는 국경을 넘지 않았다. 이곳은 조선의 땅이 아니다. 임금이 기거해야 될 곳이 어찌 치외법 지역이더냐? 너희 불온한 무리들이 군주를 기만하고 외국의 법에 묶이게 하는 것이냐?"

"총리께서는 정동 한 자락이 외국이라고 생각하시는 겝니까? 여기는 엄연히 전하의 나라이고 전하의 땅입니다. 허면, 지금 궁은 전하의 것으로 보이십니까? 대신께서는 어느 나라 대신인 것입니까?"

"물러서게!"

이범진이 김홍륙의 말을 가로막았다. 이범진은 김홍집에게 목례했다.

"대신께서는 궁으로 돌아가시어 기다리심이 마땅할 것 같습니다. 전하의 심기가 바르면 다시 찾으소서."

"임진년에도 어가의 이어는 신료들을 대동한 것을 모르신다 하겠소? 어가의 이어가 여염집의 이사와는 다를 터 이토록 망극한 일이 있을 수 있단 말이오!

이 공의 충절을 내 모르는 바 아니나 군주가 궁을 별안간 버리는 일은 없는 것이오.

나라의 앞날이 풍전등화요. 이 공과 나의 뜻이 다르지 않을 것이오. 전하께 말씀을 올려주시오. 내 곧 다시 오리다."

김홍집은 러시아 공사관 창문을 올려보고 소리쳤다.

"전하! 신, 홍집 다시 오겠사옵니다. 성심을 달리 하소서!"

김홍집은 사태의 향방을 짐작할 수 없었다. 조정과 백성을 위하여 한 생을 걸어왔다. 무엇이 잘못된 것인가. 일본이 메이지유신 이래로 오늘날 이처럼 발전할 수 있었던 것도 개국이었고 개혁이었다.

이제 조선은 문명을 활짝 열어 서광을 받아야한다. 동도서기[29]라 하지 않았던가. 이대로는 안 된다. 이대로 주저앉는다면 조선은 파국일로다. 내각과 임금이 합치해서 문명된 부강한 나라를 만들어야 한다. 그것만이 조선이 나아갈 방향이다.

일본이 오늘날 조선을 윽박지를 수 있는 것도 모두 내각과 황제가 앞장서서 백성을 교화하고 교육을 장려하고 신문물을 수용해서 이루어진 결과이다. 우리가 저들보다 못할 것이 무엇이 있는가. 여기서 멈춘다면 조선의 내일은 없다.

나라는 백성의 궁핍을 책임져야 한다. 오늘의 급선무는 자강을 도모하는데 힘쓰는 것뿐이다. 왕후께서 사변을 당한 일은 천인이 공노할 극악이었으나 내 능력 밖이었다. 그렇다고 일이 이리되어서는 안 된다.

'아...... 무엇이...... 잘못된 것인가.'

김홍집으로서는 이대로는 조선의 앞날이 보이지 않았다. 가닿을 수 없는 말들이 말의 껍데기를 형성할 수 없다는 것을 알았고 미완의 말들은 결국 미완일 뿐이었다. 김홍집은 살아서 미완을 완성으로 매듭지을 수 없음을 예감했다.

"총리대신이 알현을 청하였습니다. 신이 나아가 후일 다시 오라 했습니다."

이범진이 임금에게 고했다.

"홍집을 어찌하면 좋겠느냐?"

"총리대신이 비록 외교에 능하고, 조정에 이바지한 공이 크다고는 하나 수신사로 일본에 다녀온 이래로 조선책략이라는 흉서를 깊이 탐독하여 일본을 좇고자 하였습니다.

단군 이래의 기운을 폐하고 태양력을 도입하여 민중의 혼란을 초래하였고 전하를 억압하여 단발령을 강제하여 각 도에서 의병의 궐기가 불이 번지듯 하옵니다.

군대를 정비한다는 명목은 기어이 지난 팔월 사변의 단초가 되었사오니 나라의 대운을 어긋나게 하였습니다.

하오나, 전하! 총리대신의 죄는 크나, 그간의 공적 또한 서둘러 폄하할 수는 없을 것이라 사료되옵니다. 비단 일본을 앞세워 나라의 기강을 개조하려 하였으나 이는 조선의 앞날을 극히 우려하여 행해진 처사일 것입니다.

바라오건데, 전하! 그의 충정을 의심하지는 마소서, 후일 일본을 버리고 길을 달리 잡으시길 명하신다면 전하와 우리나라를 위해서 사력을 다할 것입니다. 하오니 참하지 마시고, 항시 부를 수 있는 곳에 보내소서.

신이 비록 총리대신과 다른 길을 택하였으나 개혁이라는 큰 흐름을 거스를 수는 없습니다. 총리대신은 전하의 천년치세와 이 나라 조선이 부강하는 길을 오롯이 할 인물입니다.

반드시 큰 그릇은 크게 쓰일 곳이 있기 마련입니다. 그를 아주 부수지는 마소서."

임금은 경희궁 쪽으로 사라져가는 김홍집의 뒷모습을 창문 너머로 보고 있었다.

27

인왕산 북서쪽에 구름이 높이 올라서 허연 바윗돌이 드러났다. 겨우내 쌓인 눈이 차가운 햇살에 번들거렸다. 골짜기에서 얼어붙은 폭포가 햇살을 시리게 퉁겨내었고 바람은 빈 나무들을 흔들었다. 김홍집은 새문고개에서 멈추어 섰다.

각 국 공사관의 깃발이 바람에 나부끼고 있었다. 이제 막 발길을 돌려 나왔던 러시아 공사관이 설원의 요새처럼 새하얀 외벽을 펼치고 있었다. 아치형 탑문을 높이 세운 러시아 공사관은 도성의 궁색한 몰골로 인해 더욱 외형이 두드러졌다.

임금은 희디흰 성 안에서 문을 걸어 잠근 채 등을 돌리고 신음하고 있을 것이었다. 김홍집은 멀리 경복궁을 바라보았다. 임금이 어가를 비운 궁궐은 차라리 평온해 보였다.

"총리께선, 일본 공사관으로 가시는 것이 합당하겠습니다."

"주상께서 많이 외로웠겠다. 내가 옥체를 받들고 옥음을 모시는 일에 게으름을 오래 피웠구나. 러시아 공관은 수려하구나. 임금께서 이어하시는 곳이 저처럼은 되어야 않겠느냐. 부디 성총을 바르게 하시어야 될 터인데. 궁이 평온해 보이는구나."

"대감, 일본 공사관으로 가소서!"

"죽고 사는 것이 다른 것이 아닐 것이다. 할 일들이 있다. 조방으로 가자."

"그럴 것 없소!"

이완용이 김홍집을 가로 막았다.

"이 대감, 섭섭한 것이 많았던 모양이구려."

"섭섭한 것을 모르셨소? 춘생문에서 전하를 미국 공사관으로 모셨으면 오늘과 같은 변고가 없었을 것이오. 러시아보다는 미국이 옳다고 봤소."

"미국이나 러시아나 매한가지오. 어찌 임금의 집무실이 외국이어야 하는 것이오. 성총을 어지럽히지 마시오!"

"힘의 구도는 자주 바뀌는 것이지요. 총리께서 세운 친일 내각은 역사에 역행하는 것이오. 이제 역사는 제국주의로 나아갈 것이오. 러시아는 우리로선 차선이었소. 곧 시베리아 횡단 철도가 완성되면 러시아가 조선을 보호할 것이외다.

삼척동자도 보는 길을 총리께서는 굳이 보려하지 않으려 하십니다. 전하께 잘 말씀을 올릴 테니, 이제라도 협조하는 것이 어떻겠소. 목숨은 아껴야 하는 것 아니겠소."

"내 조방에서 왕명을 기다릴 것이오. 길을 열어 주시오."

이완용은 더 말하지 않고 러시아 공사관 방향으로 걸어 내려갔다.

정병하는 농부農部로 향하고 있었다. 박치근은 육조거리에서 홍종우가 붙인 다섯 장정과 합류했다. 박치근은 패랭이를 눌러쓰고 봇짐을 고쳐 메었다. 단발한 관원들이 육조거리를 급하게 오갔다. 내부內部를 향하는 문 앞에 사람들이 몰려들었다.

정병하는 순검 두 명을 대동하고 급히 걷고 있었다. 박치근이 정병하의 얼굴을 확인했다. 신식 옷을 입은 정병하의 머리카락에 윤기가 흐르고 있었다. 경부警部앞 돌다리를 걸어 올라갈 때, 순검이 앞뒤에서 호위했다.

장정들이 빠르게 순검의 뒤를 바싹 붙었다. 박치근이 눈짓을 보냈다. 다섯 장정이 일제히 봇짐 속에서 칼을 뽑았다. 다섯 개의 빛이 교각 위에서 번쩍였다. 교각 아래 지나는 사람이 손으로 입을 막으며 비명을 내질렀다. 오른쪽 순검이 목을 돌려 뒤를 보았다.

"자객이다!"

순검이 외치는 소리에 정병하의 걸음이 흐트러졌다. 장정 하나가 순검의 오른쪽 가슴에 단도를 꽂았다. 장정들이 두 번째 순검에게 떼 지어 달려들었다. 피가 하늘로 치솟았다.

"네 이놈들!"

정병하가 소리쳤다. 순검을 처리한 장정이 정병하의 왼쪽 어깨를 끊었다. 칼날에 선혈이 이슬로 맺혔다.

"이…… 놈……"

다섯 장정이 정병하의 목, 어깨, 복부, 다리를 부위별로 그어 나갔다. 혈관이 끊어진 곳에서 피가 뿜어졌다. 숨이 잦아들며 목젖이 꼴깍일 때 허연 골수가 흘렀다. 박치근이 너덜거리는 목을 발로 걷어찼다.

박치근은 농부를 지나 골목으로 들어섰다. 다섯 장정이 헝겊으로 칼날을 닦고 박치근을 따라 방향을 잡았다.

유길준은 독일 공사관 앞에서 발길을 돌려 일본 공사관으로 향했다. 명례방에서 초가를 돌아 나오는 유길준을 박치근이 확인했다. 따르는 무리는 없었다. 박치근은 유길준의 앞을 막고 섰다.

"내부대신이십니까?"

"무슨 일인가?"

"이 길은 일본 공사관으로 향하는 길목입니다. 역시 대신은 조선인은 아니었나 봅니다."

박치근이 고갯짓을 하며 소리쳤다.

"베어라!"

유길준이 두 눈을 감았다. 칼날이 허공으로 올라갔고 시린 빛이 영글었다. 장정들은 칼을 쥔 손목에 힘을 그러모았다. 유길준이 눈을 떴다. 장정들이 총탄을 맞고 고꾸라졌다. 일본군이 거총하고 다가서고 있었다. 박치근은 재빨리 몸을 숨겼다.

박치근이 총을 피해 공사관 길로 들어서 늙은 회화나무를 지날 때, 방억수가 나무 둥치 뒤에서 모습을 드러내었다. 박치근이 방억수를 알아 보았다.

"자네는...... 아, 그래. 억수 아닌가? 이 사람 이거 얼마 만인가. 그래, 살아있었구먼!"

"그쪽이야말로 명 하나는 고래 심술보다 질깁니다."

"허, 허, 허, 내가 좀 그렇기는 하지. 총소리 못 들었는가? 지금도 죽다가 이리 살아났네. 저 일본 놈들이 도성 안에서 총질을 해대고 있네. 내 하마터면 요절할 뻔했네. 아무튼 지금은 내가 사정이 좀 급하네. 자네 언제 한번 나를 찾아 오시게. 자네 솜씨야 내 익히 알고 있으니 무관 자리 하나 터주겠네. 아, 아니지! 그깟 무관 자리보다는 금덩어리가 낫지! 어떤가, 내가 곧 금광을 운영할 텐데, 날 좀 거들어 주시게. 다음에 이야기함세."

"일본에 붙어 총기를 사고팔더니, 이제 그 자들 총에 쫓기는 신세라? 죽은 자들 목까지 떼어내 일본에 넘기더니, 도려 목이 달아날 지경이니. 그쪽 팔자는 참 알다가도 모르겠소."

방억수가 봇짐에서 손도끼를 꺼냈다. 박치근은 뒤로 물러섰다.

"억수, 이 사람! 뭔가 오해가 있나 본데, 내가 의병들에게 얼마나 많은 지원을 하고 있는지 아는가? 오해 푸시게 내 다 말해 줌세."

"이쯤 하면 되지 않았겠소? 원하던 벼슬도 했으니 그만 하면 되었습니다. 그 목은 내가 거두어야겠소. 점으로 찍어서 선으로 전개하면 개먹지 않는다 했지, 아마? 내 그럴 테니 염려 마시오."

뒷걸음질 치던 박치근이 늙은 회화나무 뿌리에 걸려 나자빠졌다. 방억수는 손도끼를 높이 들었다. 도끼날에 빛이 반짝했다.

*

"누구의 소행인가?"

"객사이옵니다. 성난 백성들이 몰려들어 참변을 당했다 하옵니다."

김홍집의 시체가 육조거리에 뒹굴었다. 지나는 행인이 사체에 돌을 던지고, 침을 뱉었다. 아이들이 어른을 따라 했다.

"다시 조사하라. 유길준과 조희연은 어찌 되었느냐?"

"행방이 묘연합니다. 유길준과 조희연을 참하고자 했는데 뜻을 이루지 못했습니다. 정병하는 죽였습니다."

"찾아서 잡아들여라. 김충시를 부르라. 어명 출납자를 함께 들라하라!"

김충시가 급히 러시아 공사관에 들었다. 임금은 말했다. 궁내부 주임이 임금의 말을 기록했다.

궁내부 대신 이재면의 본관을 의원면직하였다. 내각 총리대신 김홍집, 외부대신 김윤식, 내부대신 유길준, 탁지부 대신 어윤중, 군부대신 조희연, 법부대신 장박, 농상공부 대신 정병하에 대하여 모두 본관을 면직하고 특진관 김병시를 내각 총리대신에, 정2품 이재순을 궁내부 대신에, 중추원 의장 박정양을 내부대신에, 종2품 이완용을 외부대신에, 학부대신 조병직을 법부대신에 임용하였으며, 정2품 이윤용을 군부 대신에 정2품 윤용구를 탁지부 대신에 임용하였다.

"지난 변고는 만고에 없었던 것이니, 차마 말할 수 있겠는가? 역적들이 명령을 잡아 쥐고 제멋대로 위조하였으며 왕후가 붕서하였는데도 석 달 동안이나 조칙을 반포하지 못하게 막았으니, 고금 천하에 어찌 이런 일이 있을 수 있는가?

어쩌다가 다행히 천벌이 내려 우두머리가 처단당한 결과 나라의 예법이 겨우 거행되고 나라의 체면이 조금 서게 되었다. 생각하면 뼈가 오싹하고 말하면 가슴이 두근거린다. 만약 하늘이 종묘사직을 돕지 않았더라면 나에게 어찌 오늘이 있을 수 있겠는가?

역적 무리들이 물들이고 입김을 불어넣은 자들이 하나둘만이 아니니 앞에서는 받들고 뒤에서는 음흉한 짓을 할 자들이 없을 줄을 어찌 알겠는가? 사나운 돼지가 날치고 서리를 밟으면 얼음이 얼게 된다는 경계를 갑절 더해야 할 것이다. 모든 신하와 백성들은 이 명령 내용을 명심해야 할 것이다."

오래 말하지 못했던 임금의 말들은 길고 거칠었다.

임금이 또 조령을 내리기를,

"왕후의 폐위를 적은 조칙은 모두 역적 무리들이 속여 위조한 것이니 다 취소하라. 춘생문에서, 죽은 임최수와 이도철의 신원을 복원하고 위로하라."

임금은 계속 말했다.

"죄가 있으면 반드시 승복시켜 나라 법에서 도피하지 못 함은 항상의 이치이다. 지난 팔월 스무날 사변이야 차마 말할 수 있겠는가. 그때 은밀히 꾸민 흉악한 음모와 교활한 계책은 구문究問을 기다리지 않고서도 모든 백성들이 다 같이 알고서 함께 분노하는 것이다.

그 우두머리 악한은 사실 몇 사람에 지나지 않는데 오늘 하늘의 이치가 매우 밝아서 역적의 우두머리는 처단되었다. 도망친 죄인 유길준, 조희연, 장박, 권영진, 이두황, 우범선, 이범래, 이진호 등은 기일을 정해 놓고 잡아오라.

그 나머지는 당시에 부추김과 사주를 받았던 자라도 일이 그러하여 구애되거나 권력에 강요당했을 뿐이니 무슨 죄가 있겠는가? 일체 우리의 대소 신료와 군과 민은 각기 그 전과 같이 안착하고 의심을 품지 말라."

이어서 말했다.

"이번에 춘천 등지에서 백성들이 소란을 피운 것은 단발 때문이 아니라 대체로 팔월 스무일 사변 때 쌓인 울분이 가슴에 가득 차서 그것을 계기로 폭발한 것은 묻지 않고도 분명히 알 수 있다.

지금 이미 법에 의해 처단되고 나머지 무리들도 차례로 다스릴 것이니 지난번에 교화하기 어렵던 백성들도 아마 틀림없이 알고는 옛날의 울분을 쾌히 풀 것이다.

해당 지방에 주둔하는 군대는 반드시 먼저 이 조칙을 춘천부에 모여 있는 백성들에게 보여 각각 귀화하여 생업에 안착하도록 하고, 그 두목 이하에 대해서는 모두 내버려두고 묻지 않음으로써 모두 함께 유신하도록 하며 너희 군대의 대소 무관과 병졸들은 즉시 환군하라.

국적을 잡아서 이미 중형에 처하였으니 귀신과 사람의 울분을 시원히 풀었다. 좌우감옥서에 현재 갇혀 있는 죄인은 모두 즉시 석방하여 널리 용서하는 은혜를 보여 주어라.

하고, 백성에게 내가 있는 곳을 알리고 며칠 안으로 장차 대궐로 돌아가려고 하니 의심을 풀고 생업에 안착하라 이르라. 경들은 조방에 나아가 시급한 사무를 살피고 해가 밝으면 새 내각을 들라하라."

해가 넘어가고 있었다. 커튼에 노을빛이 물들었다. 창 너머 초병의 발자국 소리가 선명하게 들렸다. 산새인지 비둘기인지 우는 소리가 창에 부딪쳤다. 상궁과 나인이 차를 내렸다. 임금은 차를 마셨다. 상궁과 나인이 종종걸음으로 물러났다.

임금의 어깨에 진한 핏빛 노을이 얹혔다. 민치록의 여식이 다가왔다. 머리댕기가 풀어지며 가체를 얹은 중전이 피를 흘리고 창문에 어른거렸다.

임금은 혼잣말했다.

"중전 이제 된 것이오. 내가 구겨진 나라를 펴겠소."

*

"전하 러시아 공사가 배알을 청합니다."

"들라하라!"

"망극하오나 전하 접견실에 어좌를 갖추었습니다."

임금이 시종을 앞세우고 침소를 나섰다.

접견실에 베베르와 스페이에르 공사가 제복을 갖추고 있었다. 이범진과 이완용이 임금께 고개를 숙였다. 스페이에르 공사가 목례했고 임금은 좌정했다.

"전하, 침소는 편안하셨는지요. 궐과 달라서 집무공간이 협소합니다. 기물이 본국의 것들이라 상람하시다시피 모두 각지고 높아서 어탑과 어좌를 갖출 수 없습니다. 누추하여 신이 몸 둘 바를 모르겠습니다."

"궁이 아니니 그러하겠소. 그대들은 마음 쓰지 마시오."

김홍륙과 수행관원이 뒤이어 들어왔다. 스페이에르, 베베르가 임금의 맞은편에 앉았다. 이범진, 이완용, 통역하는 김홍륙 순서로 좌측에 좌정했고 수행관원이 김홍륙 뒤에 시립했다.

"짐이 부덕하여 러시아 공사관에 의탁하게 되었다. 그대들 황제의 배려를 잊을 수 있겠는가."

김홍륙이 러시아 말로 통역했다. 통역은 짧았다. 이범진의 눈에 눈물이 고였다.

"누추한 곳을 친림해 주셔서 광영으로 여기나이다. 거하시는 동안 본국의 예로 대군주 전하를 극진히 보필할 것입니다."

김홍륙이 베베르의 말을 전했다.

"지난 사변은 차마 두려운 일이었습니다. 여러 나라가 모두 조선내부에서 발생한 권력다툼으로 바라볼 때, 우리나라는 사건을 면밀히 분석하여 일본국의 잔악행위임을 만방에 규탄하였습니다. 하오나 여전히 일본국의 노림수는 왕권을 침해하고 궁궐을 압

박하고 있사와 부득이 전하께서 오늘 우리나라의 보호하에서 전하의 정치를 펼치기로 하셨습니다. 본국 황제께서 조선 대군주전하의 안위를 매우 우려하시어 수병을 조선에 증파하였습니다.

전하께서는 근심을 놓으시고 국정을 운영하셔도 됩니다. 궁궐에 비하면 보잘것없겠지만 기물들이 또한 편리하고 이치에 맞으니 머지않아 익숙해 질 것입니다."

김홍륙이 공사의 말을 옮겼다.

"하옵고 전하, 지금 제물포항에 본국에서 입항한 함선이 정박중입니다. 우리 공사관의 안위를 보위한다는 명목으로 함선을 정박하고 있으나, 이들이 물 위에서 오래 머무를 수는 없을 것입니다. 제물포에 이들이 기거할 거처를 마련하시어 전하와 조선의 안위를 두텁게 하심이 어떠하겠는지요?"

임금은 이범진을 바라보았다. 이범진이 머리를 주억였다.

"경은 공사가 원하는 바를 이루어 주라."

"예, 전하!"

"공사관 건물이 협소합니다. 공사관 건물을 증축하는 동안 전하의 어명을 받드는 이와 옥체를 보필할 이는 십인 이내로 정하여주시옵소서."

"그렇게 할 것이다."

"고문의 고빙을 말씀 드리겠습니다. 본국은 지금 시베리아 횡단 철도 건설에 국력을 매진하고 있습니다. 시베리아 횡단 철도는 우리나라 황제께서 직접 주관하시는 대 러시아 건설의 중추 사업이옵니다.

이미 흑해 연안은 그 대업이 완성되었고, 블라디보스토크만을 남겨두고 있습니다. 철도건설 사업은 막대한 자금도 필요하거니와 기술 수준도 이를 뒷받침하여야 가능합니다. 본국의 철도 기술은 가히 세계 제일이라 말함이 어색하지 않습니다.

하오니, 본국에서 파견한 고문을 고빙하시어 철도기술을 익히고 배운다면 조선의 철도개설이 빨라질 것입니다."

"그리 할 것이다."

"하옵고 전하, 함경도 장백의 산림 벌채권과 평안도의 운산 금광 채굴권에 관해서 말씀 드리고자 합니다. 상업의 융성은 국력의 근간이 되는 것이온데 본디 조선의 자원은 소박하여 채집할 수 있는 것들이 많지를 않습니다.

건져서 쓸 수 있는 것이 목재와 금광이나 이것은 일본의 수중에 있습니다만 일본은 구식의 기술력으로 겨우 건져 쓰는 형편입니다. 본국에서는 일등 기술자와 사업자를 파견하여 조선의 사업을 발전시키고자 합니다.

일본인의 사업권을 박탈하고 새 허가를 내려주시기를 청합니다. 본국의 황제께서는 조선 독립보전의 길을 깊이 희망하고 있습니다. 상업의 교류는 근본적으로 양국의 상호 발전을 위함인 것입니다."

"새 내각에서 검토토록 하겠다."

"조선의 예법에서 황제는 소세 물을 받아서 소세하고, 상을 들여 수라를 드시고, 매화틀을 들인다고 들었습니다. 송구한 말씀이오나 이곳에서는 그럴 수가 없으니 지정된 곳에서 드시어야 하고, 지정된 곳에서 용안을 닦으시고 지정된 곳에서 변을 보셔야 하는데, 이것이 심히 우려됩니다."

임금이 이범진을 바라보았다. 이범진이 황송해서 고개를 숙였다. 이완용이 소리를 질렀다.

"이것 보시오. 지금 수라상을 따로 내지 못한다는 말이 무엇이며, 군주가 신하와 겸상하라는 것은 그대들 나라의 법이오? 여기는 엄연히 조선이오. 그대들도 외신外臣으로서 전하의 신하된 자들인 것이오. 신하된 언행이 어찌 이리 무엄하오!"

김홍륙은 통언할 말을 고르고 있었다. 손탁이 접견실에 들어섰다. 열린 문틈으로 보츠만이 들어왔고 나인이 보츠만을 쫓아와서 보츠만을 안아 들었다. 보츠만이 나인의 품에서 하품했다.

손탁이 김홍륙의 뒤에 배석해 있는 수행관원에게 종이쪽지를 건넸다. 수행관원이 종이쪽지를 김홍륙에게 전했다. 수행관원의 약지손가락 한 마디가 없었다.

사다코의 경우

오키나와 열도를 갈아엎은 바람이 부산으로 치달았다. 사나운 바람소리가 바다를 다그치자 바다는 서슬 퍼런 파도를 치켜들고 맹렬한 기세로 돌진했다. 드센 바람이 앞장서 왔고, 바람을 따르며 파도는 미친 듯 날뛰었다.

부산항은 바람과 파도에 속수무책이었다. 항구에 정박한 배들이 맞부딪치며 깨졌고, 육지를 들이받으며 박살이 났다. 대가리를 들어 올린 파도가 삼판선 옆구리를 치받아서 갑판이 부서졌다. 비바람 속에 오가도 못한 사람들이 발을 굴렀고, 바람이 허공을 휘젓는 소리가 항구 구석구석을 찌르고 다녔다.

기선 출항이 금지되었다. 부산 선박 출입소는 나가사키 선박 출입소에 '출항유예'를 보고했다. 타전수가 절영도 저탄장을 들이치며 부서져 내리는 파도에 눈을 고정한 채 전신電信 구호를 찍었다. 전신이 건너간 바다 위로 족히 수삼 일 동안 모든 선박의 입출항은 전면 금지되었다.

사다코는 부산 총영사가 소나무를 분갈이하는 장면을 바라보았다. 부산에 왔을 때 사다코가 총영사에게 선물한 분재였다. 소나무를 옮겨 심을 분은 동그랗고 선명한 붉은 해를 새긴 회흑색 분청사기였다. 새 화분에 총영사의 애국정신이 깊이 박혀 있었다.

화분 밑바닥에 뚫린 구멍 위에 조약돌이 놓였고, 거친 흙이 채워졌다. 조약돌은 윗부분이 보일 듯 말 듯 했다. 총영사는 잔뿌리를 말아 포개면서 소나무를 화분 중앙에 조심스럽게 세우고 흙을 둘렀다. 소나무 둥치가 화분의 정 중앙에 바로 서자 입자 고운 흙을 얹었다.

총영사는 분재가 들뜨지 않도록 손바닥으로 흙을 꾹꾹 눌렀다. 흙은 조선에서 빛깔이 가장 곱다는 전라도 황토인데 여러 번 채 걸러서 계란 껍데기와 생선뼈를 섞어 빻은 가루를 게워서 양분을 더했다고 했다. 흙 입자에 노을을 닮은 빛이 반질거렸다.

"조선 땅 서남부에서 특별히 수송해온 흙입니다. 보시다시피 빛깔이 아주 곱습니다. 서남부 지방은 조선인의 사지였습니다. 누차에 걸쳐 동학 무리들이 모조리 죽은 곳이기도 하지요. 시즙屍汁이 넉넉해서 그런지 흙이 빛깔이 붉고 양분이 풍부해서 흙 중 단연 상급으로 칩니다."

이식한 소나무 분재에 물을 부으면서 총영사는 흐뭇해했다. 화분을 채운 흙은 조선의 흙인데 조선 흙이 붉은 해를 박아 넣은 화분에 담겨서 윤기가 더해지고 있었다. 총영사는 이식한 화분을 집무실 탁자에 올려 두었다. 소나무 분재 너머 벽에 걸린 히노마루와 바로 아래에 거치해 둔 일본도가 화분과 일직선상에 반듯하게 자리했다.

*

부산은 비바람에 웅크리고 있었다. 따라나서려는 여동을 남겨두고 영사관저를 나선 사다코는 우산을 펼쳤다. 밀어닥치는 바람에 사다코는 우산을 붙들고 있기 힘들었다. 우산 속살이 뒤십어시고 우산대가 꺾어졌다. 사다코는 우산 쓰기를 관두고 비바람 속으로 걸어갔다. 비바람이 사다코의 몸을 집요하게 밀착해 왔다.

절영도와 내륙을 가르는 바다 사이를 훑으며 비바람은 짐승처럼 비명을 내질렀다. 어물시장은 인기척이 없었고, 반파된 선박이 어물시장 입구에까지 쓸려와 처박혀 있었다. 들이치는 파도가 뿜어낸 물보라가 사다코의 몸을 때렸다.

물보라는 어지럽게 흩날렸다. 사다코의 시야 저편에 물체의 움직임이 있었다. 사다코는 실눈으로 바라보았다. 희부연 물보라 너머 돌연 조용한 바다가 펼쳐졌고, 잔잔한 너울을 타넘으며 해녀들이 물질을 하고 있었다.

반라의 해녀들이 두 발을 거꾸로 들어 올려 허공을 치며 바닷속으로 진입했다. 기름덩어리처럼 유순한 바다는 순한 너울을 이루며 해녀들의 헤엄을 받아 주고 있었다. 사다코는 무언가에 끌리듯 그녀들이 유영하는 곳으로 다가섰다.

*

총영사는 놀란 눈으로 되물었다. 사다코가 가만히 고개를 끄덕였다. 기선 출항 승인을 사다코가 요청했을 때, 바다는 진정되지 않았고 파고는 드높았다. 출항한다면 기선은 바람 앞에 등불이었다. 더욱이 총영사로서는 바다의 사정보다 더 중요한 이유가 있었다.

"수상 각하께서 사다코님의 안전에 대해 각별히 당부를 하셨습니다."

사다코는 배려에 감사하다는 뜻으로 작은 웃음을 짓고 말을 이어갔다.

"가미카제!"

"가미카제?"

신풍의 굽어 살핌으로 원양의 바다는 잠잠해질 것이어서 항해는 무탈할 것이며 기선은 무사할 것이라고 말하며, 사다코는 총영사의 눈을 가만히 응시했다. 사다코의 형형한 눈빛에 총영사는 머뭇거렸다.

몽골이 대륙을 접수하고 중원의 맹주로 등장했던 시절, 칸은 바다 건너에서 도통 말을 듣지 않는 일본이 눈엣가시였다. 칸은 일본을 타이르기 위해 사신을 일본에 보냈는데, 막부는 말귀가 통하지 않았고 보란 듯이 사신을 도륙해서 바다에 던져버렸다.

칸은 고려를 전진기지로 삼고 병선 구백 척에 사만의 군사를 실어서 일본에 보냈다. 대마도를 치고 바다를 건너간 칸의 군대는 규슈에 닻을 내리고 내륙을 부수었다. 일본은 강력히 저항했으나 몽골군의 화력을 감당할 수 없었다.

이때, 바다에서 큰 바람이 불어와서 칸의 함선을 지워 버렸다. 수년이 지나 칸은 삼천 척이 넘는 병선을 재차 일본에 보냈으나, 또다시 큰 바람이 일어 몽골은 막대한 전력을 손실하고 빈손으로 돌아서야 했다. 일본백성들은 두 번이나 일본을 지켜 준 바람을 가미카제라 칭했다. 그때의 바람을 사다코는 총영사에게 말하며 한 마디를 덧붙였다.

"영사의 배려를 잊을 수가 있겠습니까."

비는 잦아들고 있었다. 아마도 바다도 곧 잠잠해질 것이고, 기선 배수량이 파도를 견딜 수 있을 만큼 넉넉하기도 했다. 총영사로서는 수상 각하의 총애를 한몸에 받고 있는 사다코의 청을 거절하는 것도 쉽지 않아서 출항을 승인하기로 했다.

"가미카제! 수상 각하께 조선에서의 이 사람 공로를 꼭 전해 주신다면 너무나 감사하겠습니다."

총영사는 만면에 주름을 구기며 사다코를 향해 웃음을 지어 보였다.

상하이에서 오는 배가 없어서 정박 중인 상선이 출항을 준비했다. 영사관은 승선 인원을 나가사키항에 타전했고 본국에 실어 보낼 물품목록을 알렸다. 짐꾼들이 물품을 부둣가로 실어 날랐다. 정부와 고위층에 보낼 사례품은 별도 표기한 상자에 넣었고 수신처를 선장에게 건네었다.

사다코는 일본으로 건너 갈 물건들을 보다가, 섬뜩한 느낌의 상자를 발견했다. 총영사는 특별히 그 물건에 붉은색으로 쐐기 표식을 해 두었다. 사다코는 내용물이 궁금했다.

"전봉준이라는 자가 죽고 나서 이제 끝이 나나 싶었는데, 그 잔당들이 또 말썽입니다. 오래전부터 그 무리에 사람 하나를 심어 두었습니다. 이번엔 그 무리의 대장 격인 ...... 방억수라 했던가, 아무튼 그 자의 수급을 보내온 것입니다.

여하튼 배가 출항하지 않아서 한 며칠 소금에 푹 절여 두었는데, 오늘 가미카제의 도움으로 천황폐하의 땅으로 가게 되니, 이 자는 죽어서는 호강입니다."

"첩자를 심어 두셨나 보군요."

"야마모토라고, 족히 십수 년 전부터 영사관에 기웃거리며 조선 여식을 일본에 데리고 가서 돈벌이를 하는 자가 있었습니다. 약지로 기억하는데 아무튼 손가락 하나가 없는 자였소. 그때부터 영사관과 공공연히 내통을 했습니다."

총영사는 이토 수상에게 추가로 전달될 자신의 공적이 하나 더 늘고 있다는 생각에 미치자 어깨가 으쓱해졌다. 총영사는 팔짱을 끼고 수급이 담겨진 상자를 발끝으로 톡톡 건드리며 말을 이어갔다.

"본국 사정상 여러모로 부역할 여자들이 필요했고, 먹이고 재워주기만 하면 될 그런 아이들이니 조선 땅보다야 선진화된 본국은 얼마나 신천지입니까. 발전한 일본국에 살 수 있는 은혜를 베푼 셈이지요. 알다시피 조선 부모들은 그런 아이들을 돌보지를 않습니다. 그럴 여력도 없고......

여하튼 돈이 되는 일은 마다하지 않는 자였습니다. 그 자가 동학 무리에 가담을 했고, 이렇게 조선인들 수급을 걷어서 보내오고 있습니다. 한동안은 뜸했는데, 요 며칠 전 다시 보내왔습니다. 우리들로서는 골칫거리인 의병의 뒤를 치고 있으니 아직 쓸모가 있는 자이지요."

상선이 뱃고동을 울렸다. 출항 시간이 임박했다.

삼판선이 상선에 가까이 붙었다. 총영사가 모자를 벗고 고개를 숙여 작별을 고했다. 사다코가 가볍게 웃었다. 해녀들이 삼판선과 상선 사이 좁은 바다에서 물결을 타고 있었다.

"내 이름은 사다코에요."

사다코는 속엣말하듯 말했다.

"너무나 잘 알고 있습니다. 좋은 이름입니다."

총영사가 두 손을 아랫배에 붙이며 빠르게 말했다.

"그 이름은 영사께서 붙여준 이름이에요. 일본으로 보낸 그 어린 아이들 중 사다코가 있었지요."

"그게 무슨......"

"영사께서는 그 어린것들을 바다 건너보낸 행동을 은혜라고 말하지는 말았어야 했어요. 그 아이들에게도, 사다코에게도 살아야 할 나라는 조선이었으니까요. 어린것들의 모진 삶을 조금이라도 생각해 본 적이 있다면 그렇게 아무렇지 않게 팔짱을 끼고 말하지는 말았어야 했어요."

총영사의 얼굴에 핏기가 사라졌고, 수족이 떨렸다.

"분재는 잘 자라겠어요. 흙이 시즙을 머금으면 양분이 좋아진다고 했나요?"

사다코의 손가락이 방아쇠에 얹혔다. 금도금한 권총에서 한 줄 연기가 올랐다. 총성이 바람을 찢었다. 갈매기가 우짖었다. 해녀들이 총영사의 몸을 이끌고 물속으로 갔다.

내해를 벗어나자 어둠이 스미었고 상선의 동력이 꺼졌다. 갑판에 선 사다코의 몸에 바람이 감기어 들었다. 사다코는 가이군지의 유골함을 열었다. 하얀 분말이 바람에 실렸다. 사다코는 샤미센을 들었다. 바람이 사다코의 몸에서 펄럭였다.

사다코의 손가락 마디가 샤미센 현에 닿았다. 섬세한 음이 가이군지를 따라 바람에 실렸다. 길었던 연주는 끝이 났다. 샤미센이 파도 이랑 사이에 부유했다. 흑막을 친 바다에 점점이 하얀 가루가 떨어져 내렸다.

보충 설명

1 일본 전통 현악기.

2 데지마. 막부는 기독교 포교를 우려해서 섬을 만들어(1636년) 구라파인을 거주하게 했다.

3 미국의 매슈 페리 제독이 이끄는 함선. 1853년에 일본에 내항하여 개항을 요구하였다.

4 에도 막부 타도 목적으로 사쓰마 번과 조슈 번이 동맹했다(삿초동맹, 1866년). 사쓰마는 지금의 가고시마, 조슈는 야마구치다.

5 서울시 강남구 소재. 선릉은 성종, 정릉은 중종의 능이다.

6 撥, 샤미센 현을 긁는 조각으로 기타 줄을 퉁기는 피크와 유사하다.

7 春帆樓, 시모노세키 소재. 청일전쟁 강화조약 체결 장소.

8 갑신정변(1884년). 정변에 실패한 김옥균 등은 지토세마루호를 타고 일본으로 도주했다.

9 메이지유신 이후 사이고 다카모리 등은 어수선한 정치상황을 타계책으로 조선 정벌을 주장했다.

10 경복궁 후원 뒷산. 일본 낭인이 중전을 시해하여 시신 일부를 버린 곳이라는 설이 있다.

11 1871년부터 약 2년간 우대신 이와쿠라가 이끈 대규모 사절단이 미국과 유럽을 여행했다.

12 일본 공사는 조선의 내정개혁과 임금이 손수 청국군 축출을 일본에 요청하는 문서를 요구했다.

13 광해군. 광해군은 명과 청을 저울질하며 중립외교를 펼치던 중 폐위되었다. 반정으로 보위에 오른 인조는 청과의 외교를 끊었다. 병자호란은 인조반정이 가져온 참상이라는 말들이 있다.

14 대청황제공덕비. 서울시 송파구 소재. 삼전도비라고 불린다.

15 태조 이성계의 능. 경기도 구리시 소재.

16 칠패시장. 서울 삼대 시장으로 종루, 이현, 칠패가 있었다.

17 태조의 건원릉, 신정왕후의 수릉 등 9개의 능이 있다. 경기도 구리시 소재.

18 대불호텔. 제물포에 소재한 호텔로 1885년부터 일본인이 운영했다는 말들이 있다.

19 아시아를 벗어나 유럽에 버금가자는 뜻. 일본 제국주의를 관통하는 요체로 작동한다.

20 청국은 조선이 완전무결한 독립국임을 인정할 것을 조약문 1조에 적시했다.

21 러시아에 기대 일본을 물리친다는 뜻. 임금과 중전의 국정운영 처세였다.

22 서울시 충무로에 실재했던 곳으로 전해지는데, 소설 속 '파성관'과는 아무 관련이 없다.

23 일본 목판화 풍속화. 유럽(네덜란드)에 전파되어 고흐, 고갱 등 인상파에 영감을 주었다.

24 서울시 서대문구 소재. 현 독립문 자리에 영은문과 모화관이 있었다.

25 중전이 입는 예복.

26 서울시 마포에 소재. 말년에 대원군은 공덕리(지금의 마포) 아소정에 기거했다.

27 춘생문 사건(1895. 11. 28.). 을미사변으로 임금의 수족이 묶이자 친미, 친러파가 주도해서 임금을 미국공사관으로 이어할 계획이었으나 실패했다.

28 4인이 메는 가마.

29 동양의 정신을 지키되, 서양의 문물을 수용한다는 뜻.

주요 사건

1882년 (임오)	구식군대가 별기군과의 차별 대우에 난을 일으켰다. 중전이 충주로 대피했다. 대원군이 텐진으로 압송되었다.
1884년 (갑신)	개화파의 정변이 실패했다. 주동자 김옥균 등은 도일했다.
1890년 (경인)	조대비(신정왕후)가 승하했다. 선대 왕릉에 대한 조사가 있었다.
1894년 (갑오)	김옥균이 상하이에서 죽었다. 전라도에서 농민전쟁이 발발했다. 청국군과 일본군이 조선에 파견되었다. 일본군이 경복궁에 난입해서 조선군을 무장해제 시켰다. 청일 전쟁이 발발했다. 우금치 전투가 있었다.
1895년 (을미)	청국·일본 간 강화 조약이 체결되었다. 조선왕비가 살해 되었다. 전국에서 의병이 발발했다. 임금의 미국 공사관 파천 계획이 실패했다. 단발령이 시행되었고, 정삭을 양력으로 삼았다.
1896년 (병신)	임금과 세자가 러시아 공사관으로 파천했다.

주한 일본 공사

오토리 케이스케(大鳥圭介)	1893. 9.~1894.10.
이노우에 가오루(井上馨)	1894.10.~1895. 9.
미우라 고로(三浦梧樓)	1895. 9.~1895.10.
고무라 주타로(小村壽太郎)	1895.10.~1896. 5.

작가의 말

쓰기를 마치며

마음과는 다르게, 박치근을 살려 두었다.
새까만 어깨로 살아가야 할 사람들의 무운을 빈다.

백 년이 훨씬 지났다. '공위의 시대'는 끝이 났는가.

2020년 1월
김근수

공위의 시대

초판 1쇄 발행일 2020년 1월 20일

지은이 김근수
펴낸이 박영희
편집 박은지
디자인 최소영
마케팅 김유미
인쇄·제본 제삼 인쇄
펴낸곳 도서출판 어문학사
서울특별시 도봉구 해등로 357 나너울카운티 1층
대표전화: 02-998-0094/편집부1: 02-998-2267, 편집부2: 02-998-2269
홈페이지: www.amhbook.com
트위터: @with_amhbook
페이스북: www.facebook.com/amhbook
블로그: 네이버 http://blog.naver.com/amhbook
다음 http://blog.daum.net/amhbook
e-mail: am@amhbook.com
등록: 2004년 7월 26일 제2009-2호

ISBN 978-89-6184-943-2 03810
정가 15,000원

이 도서의 국립중앙도서관 출판예정도서목록(CIP)은 서지정보유통지원시스템 홈페이지(http://seoji.nl.go.kr)와 국가자료종합목록 구축시스템(http://kolis-net.nl.go.kr)에서 이용하실 수 있습니다. (CIP제어번호 : CIP2019052161)